U0113498

"创新报国**70**年"大型报告文学丛书

中国科学院 中国作家协会 中国科学技术协会 联合组织创作

唤醒沉睡的盐湖

董立勃 著

浙江教育出版社·杭州

指导委员会、编辑委员会成员名单

今年是中华人民共和国成立70周年。70年时间，在历史的长河中如白驹过隙，但在中华民族的历史上却是浓墨重彩。中国人民在中国共产党的领导下，从苦难深重的旧中国站起来，在一穷二白的条件下富起来，在百年未遇的变局中强起来，中国特色社会主义事业取得了一个又一个巨大成就。

成立于1949年11月1日的中国科学院，始终与祖国同行、与科学共进——70年来，在党中央、国务院的坚强领导下，几代科学院人不懈努力、顽强拼搏，始终以"创新科技、服务国家、造福人民"为己任，为我国经济发展、社会进步、国家安全等诸多方面做出了重大贡献，成为党、国家、人民可以依靠和信赖的国家战略科技力量。70年峥嵘岁月，中国科学院产出了一大批创新报国的科研成果，涌现出一大批创新报国的先进代表和典型事迹，几代中国科学院人共同谱写了创新报国的华彩乐章。

"创新报国"是中国科学院的优良传统。无论是1965年在世界上首次人工合成牛胰岛素，抑或1988年北京正负电子对撞机首次对撞成功，还是2017年构建天地一体化广域量子通信网络，中国科学院人创新报国矢志不渝。以北京正负电子对撞机为例，邓小平在参观北京正负电子对撞机国家实验室时指出："任何时候，中国都必须发展自己的高科技，在世界高科技领域占有一席之地……高科技的发展和成就，反映了一个国家和民族的能力，也是一个国家兴旺发达的标志。"北京正负电子对撞机的建成，奠定了我国在粒子物理学领域的国际领先地位，是继"两弹一星"之后，我国在高科技领域的又一重大突破性成就。党的十八大以来，习近平总书记始终把创新摆在国家发展战略全局的核心位置，指出"科技是国家强盛之基，创新是民族进步之魂"。中国科学院发扬创新报国的优良传统，不辱使命，再立新功，从"中国天眼"、散裂中子源等重大科技基础设施，到"悟空"号暗物质探测器、"墨子"号量子实验卫星、"慧眼"硬X射线调制望远镜卫星等系列科学实验卫星，再到铁基高温超导、多光子纠缠、中微子振荡新模式、水稻分子育种、量子反常霍尔效应等基础前沿重大创新成果，都充分体现了国家战略科技力量的使命担当和实力水平。

"创新报国"是中国科学院人科学精神的集中体现。无论是扎根边疆、献身植物科学研究的蔡希陶先生，坚持实地调研、重视一手资料的地理学家周立三院士，还是时代楷模"天眼"巨匠南仁东先生、药理学家王逸平先生，他们都用毕生的科学实践诠释了求实、创新、奉献、爱国的科学精神。以南仁东先生为例，为了给"天眼"选址，他跋山涉水，在贵州的深山里奔波了12年；身为项目首席科学家兼总工程师，他淡泊名利，长期默默无闻工作在一线。我们要珍惜这些宝贵的精神财富，大力弘扬他们在科研工作中体现出来的科学精神和专业精神，营造良好的创新文化氛围，推动创新文化建设，增强广大科研工作者的历史使命感和责任感。

"创新报国"是中国科学院科学文化的核心理念。科学文化是影响创造性科研活动最深刻的因素，是科学家创造力最持久的内在源泉。基础研究和原始创新要求科学家具有勇于探索、敢为人先的创新精神，严谨认真、锲而不舍的治学态度，无私忘我、甘于奉献的崇高人格，不辱使命、至诚报国的伟大情怀。中华人民共和国成立之初，百废待兴、百业待举。竺可桢、吴有训等一批饱经战火洗礼的爱国科学家毅然选择留在新中国；赵忠尧、钱学森、郭永怀等一批优秀科学家纷纷放弃海外优厚的生活条件，克服重重阻挠回到祖国。在当时十分艰苦的条件下，他们以高度的爱国热忱投身于新中国的科技事业，积极参与新组建的中国科学院的建设，研制"两弹一星"，制定"十二年科技规划"等，使新中国许多空白领域得到填补，新兴学科得到发展。中国科学院70年的奋斗历程，始终依靠的就是这种文化和精神，我们必须珍视和弘扬。

"创新报国"对新时期我国科学文化建设具有重要意义。科学文化本质上是一套行为准则、社会规范和价值体系，包含科学知识、科学方法、科学思想、科学精神等方面。一方面，"创新报国"已经内化为我国科学文化的一部分。"服务国家、造福人民"不但是广大科技工作者的历史使命和社会责任，也是科技工作的出发点和落脚点。另一方面，科技工作者在具体的创新活动实践中，不断深化和丰富了科学文化的内涵。他们所取得的面向世界科技前沿、面向国家重大需求、面向国民经济主战场的创新成果，帮助我们进一步坚定了民族自信和文化自信，为科学文化建设提供了强有力的科技支撑。

五年前，出于提高全民族科学文化素养的共同责任，中国科学院、中国作家协会、中国科学技术协会前瞻性地部署了"创新报国70年"大型报告文学丛书项目，目的是聚焦"创新报国"的主题，回顾我国70年重大创新成就，展现杰出科技工作者群体风貌，倡导科学精神、奉献精神和创新精神，弘扬爱国主义、集体主义和理想主义。

五年时光，倏忽而逝。这期间，作家舟车劳顿、深入基层采风，审读专家埋首伏案、逐字逐句精心审读，中国科学院研究所同志翻检档案、提供支撑保障，中国作家协会、中国科学技术协会、中国科学院机关和工作团队的同志们鼎力支持、居间协调，浙江教育出版社的同志仔细审稿、严控质量。几许不眠夜，甘苦寸心知。而今，"创新报国70年"大型报告文学丛书首批作品即将付梓与读者见面，相信这批融合了科学与文化、倾注了心血与智慧的作品，这套向历史致敬、向时代献礼的报告文学，能让我们重温激情燃烧、砥砺奋进的70年岁月，进一步坚定执着前行、无悔奋斗的信念，去努力实现建成世界科技强国的美好梦想。

中国科学院院长、党组书记
中国科学院学部主席团执行主席
白春礼

2019年6月

自从盘古开天地

每一项重要的发现与发明

都来自创新

从饥寒交迫

到衣食丰盈

从肩扛手提

到机器轰鸣

从草房土屋

到高楼大厦

从徒步骑马

到高铁飞艇

从绳结珠算

到网络智能

百姓越来越富裕

国家越来越强盛

世界越来越和平

都是对创新之力的证明

创新者不是神

他们的身躯也是血肉构成

他们单纯好奇

总是在探索未知奥秘

他们孤独寂寞

却充满了燃烧的激情

他们拥有知识

又让文明得到了提升

他们是满天繁星

闪烁在夜空

他们带来福音

却不曾留下姓名

他们默默无闻

却是一群伟大的英雄

目录

一、天　镜

远方有诗

你去不去

它都在

只是那首诗

不是有人挥笔写就

而是风与阳光

把它刻在了大地上

蓝色地球，因水而独秀于浩瀚宇宙间。

水是生命之源。

有水之处，万物得以生长。

草木枝叶茂盛，飞禽走兽活跃于天地之间。更有人类的繁衍生息，不断进化的肢体与精神，让文明之花开放得越来越绚丽。

因此，关于水的诗文，已经写了无数卷了；关于水的颂歌，已经唱了无数首了。

但有这样一片水，在以往的诗歌中，却似乎很少被提及。

它很少被提及的原因很简单。

这片水，远看起来和平常看见的水并没有两样，甚至还更清澈，更透明，显得更纯净。有风吹过来时，也会像别的水面一样，荡起一圈圈的波纹。

只是走近了去看，就会看到在这样一片水下面，没有一只鱼虾游动的影子。而在水域四周的岸边，也没有植物存在、动物奔跑。

水与生命的关系，在这里有了令人吃惊的变化。不再有浇灌，不再有滋润，不再有蓬勃的生长。

这样的一片水，似乎实在没有理由让我们去为它歌唱。

这是一片咸水苦水，准确地说是饱含了许多种矿物质的盐水。

于是这样一片水，也就有了一个名副其实的名字：盐湖。

盐湖是湖。可并不是每一个湖，都能成为盐湖。

一个湖，想要成为盐湖，至少需要大自然赋予它两个条件。

一个条件是，不管湖面大小、湖水多少，湖里的水，只能有流进的地方，没有流出的口子。也就是说，要有一个高山深盆的地理环境。流入盆中的沙石泥土以及各种矿物质因为不会流失，矿物质会越积越浓，直到某年某日达到饱和状态。

还有一个条件是，湖泊所处的地理环境一定要阳光强烈、日照时间长，一年四季只能落下很少的雨。湖水的蒸发量要大于降水量许多倍。这么一来，水会一年年减少，盐却一日日增多。久而久之，一座盐湖就形成了。

有一些湖，水也是咸的，但水中的盐分没有达到一定比例，只能被称为咸水湖，而不能算是盐湖。如青海湖，虽然水是咸的，但仍然有鱼儿游动。还有海水，虽然咸而苦涩，但大海深处，却活跃着无数的生命。

盐湖的形成，由地势、气候决定。明白了这一点，也就明白了为什么我国盐湖会主要分布在青海、新疆、西藏和内蒙古一带了。

不要说不见鱼群游动，盐湖只有死寂。

明亮的湖水，像一面镜子，白日倒映蓝天白云，夜晚落满无数星星，称它是天空之镜实在是再贴切不过了。

不要说没有绿树鲜花，盐湖实在荒凉。

饱和的浓度，让许多盐分无法再溶解，只能结成各种形状的盐块，如同一朵朵晶莹的白色花朵，没有香味，却赏心悦目。

不要说没有飞禽走兽，盐湖过分冷清。

越来越多喜欢冒险的人，被"天镜"的神奇吸引，用各种方式与它亲密接触。

躺在湖水里，像躺在一张水床上，不用担心会下沉，晒着太阳捧一本书看，这种体验实在太绝妙。

如今去西部旅游，许多人的计划中，都有了去看看盐湖的安排。

还有人说，去西部，不看盐湖，等于没去。

如果说盐湖是个美人，那么这个美人实在是太孤傲了，总是远离都市、远离村镇、远离人群的喧嚣。

盐湖之美，不走近，不走进，不亲密接触，实在无法领略。

只是，走近了，走进了，盐湖到底有多美，也不是每个人都会知道的。

这个美，指的不仅是它的形态之纯净，之宁静，之高远。

它还有一种美，一种更大的美，那就是它虽然远在戈壁高原、荒野深处，却一直有恩于社会，让人类一直受益。

是的，许多人可能从来没有见过盐湖，但都知道盐湖里有盐，有一日三餐离不开的东西——一种细小的白色晶体。

别看它一点不起眼，可如果没有了这个东西，不管什么样的饭菜，吃起来都会没有了滋味。

身体少了它，不但会软弱无力，连头发都会变得灰白。

是的，这种东西就是食盐，学名叫氯化钠。

顾名思义，盐湖里肯定有盐。

是的，不但有食盐，还有很多种盐。而我们日常生活中吃的食盐，一部分就是来自不同地域的盐湖。

食盐与人类生存关系之密切，使得它从远古时期起就受到了重视。有据可查的人类采食盐的历史，至少也有一万年了。

在我国，从春秋战国起，食盐就是历朝历代重点管理的资源。食盐不但可以满足百姓的需要，国家也因此获得大量的财政收入。

最早的开采，是从赋存直观、开采容易、加工简单的矿物开始，如海盐与井盐。之后，随着认知能力与生产水平的提高，就有了对湖盐的开采。

山西运城盐湖（古解池）出产食盐的历史，可追溯到舜帝时代，有四千年之久。

内蒙古吉兰泰盐湖开采食盐，始于两千多年前的先秦时期。

青海茶卡盐湖出产的"大青盐"，颗粒大，质地纯，西汉时期当地羌族人即采之食用。

四川的自贡更是因从井下抽取卤水制作食盐而闻名天下。

盐之重要，于国于民，不言而喻。在我们生活的这块土地上，有着各种形态不同、大小不一的盐湖。

据最新的数据统计，在中国的版图上，1 平方公里以上的盐湖有近 1000 个，总面积达到 2 万多平方公里。其中，仅察尔汗盐湖的食盐储存量，就可以让现在地球上的所有人吃上一千年也吃不完。

说到盐湖，有一个常识不能不知道。

不要一说到盐湖，就以为天下所有的盐湖都是湖水荡漾。

其实盐湖的存在有三种形式。

最常见的盐湖是卤水湖。远看与众多的湖泊没有两样，只有走到了跟前，才会看出它的不一样。

另一种盐湖，叫干盐湖。曾有湖水，但已经被完全蒸发，只剩下结成硬块的盐壳，呈不规则的形状遍地铺开。坚硬处，踩踏不碎。

还有一种盐湖，叫沙下湖。无数年的风吹日晒，先是水被蒸发变成了干盐湖，再无雨水补充，久而久之，沙土堆积，把盐壳埋入了地下，变成了盐石层或地下卤水矿。这种盐湖往往更古老。

三种盐湖形式形态不同，但在本质上没什么两样。无论是最初的生成还是最终的成分，都是由水中的含盐量决定的。

同样，我们还要明白，当我们说到盐湖里的盐时，不仅仅只是我们吃的食盐。

随着科学技术的发展，人类对盐湖的认识也在不断地深入。到了 20 世纪，随着化学工业的进一步兴起，盐湖卤水和晶体矿中蕴含的化学元素也被越来越多地发现。门捷列夫在化学元素周期表上列出的 60 多种元素，都可以在盐湖中找到。

最常见的盐湖看起来，确实是一片水。只是这一片水，与普通的水体有太大的不同。别看没有一条游动的鱼儿，却一样是无比富饶。

盐湖里不但有钠元素和氯元素，还有钾、锂、镁、硼、溴、铷等多种珍贵或稀有的元素。这些元素，可以说每一种都有不可替代的重要作用。

如果没有钾，中国这么多人的吃饭问题，就无法很好地解决。也就是说，这么多年，粮食能连年取得丰收，钾元素起着很大的作用。因为钾肥可以使庄稼生长得更粗壮、更高产。

还有锂。锂产品广泛用于锂电池、玻璃、陶瓷、核工业、锂润滑脂、药物和聚合物、钢铁工业塑造熔剂、原铝及铝锂合金、光学材料和功能材料等生产领域。

正是有了锂，电池的蓄电量和耐用性才有了革命性的提升，使得用电池替代燃油让汽车飞驰成为现实。

锂电池作为一种新能源，已被高度重视。

已经查明，世界上的锂资源大部分藏于盐湖里，而中国的盐湖锂资源在世界上有一定的优势。

硼产品在轻工纺织和日用化工、玻璃搪瓷陶瓷工业、冶金工业、机电工业、电子工业、核工业等领域发挥着越来越重要的作用。

镁在盐湖中数量巨大，它可以用来生产氯氧化镁水泥，用于建筑，制备金属镁，制造轻合金材料。镁砂可大量用于钢铁冶炼。氢氧化镁既可以作为化工材料和中间体，也是一种绿色环保的阻燃剂和添加剂。

事实已经证明，一座具有开发价值的盐湖，不管大与小、深与浅、远与近，都是一个聚宝盆，是大自然对人类的一个恩赐。

盐湖是一笔巨大的财富。它对中国经济的发展与繁荣会起到什么样的作用，是难以估量的。

而这一切的成果，与一群人密切相关。

这本书所要讲述的，就是这样一群人的事情。

二、群　体

一朵野花

开在山坡上

一点儿也不起眼

甚至连名字也没有

但飘来的芬芳里

一定会有它的一丝清香

只是一花绽放

不能让季节改变模样

只有万千花朵

集合了起来

迎着阳光怒放

春天才会迎来真正的辉煌

说到盐湖，必须要说到这样一个集体。

他们随着新中国的成立，以不同的方式相遇相识，并聚集在了一起。

他们出生在不同的年月，年纪有大有小。

最早的一批盐湖研究者生于 20 世纪初，那个时候还是清朝末年，男人的头上还扎着辫子。而新来的研究生，则生于 20 世纪末，新老相差了将近一个世纪。

许多前辈已经逝去，晚辈们只能从照片与故事中了解熟悉他们，把他们的名字记在心中，并经常想起他们的遗愿。

他们出生在不同的地域，有北方人，有南方人，有东部人，也有西部人，说话的口音也有很大的不同。出身有的富裕，有的贫穷；有的来自城镇，有的来自乡村。

可对知识的渴望、对不凡人生的追求，让他们不约而同地走进学堂，踩着书本砌成的阶梯，一直走进高等学府，成为了天之骄子。

很难说是什么原因，让他们选择了化学化工专业或地质勘探专业，但可以肯定，他们从小就有一个要做科学家的梦，并满怀报效祖国的理想。

不管是清朝，还是民国，还是共和国，青春热血的沸点，并无差异。当他们被各种神奇的化学变化吸引时，他们的命运交响曲就有了共同的旋律与和声。

不管是学兄学姐，还是学弟学妹，在追逐共同的理想时，他们的脸上都焕发出了充满热情的光泽。

于是，有一年有一天，他们坐进了驶向同一个方向的火车、汽车，走进了同一片苍茫的风景中，目光落在了实验室里同一个烧杯上。

他们中有男人有女人，有着各自不同的相貌。他们各有各的性格，有豪放的也有内向的，有粗犷的也有温柔的。

但这并不影响他们成为同志同事，成为朋友伙伴，包括成为彼此的妻子和丈夫。

世界很大，生活的路有无数条，他们中的大多数人本是没有机会相遇相识的，更不可能被同一命运左右。

如果不是在这天早上醒来，迎着东方初升的太阳，听到了从广播中传来的祖国的召唤，强烈地意识到了自己的责任和使命，他们便不可能成为这群人中的一员。

也是从这一天开始，这群人中的每一个人，都有了一个共同的名字。

这个名字就是：盐湖科技工作者。

自从拥有了这个名字，这一群人就如同遇到了梦中情人一般，从此把盐湖拥抱在怀中，对盐湖爱得如痴如醉、无怨无悔。

为了让盐湖强国，这群人不知吃了多少苦，流了多少汗，受了多少累。

为了让盐湖富民，这群人付出了无数心血，耗尽了青春年华，落下了一身伤病。

为了唤醒盐湖里沉睡的宝藏，这群人中，还有人牺牲了自己宝贵的生命。

可惜，对这一群人，大多数的国民知之甚少，很多人压根儿不知道。

笔者也算是个有些知识、读了不少书的人，如果不是偶然的机会，走入了这群人中间，知道了这群人几十年来的奋斗历程，也一样对这群人毫无了解。

祖国的强盛、人民的富裕，在于经济的发达。新中国成立后，我们逐渐摆脱了愚昧落后，科学技术作用巨大。国家要想在激烈的世界经济竞争中立于不败之地，必须在科学技术上不断创新。于是，活跃在各个领域的科学家们的工作，就有了不同寻常的重要意义。

盐湖科技工作者们自1949年以来，走过的曲折坎坷的道路，以及他们围绕盐湖创造的一个个科技成果，无不充分证明了这一点。

为这样一群人树碑立传，就是为中国科学家的努力喝彩，就是为中国科学事业的辉煌歌唱！

三、单　位

一滴雨水

落入了江河湖海

消失的同时

也是复活

从此有了生机

从此有了力量

它让万物生长

让地球改变模样

水最柔

却从来不弱

中国大地上，有着大大小小无数的单位。几乎每个人，不管是什么人，从事什么职业，都会属于某个单位。

单位的设置，与性质、任务、目标相关。它实际上成为国家这部巨大机器上的一个零部件，承担着相应的职责。

单位很重要，无论是对国家还是个人来说。大多数人在接受了教育走向社会后，会进入到某个具体单位，从而获得稳定的工作与生活。同时，也可以充分发挥自己的才能，实现人生的价值与追求。

单位遍布各个地域，同一行业、同一职能、同一属性，各方面功能相似的单位不知有多少。几乎没有谁敢说，天底下，我工作的单位，除了所在的这一家外，再没有第二家了。

不过，中国之大，总有一些你不曾想到的事物存在。真的有这么一个单位，不知全世界是不是独一家，反正在中国这片土地上，除了它以外，就再没有第二家了。

这就是中国科学院青海盐湖研究所（简称"青海盐湖所"）。

青海盐湖所位于青海省省会城市西宁的新宁路上，占地面积近56亩。绿树、鲜花、草坪簇拥着四座楼房：一座是综合行政与科研楼，一座是盐湖资源化学实验楼，一座是盐湖地质与环境实验楼，还有一座是研究生公寓。在四周不断冒出的高楼大厦中，它土红色的基调和线条简洁的造型，显示出有些低调内敛却不失坚毅稳重的气质。它还在西安设有二部，占地面积约31亩；在大柴旦设有试验工作站，占地面积12亩；在甘河设有中试基地，占地面积约43亩。整个单位占地共计约142亩。

青海盐湖所的所徽是圆形的以蓝色为主调的图案，核心部分以方块的盐田组合构成一个向上的箭头，寓意该所不断的规划、创新和发展，在整体上体现出"艰苦奋斗，团结协作，开拓进取，无私奉献"的盐湖精神。

青海盐湖所建立于 1965 年。作为中国科学院下属机构，它的地址选在了遥远的西部，只有一个原因，那就是中国的盐湖大部分在西部。而青海是中国盐湖最多的省份，世界上的十大盐湖，青海就占了三个，中国盐湖百分之四十的面积在青海省境内。

关于是否有必要为盐湖建立一个研究所，在经过了激烈的争论与充分的讨论后，最终由中央决定。经过中华人民共和国成立以后十余年的勘探普查，中央认为中国是一个盐湖资源极其丰富的大国，研究开发利用盐湖资源对社会主义建设意义重大，为此尽快建一个盐湖研究所实在是非常必要的。

半个多世纪过去了，社会发生了翻天覆地的变化，有些事情重新去看，可能有了不再相同的结论。不过，依照实践是检验真理的唯一标准回眸历史，我们不得不承认，1965 年青海盐湖所的成立，无疑是个英明的决策。

这个盐湖研究所虽然位于青海，但实际上是一个面向整个中国的研究所。960 多万平方公里的国土上，不管什么地方，只要有盐湖，不管是卤水湖，或是干盐湖，还是沙下湖，都是它研究的对象。

正是青海盐湖所这个单位的成立，中国盐湖的科学研究与开发利用才进入到了一个新的历史阶段。

最初合并建所时，青海盐湖所共有职工 500 余人。他们分别来自中科院的西北化学所、北京化学所、兰州地质所、西北高生所，以及化工部所属天津化工研究院、上海化工研究院、连云港化工矿山设计研究院等单位，还包括其他几个部属单位和青海省海西州大柴旦盐田试验队等。

分散于各处的盐湖研究人才就这样被集中了起来。这些科学家从北京、上海、天津的高楼大厦里走了出来，拖着行李、带着一家老小登上西去的列车，来到了海拔 2300 多米的青藏高原上，从此告别了舒适繁华的都市生活，开始了他们充满各种艰辛却值得自豪的人生。

这是一个新单位，但却汇聚了一批富有经验、成熟的科研人才。所长由中国科学院学部委员、化学所所长、著名化学家柳大纲兼任。大部分研究人员都已经有了多年与盐湖打交道的经历。成为这个单位的一员，可以说更加明确了他们这一生的研究方向和奋斗目标。

自建立那一年起，这个单位的科研队伍便称得上整体实力强劲，虽然历经机构改革和市场经济大潮的冲击，但它的科学研究方向一直没有改变过，并且不断顺应着时代变化，创造着一个个令人欣喜的新成果。

由于有了这样一个单位，一批有志于盐湖研究的科学家有了充分施展才能、实现梦想的大舞台。

青海盐湖所成立之后，有两位专家因为科研成果突出而被评为中国科学院院士（张彭熹、高世扬）。还有两位专家不仅是科研的带头人，还具有突出的领导才能，一位成了省级领导（宋彭生），一位成了副国级领导（马培华）。有四位全国人大代表（彭广志、宋彭生、钱国英、马培华）、一位全国政协委员（曹兆汉）、一位全国党代会代表（于升松）、一位全国先进生产工作者（肖应凯）、一位全国优秀党务工作者（刘德江）、三十八位享受国务院政府特殊津贴的专家（张彭熹、陈克造、高世扬、陈大福、曹兆汉、郑喜玉、刘德江、祁玉唐、杨存道、刘铸唐、王政存、宋明礼、翟宗玺、于升松、吴景泉、宋彭生、彭广志、陈敬清、马培华、肖应凯、夏树屏、李纪泽、王渔光、李家炎、王扶乾、孙大鹏、黄麒、高海春、杨金贤、张保珍、姚燕、马海州、李丽娟、吴志坚、李武、孙庆国、贾永忠、王敏）。

在 1978 年全国科学大会上，青海盐湖所因为科研成果突出，受到了集体表彰。

在"七五"期间，中科院青海盐湖所承担了"青海盐湖提钾和综合利用研究"课题中的 11 项科学攻关项目。其中"察尔汗盐湖水变化规律及其自动监测"研究成果，获得了中国科学院科技成果一等奖、国家科学技术进步奖三等奖。

该所的其他重大科研成果有：

建成了"察尔汗盐湖卤水动态自动观测系统"。这是由 1个中心和 12 个观测站构成的微机网络遥测系统，能在半径 20公里范围内对卤水参数、气象参数进行同步、快速、准确、连续自动测量。

完成了制备氯化钾、硫酸钾、氢氧化钾、碳酸钾、碳酸氢钾新工艺中间试验，达到了 20 世纪 80 年代国际先进水平，为改变盐湖产品单一的局面做出了贡献。

针对青海不同的盐湖卤水，研究出了两种提硼新工艺（一步结晶法、萃取法）、三种提锂新工艺（膜法、萃取法、吸附法）。

开展了镁水泥开发研究，通过物化基础、制备工艺和镁水泥制品研究，初步解决了镁水泥抗水性差和变形大等问题，解决了用水氯镁石制备氧化镁、高纯镁砂等工艺问题，研制成数种抗水填加剂和多种实用新型镁水泥制品，为青海盐湖镁资源的开发开辟了新途径。

建成了国内第一个为盐湖科研服务的"中试基地"。该基地包括西宁中试车间和察尔汗野外试验站。

截至目前，据不完全统计，青海盐湖所的科研人员共在国内外核心刊物发表论文 2476 篇，撰写出版了 30 余部专著，获国家专利 120 项，获国家与省部级奖励 70 多项；摸清了全国盐湖资源的分布与概况，形成了盐湖演化及成盐的理论体系；为青藏铁路成功跨越盐湖做出了贡献；奠定了我国钾肥工业的技术基础；为我国企业首次在境外开发钾矿资源提供成套技术；建立了稳定氯同位素国际标准；开创了高镁锂比盐湖卤水提锂的科学方法与成熟技术；建立了我国第一家盐湖数据库。

青海盐湖所主办的学术刊物《盐湖研究》于 1972 年创刊，

先是作为内部交流资料，1992 年 5 月经原国家科委和新闻出版总署批准向国内外公开发行，是国际上该领域唯一的专业性刊物。

青海盐湖所的大柴旦野外工作站、甘河中试基地为盐湖开发实现工业化生产提供了技术和设计的科学依据。

正是有了这样一个单位，盐湖研究变得更专业，更有深度和高度，更加有实效地体现出了科学的力量。

2018 年秋天，笔者走进位于西宁的青海盐湖所大院时，强烈感受到了它生气勃勃的活力。虽然最早一批的老科学家们已经退居二线，但一群"60 后"和"70 后"在风雨中成长，具有了担当重任的能力与魄力，他们富有活力和探索精神，继续书写着盐湖研究的新篇章。

2018 年 9 月 20 日，研究所又隆重地召开了两年一度的运动会。当 200 多名科研人员与 100 多名研究生，唱着进行曲，跳着锅庄舞，出现在绿草坪上时，他们的年轻健壮、青春灵动，犹如阳光一样灿烂，让人不由得对这样一个集体的明天，充满了信心与期待。

盐湖研究事业后继有人，未来定会更加大有作为。

不过，此时，当笔者置身于这活力激荡的情景中，不由心生感慨，想起了那些已经逝去的前辈和那些白发苍苍的老者。

说到这样一片水，说到这样一个群体，说到这样一个单位，有几个人的名字不能不提。

历史的长河波涛滚滚，大多数人都会在浮沉中被无情淹没。但总有出类拔萃者，由于自身的努力和机缘的巧合，在重要的时刻发挥了不可替代的作用，让人们无法忘怀，把他们的名字与形象用另外的方式留存。

接下来笔者要分别说说三个人的事情。

这三个人都已经不在人世。可是要看到他们的形象并不难，只要走进盐湖所的大院、科研楼大厅以及察尔汗青海盐湖博物馆，就能看到他们的大理石雕像。

走进青海盐湖所大院，人们一眼就能看见位于道路两边草地上的雕塑。

右边雕塑，是一个男子坐在一条长椅上，神情凝重，陷入沉思。

左边雕塑，是一个男子身着风衣，昂首挺胸，迎风站立，目视远方。

他们一个叫高世扬，一个叫张彭熹。生前皆为中国科学院院士和青海盐湖所的研究员。

沿着院中大道前行，进入研究所的综合大楼。在大厅入口处，赫然矗立着一位男子的半身雕塑。男子前额饱满，鼻梁直挺，慈祥中透出坚毅与智慧。

他就是中国科学院化学所的所长柳大纲，也是中国科学院的首批院士，同时多年兼任青海盐湖所的所长和名誉所长。

担负着盐湖开发重任的，是一个集体，一个团队。有人老去，有人离世。为何要在众多前辈中，特别把这三个男人选出来，用心做成雕塑，立于研究所的醒目处，使他们虽已远去，却仍然与大家工作生活在一起，似乎从没有离开一样，让大家时时能看到他们，想起他们，面对他们？

其中缘由，外人难以知晓。但只要是中国化学界的人，只要是从事与盐湖开发相关工作的人，不论男女，都会在经过他们的雕塑时，不由自主地放慢脚步，朝他们投去充满敬意的目光。

因为，他们的一生，是不平凡的一生。在他们走过的道路上，留下的每一行足迹里，都记载着中国盐湖人的酸甜苦辣。他们命运的起伏，是中国盐湖事业坎坷的写照。当然，他们创造的科研成果，也证明着盐湖研究的价值。

一个人，是一滴水。可一滴水，映照出的是太阳的光辉。要想了解中国盐湖事业 70 年的风雨历程，要想知道盐湖科技 70 年的跋山涉水，要想感受盐湖科技人 70 年的家国情怀，也许从这三个男人说起，是再恰当不过的选择。

四、基 石

同样一片天空下

同样一片土地上

同样一片树林里

总有一棵或几棵树

比别的树更粗更高

不是获得过更充分的阳光

也不是汲取了更充沛的雨水

只是因为在它的躯干中

充满了向上的渴望

活跃着不肯屈服的力量

1904 年，清朝正处于风雨飘摇中。在江苏仪征的一名秀才家中，一个男婴呱呱坠地。身为老师的父亲给他起了一个响亮的名字：柳大纲。

孩子的名字里，多少都会包含着父母对孩子的期望。不过，父亲并没有期待眼前的这个男孩有一天会大富大贵，只是想着他能成为识文断字的读书人就行了。

有一个当老师的父亲，是那个年代的孩子少有的成长条件。幼年便失去了母亲的柳大纲在大姐的照顾下，早早就显得成熟懂事，学习成绩一直位列所在班级的前几名。

1920 年，柳大纲毕业于江苏省立第八中学，进入南京高等师范学校的数理化学部读书。1924 年，学校改名为国立东南大学，柳大纲所在的系也改为化学系。1925 年，柳大纲毕业，获学士学位，并留校担任助教。

1927 年，柳大纲来到了上海，担任中国公学大学部教员。1928 年，任中国科学社《科学》编辑部编译员。在这里工作，不但让他的外语水平得到了提高，还让他对科学世界有了更多的了解。他深知当时的中国科学技术与世界科学技术方面的差距有多大，这让他一颗年轻的心充满了对国家民族的担忧。

1929 年，年轻的知识分子柳大纲也开始了新的生活，凭着他的专业学识，进入到中央研究院化学研究所工作。从此，柳大纲把自己交给了中国的化学事业。

也是在这一年，25 岁的他遇到了散发着书香气息的姑娘樊君珊。两人一见钟情，很快坠入爱河，并于当年秋天在上海举行了婚礼。接下来的十多年间，国共冲突激烈，日本侵略的铁蹄肆意横行，作为书生的柳大纲全身心地投入到化学研究中，为多灾多难的祖国勤奋工作。

这一时期，在设备不足的条件下，他潜心分子光谱研究。他最早对我国现代与古代的陶瓷以及玻璃材料进行系统的化学分析，撰写了《数种著名国产陶料之分析》《玻璃原料之分析》等论文，为弘扬中华文明及开展陶瓷研究与优质化学玻璃制造，提供了有价值的依据。之后，他重点进行分子光谱研究和开拓，并攻克荧光材料制造的难关，创造的技术成果为南京灯泡厂采用。

到了 1946 年，42 岁的柳大纲已经是中央研究院化学所的研究员了。他出色的专业能力让他得到了同行们的认可和关注。于是在选派赴美进修的名单中，出现了柳大纲的名字。

当时，欧美的科学技术很发达。要想在科学研究上有所作为，去欧美深造可以说是机会难得。

在美国的罗切斯特大学研究院，柳大纲勤奋刻苦，三年后，他顺利地获得了博士学位。这期间，除了读书外，柳大纲还有意做了一件事，那就是把省吃俭用余下来的钱，买了大量最新的科学书籍。祖国处在贫穷中，缺少的东西实在太多。在他看来，最缺少的就是先进的科学知识与技术。

美国的富足繁荣与发达先进，的确让他长了见识，开了眼界，要说没有一点羡慕是不可能的，但他真的是从来没有想过留下来过另一种生活。从小饱受孔孟思想滋润的心灵，早就树立了修身齐家治国平天下的情怀。他知道这个世界上最需要他的地方在哪里。

1949 年年初，中国大势已定。身边的一些留学生开始变得迷茫，在是不是要重返家园的问题上犹豫不决。大家聚在一起显得忧心忡忡，只有柳大纲态度坚决、乐观。

于是，在解放上海的枪炮声中，柳大纲回到了岳阳路 320号的中央研究院。当时院里人心浮动，是否要跟着国民党去台湾，大家的想法不一。柳大纲坚定地站在了不去台湾一派这边，并且留下来为迎接解放军进城做了大量的实际工作。他和一批年轻的科学家们，尽力保护着实验仪器和文献资料。

和他预想的一样，新生的人民政权，对他们这样的科学家十分关爱。入城的共产党将军陈毅，征尘未洗，就来到研究院，看望这些科研人员。柳大纲走进会场，看到挂着的横幅上写着：科学为人民服务。听了陈毅亲切温暖的讲话之后，他不由得精神振奋。

这种心情他后来写进了文章里："科学工作者，尤其是实验科学工作者，一般来说，比较容易接受实事求是的思想教育。中华民族长期受帝国主义和封建主义的压迫，知识分子也深受其害。他们对反动势力十分反感，但又觉得自己无能为力。他们对民主、对科学都十分拥护，一旦得到解放，报效祖国的爱国热情便喷薄而出。"

作为一个爱国知识分子，当他看到亲爱的祖国充满了希望的阳光时，他的精神状态与整个思想都随之发生了变化。虽然此时柳大纲还是一个党外人士，对共产主义的道理还知之甚少，但眼前的变化，让他充满了对共产党的信任，并决心跟着共产党开始他科学报国的人生。

很快，柳大纲对新生政权的忠诚就经受了考验。他有一个弟弟叫柳大维，很有才华，在当时的工学馆，也就是后来的冶金研究所从事研究。

1951 年，为了让 200 多万知识分子全心全意地为社会主义建设贡献力量，全国范围内开展了一场思想改造运动，用不同方式、方法对从旧社会走来的文化人进行革命教育，以达到清除他们头脑中资产阶级意识的目的，旨在提高他们为社会主义、为人民群众服务的觉悟。对于这场运动，柳大纲不但自觉地积极投入，而且经常在内心深处进行反省，不断提高自己对新社会的认识，以适应社会的新变化。

然而，就在这个时候，他的家庭里发生了一件谁也想不到的悲剧。他的弟弟与弟媳，因为没有能够承受住运动中的压力，竟然在一个寒冷的雨夜，抛下了孩子与母亲，结束了自己宝贵的生命。闻讯赶来的柳大纲看着停止了呼吸的弟弟与弟媳，只说了一句："太糊涂了，明知自己没问题，还这么做，不应该呀！"之后，他就再没有说别的什么话，只是默默地处理了亲人的后事，把弟弟的孩子接到身边抚养，继续投入工作中。能够如此冷静理智地处理这场家庭变故，充分说明了此时柳大纲已经把国家利益放在了高于一切的位置上。

他走在刚刚获得解放的土地上，大口地呼吸着春天新鲜的空气，欢欣地迎接着红旗下的新生活。他与一批科学家被安排参加各种政治学习，聆听中央领导讲话。他在讨论中积极发言，谈心得体会与感受。他还被派去了东北参观重工业基地，这让他有机会接触到来自苏联的专家，让他愈发坚信了社会主义道路的优越性。

考虑到要大力发展东北的重工业，中央决定动员一批上海的科学家去东北工作。柳大纲不但主动报了名，还成为了这次搬迁的领导者。知道了要从上海搬到东北去居住，妻子不解地问他："结婚时你不是说我们会在上海永远住下去吗？"柳大纲笑着对妻子说："时代发生了变化，我们也要跟着变。住在哪里并不重要，重要的是能为祖国做更多的事情。"

离开上海时，他没有忘记把这些年的研究成果——新型荧光材料的性质与制备的全套资料，无偿地转给了南京灯泡厂，使得我国的日光灯工业得以与世界同步发展。

刚来到东北长春的柳大纲以及家人，十分不适应东北的严寒天气。但为了国家的需要，他们咬牙克服了。1953 年，时任长春物理化学研究所副所长的柳大纲带着同事们，研究起了用光谱法测定钢铁组成的炉前分析，使得化验时间变短，加快了冶炼速度，提高了钢铁产量，为鞍钢等厂的钢铁生产做出了贡献。

为了解决各种建筑物软弱地基的加固处理问题，柳大纲还领导、组织了跨部门、跨行业、跨学科的土壤电动矽化加固科研团体。他们以化学学科与技术学科相结合，理论研究与工程实践相结合，试验室试验与现场生产性试验相结合的先进理念，从无到有地建立了试验室和建置试验设备，进行系统的试验研究。这是中国第一次进行化学灌浆的大规模试验研究工作，开创了化学灌浆研究领域的先河，不但最终解决了地基软弱的问题，还培养了一批进行此项研究的人才。

柳大纲高超的专业水平与组织领导水平，让他在各个方面表现突出，因此中国科学院在筹建化学研究所时，柳大纲就成了所长的最合适人选。

1954 年，刚刚 50 岁的柳大纲服从组织的安排，又从东北长春来到了首都北京，担起了领导整个中国化学研究的重任。次年，他当选中国科学院学部委员，进一步确立了他在中国化学界的权威地位。

担任中科院化学所所长后，柳大纲接受的第一个任务就是组建中国盐湖调查队，担任调查队的队长。

从此，他与中国盐湖事业结下了不解之缘，直到 1991 年从这个世界离开。

此时，战争的硝烟刚刚散去，国民经济正处在复苏之中，有许多大事要办理。在这个时候成立一支盐湖调查队，显然有着非常重要的原因。

共产党是人民的救星，要让人民过上幸福的生活。幸福生活的指数有多样，最重要的是要让人民吃饱饭。

要吃饱饭，就要有粮食。粮食生长在土地上，要有足够的粮食，就要有辽阔、肥沃的土地。可老天爷似乎有些不太公平，中国人口众多，大片土地却无法生长粮食，或者说不能生长出产量很高的粮食。所以千百年以来，中国人始终面临着许多人吃不饱饭的困境。

天安门广场上升起五星红旗后，中央领导不知道开了多少次会，商量如何解决中国的粮食问题。

实际上，为这个问题操心的，不只是国家的领导人。向来忧国忧民的知识分子，在经历了1949年10月1日的激动狂喜以后，一样在为新生的共和国操心。民以食为天，解决了吃饭问题，才能万民拥戴、天下太平。

1951年，在西北兰州的一所大学里，有一个叫戈福祥的化学系教授，提笔给中央写了一封信。在信中，这位教授建议中央政府高度重视西北地区的盐湖资源，因为盐湖里有钾元素，把它制成化肥，可以促使农作物的产量成倍增加。

此信件像一只小鸟飞到了北京，落到了时任政务院副总理李富春的办公桌上。看到这样一封信，他不免有些兴奋。很快，在周恩来总理主持的政务院工作会议上，他拿出了这封大学教授写来的信。

从此，盐湖的调查研究和开发利用被提到了国家层面的议事日程上，也直接促成了1957年中国科学院盐湖科学调查队的成立。

身为盐湖调查队的队长，柳大纲深感肩上的责任重大。国家委以重任，正是对他的信任和认可。这让他整个身心不由得充满了全力以赴完成使命的激情。

实际上，柳大纲早就知道我国农业缺钾肥的问题，还曾从国外带回有关图书资料。他从 1954 年就开始搜集我国盐湖、盐卤资源资料，并于 1956 年考察青海茶卡、柯柯盐湖。扎实完备的化学知识储备，以及认真严谨的治学态度，让他很快就成了我国最早的盐湖化学方面的专家，并开创了盐湖科技这一新领域。

在筹建调查队选择队员时，柳大纲发现和结识了一批盐湖研究的专家。这些专家在以后的数十年里，都不同程度地为中国盐湖事业做出了自己独特的贡献。在本书接下来的篇章里，他们的名字都会被一一提到。

说到这里，有一个人不能不说，他的名字叫袁见齐。柳大纲得知自己将任调查队长时，马上想到的就是这个人，并且立刻抽出时间，去与袁见齐商量进行盐湖调查的具体事项。

袁见齐也是江苏人，比柳大纲小 3 岁，毕业于中央大学地质系并留校任教，1952 年调入北京地质大学担任地质系主任。最重要的是，袁见齐是中国地质矿产方面（包括盐湖）的著名科学家。

早在 1943 年，他就率先进入西北调查盐湖、盐矿 47 处。这是中国历史上进行的第一次盐湖调查。袁见齐在调查途中，白天行走于高原荒野，夜晚于油灯烛火旁整理见闻，陆续写出论文 6 篇和见闻 10 篇，归来后整理并出版专著《西北盐产调查实录》，成为中国最早的有关盐湖的珍贵文献。

也是在读了袁见齐的这本专著后，柳大纲登门拜访，与他相谈甚欢，并邀请他参加盐湖调查队，出任调查队的副队长。袁见齐欣然应允。他早就渴望有机会再赴西北，再探盐湖真面目。

在柳大纲的努力下，很快就确定了盐湖调查队的人选。这个调查队的人并不多，只有 12 个，但可以说，他们都是从相关专业与行业里精心挑选出来的优秀人才。

全队人员除了柳大纲与袁见齐外，还有中国科学院综考会行政干部韩沉石，中国科学院化学研究所研实员陈敬清和高世扬，中国科学院化学研究所技术员张长美，地质部技术员郑绵平，化工部上海化工研究所工程师曹兆汉，632 石油地质普查大队技术员刘旺勋，食品工业部盐务总局技术员沈秋枫、助理技术员王春忠、工程师黄康吉。

1957 年 9 月下旬，调查队携带调查的仪器及相关设备从北京来到西宁后，进行了集结动员。会上，柳大纲做了开场的指导性发言，强调不同学科要相互学习和渗透来研究盐湖，每一位队员都要发扬互相帮助、互相支持的团队协作精神，努力完成这次盐湖科学考察的任务。

国庆节前夕，调查队一行乘坐配备的敞篷卡车穿过彩旗飘扬的街道，前往柴达木盆地，开始了新中国成立以来规模最大的一次盐湖科学调查行动。整个调查队，除了柳大纲、袁见齐已经年过半百以外，别的队员大多是不到 30 岁的年轻人。

简易的公路，坑洼不平，时有中断，每天走不了多少路天就黑了下来。车子停下，扎营在路边。队员们自己搭帐篷，烧水做饭，柳大纲也跟着一起忙。年轻人让他休息，他说："我是队长，就该多干一点。"

全国人民正在欢度国庆，调查队一行出现在察尔汗盐湖。一个废弃的军用机场的活动板房，成了调查队的营地。

早上，曙光初现。柳大纲醒来，走出房子朝远处眺望，只见地平线，不见盐湖之岸。来之前，他已知察尔汗是中国最大的盐湖，方圆有 5000 多平方公里，但置身其间，实地感受它的辽阔，还是不能不为之震撼。

这么大的盐湖，到底蕴藏了什么宝藏？有多少宝藏？这些正是这次盐湖调查要完成的目标。而出发前，领导再三对他说，农业生产急需钾肥，要让盐湖的宝藏醒来，为人民服务，为社会主义建设出力。

盐湖能否出力？能出多少力？此次调查，会起到决定性作用吗？身为队长，柳大纲不能不感到压力巨大。

柳大纲顺着营地前边的一条盐土路边走边思考接下来的调查怎么开展。他看到调查队的高世扬、陈敬清、郑绵平等队员，他们似乎对路边浅坑处的卤水发生了兴趣，蹲在浅坑边认真地观察着。

柳大纲走过去，问他们发现了什么，他们让柳大纲看坑水表面浮着的多边形薄片结晶物。

柳大纲拿过结晶物，用舌头舔了一下，马上说："立刻进行化验。"

化学分析验证很快有了结果，这是一块钾镁盐矿物。

柳大纲随即部署了察尔汗湖的坑探和钻探工作路线。

调查队通过调查，根据全湖卤水的含钾量和航空照片，估算出全湖钾盐资源量约 2.4 亿吨。

当时，世界上已知的大部分钾盐矿床都是地下固体钾矿，所以，许多人都怀疑察尔汗盐湖是不是真的存在钾盐矿床。

科学不但需要推论，更需要实证。为了证明察尔汗钾盐的开采价值，柳大纲安排曹兆汉带领科技人员，土法上马，自创了一套钾盐提取办法，成功用光卤石加淡水分解生产出了氯化钾，并围绕着察尔汗的钾盐进行了一系列的物理化学和化工基础研究。

正是这些调查和研究，为察尔汗盐湖成为我国最大钾盐生产基地提供了坚实的科学依据。

察尔汗盐湖的地质调查刚有结果，柳大纲就去青海省委、省政府做了汇报。他建议尽快制订在察尔汗盐湖建立钾肥厂的计划，并马上实施。因为这时的中国农业生产实在是太需要钾肥了。这可是关系到几亿人吃饭的大问题，是比天还大的事。

柳大纲郑重的建议，引起了青海省领导同志的重视。他们很快就派出工作队开进了察尔汗盐湖，并在 1958 年生产出了新中国的第一批钾肥。

领导着盐湖调查队的同时，柳大纲还组建并领导了三个原子能化学方面的研究室。1959 年以后苏联撤走了专家，停止了对我国原子能方面的援助。柳大纲受命于危难时刻，带领化学家们开展了核燃料前处理、后处理工艺中的一些化学问题和稳定同位素锂、硼的分离、富集关键问题的研究，为我国核爆炸的成功做出了鲜为人知的努力。

调查队自成立一直到 1963 年，柳大纲没有间断地工作着。虽担任着中国科学院化学所所长的职务，但那些年，他大部分的精力都放在了盐湖事业上。因为社会主义建设需要盐湖中丰富的资源，他义无反顾地投身其间。

1959 年，在进行了大量的盐湖调查之后，柳大纲在《光明日报》上发表文章说："从柴达木盆地的盐湖资源，展望这一地区的化学工业的远景，是令人兴奋的。首先是食盐氯化钠，除食用外，是制取金属纳、烧碱、纯碱、氯气、漂白粉等多种化工产品的原料。钾盐如光卤石氯化钾是生产农业肥料与制取其他钾的盐类材料。硼是许多工业新技术材料必需的，锂是原子能工业必需的，镁是轻金属及其合金的重要组成……这些盐类在国民经济、国防及人民生活中具有重大的意义。盆地尚有丰富的多金属矿和石油、天然气的蕴藏。有了石油和天然气，再加上从食盐中制取的氯气，人们可以制造出很多品种的人造材料如塑料、合成纤维、合成橡胶等。盆地内多种原料产地彼此距离又不是很远，将来南水北调使水源问题得以解决，实是一个理想的化工联合生产的巨大基地。"

1960 年，在风景如画的北戴河，召开了全国第一次盐湖盐矿学术会议。柳大纲在这个会议上，做了长达数小时的《盐湖化学与任务》的报告。

在这个报告中，柳大纲首次明确指出我国盐湖具有"多、大、富、全"四大特点，提出盐湖化学与海水化学一样可作为无机化学中的一个分支学科，而且比海水浓几十倍的盐湖卤水更具有开发的前景。在盐湖资源分离提取方面，他提出除了提取钾、镁、硼、锂外，还要考虑溴、碘、铷、铯、铀、钍、重水和有关同位素的提取技术。他还建议开展小试和扩试，方便以后推广到生产中去。

柳大纲的这个报告，是此次会议唯一的学术报告，为中国盐湖的研究开发指明了方向。

多次深入青藏高原，对盐湖资源有了深入的了解后，柳大纲积极建议加大盐湖研究开发的力度。国家科学技术委员会根据柳大纲的提议，于 1963 年成立了盐湖专业组，负责各部、多学科、多兵种分式合作的组织协调工作，并由柳大纲负责组织起草制订了《中国盐湖科技发展十年规划》。

正是在这个规划中，柳大纲提出了分别在三个盐湖建立三个工厂的设想。一是在察尔汗盐湖建立年产 10 万吨钾肥的工厂，二是在柯柯盐湖建立年生产 250 万吨食盐的工厂，三是在大柴旦盐湖建立生产硼酸、锂盐的示范车间。

在这个规划中，柳大纲还提出，应成立一个盐湖的专业研究机构，以察尔汗和大柴旦为重点，围绕钾、镁、硼、锂的综合利用，开展相应的研究工作。在研究内容上，还应包括矿产地质、水文、采卤、输卤、盐田用结构工艺、采运机械、产品加工、老卤综合利用等。

正是有了这个提议，才会在5年以后，有了中国科学院青海盐湖研究所。

可以说，柳大纲集研究、应用、开发、综合利用及盐湖产业化等众多方面形成的完整思路，充满了战略性、前瞻性和科学性，为以后几十年的盐湖科研和生产实践指明了方向。直到今天，中国的盐湖事业，还是在沿着柳大纲这代人开拓的道路上，朝着更新更高的目标进发。

也许正是这个原因，就算柳大纲已经不在了，我们还会那样强烈地怀念他：在一些重要的场所，树立起他的雕像，在他百年诞辰时，举行隆重的纪念活动，还设置了"柳大纲优秀青年科技奖"。人们用各种方式纪念，不仅是为了记住柳大纲对中国盐湖事业的贡献，更是为了让后来者学习继承柳大纲为了盐湖科学勇于担当、鞠躬尽瘁的精神，为国家的强盛、人民的富裕继续奋斗。

20世纪60年代初的三年，中国人的日子不好过。连城里都无法提供足够的食物，更别说是在贫瘠的荒野上了。寸草不生的恶劣条件，加上严重的供应不足，让一些科研单位的科研人员先后撤出了盐湖。

当时，柳大纲领导下的化学所也有一批科研人员在柴达木工作。是回到北京，还是继续坚守，取决于柳大纲的决定。

撤离，意味着正在进行的盐湖研究就要停滞下来，而国家越是困难的时候，越是需要盐湖里的资源。柳大纲不是军人，可他明白，一个士兵不管什么时候，都不能在战场上当逃兵。

而这个时候的他，不仅仅是个所长，是个科学家。1959 年，他的入党申请得到了批准，他已经成为了一名在党旗下举起拳头宣过誓的共产党员。不是党员时，在他的心里，党和国家，已经至高无上。现在，作为一名党员，他怎么可能在国家困难时期，带领他的部下逃离呢？！

这个时候，再多的高谈阔论、豪言壮语，都不如一个脚踏实地的行动。他是学部委员（院士），是中国科学院所属研究所的一名所长。他有足够的理由，待在北京城。可他选择了从首都离开，来到了青海，来到了柴达木，来到了大柴旦盐湖旁边的工作站，与一群科研人员，住在一间难遮风雨的房子里，吃着一个锅里的饭菜。而这个时候的他，马上就 60 岁了。他的头发已经花白，眼角也有了很深的皱纹。

在这最困难的三年，人们常常能在这片荒野上，看到柳大纲的身影。在盐湖新开出的盐田间，在灯火通明的实验室，在卤水分离试产轰鸣的机器旁，大家随时随地都可以遇到柳大纲，与他谈工作、谈生活、谈项目。

与他接触过的人都说，他像是一位严厉的老师，总是给你启发；又像是一位和蔼的长者，总是对你倍加呵护；又像是一位知心的朋友，总是让你觉得被关怀。唯一不像的就是官。他从来不摆官架子，不管什么时候，都是把自己当作一名普通的老百姓，一名为祖国工作的科学家。

这时的他，身体已经不再强壮。高原反应，让他夜里无法安睡；科研与工作上的事，让他过度操心；而生活困难、营养不足，让他出现了明显的体力不支。大家劝他离开盐湖，回北京去休养，不要把自己累垮了。可他听了以后，笑了笑说，没有什么，能顶得住。

妻子心疼他，写信让他回北京。他给妻子写信说：这个时候，我不能走；我一走，人心就散了，工作就会受影响。

处处身先士卒，事事吃苦在先。正是在他这种人格魅力的感染下，奋战在盐湖现场的职工，不管是科考人员，还是司机、炊事员等后勤人员，都坚守在了岗位上。就算是得了浮肿病，也不离开。一位女同志，有孕在身，也不请假，直到马上要临盆了，才不舍地离队返京。

就是这个时期，柳大纲带领他的团队，在大柴旦工作站的试验车间里，完成了卤水中镁钾分离的试验，还完成了对台吉乃尔盐湖和大、小柴旦盐湖的资源调查，为柴达木盆地盐湖资源的进一步开发拓宽了道路。

1965 年，柳大纲在《中国盐湖科技发展十年规划》中提出的一项重要建议得到了落实，中国科学院青海盐湖研究所正式在西宁建立。柳大纲担起了第一任所长的重任。十几年来，主要从事盐湖研究的科学家们，不管身居北方还是南方，都听从了使命的召唤，义无反顾地离开繁华的都市，告别熟悉的环境与亲朋好友，汇聚到西北这座海拔 2200 多米的高原之城。

实际上，由谁来担任青海盐湖所的所长，主管组织部门有过犹豫。作为中科院化学所的所长，柳大纲肩上的担子已经够重，再担任青海盐湖所的所长，对于已经 61 岁的他来说，是不是会过于辛苦。可这些年来，作为盐湖研究的组织者和领导者，这个所长由他来担任，确实是再合适不过了。中国科学院领导征求柳大纲的意见，柳大纲说："如果组织信任我，我愿意竭尽全力。"

柳大纲担任所长，让一批科学家深受鼓舞。他们初来乍到，人生地不熟，但有柳大纲当领导，他们都心里踏实，情绪稳定。由柳大纲来挂帅，可见青海盐湖所的重要性，在他的领导下，盐湖研究所必定会大有作为。作为青海盐湖所最早的一批科研人员，他们很快就在柳大纲的指挥下，不顾高原反应带来的不适，精神抖擞地投入到科学研究的各项工作中。

只是谁都没有想到，很快，一场可怕的大风暴就刮来了。整个中国大地上，没有一处能够幸免。中科院化学所和青海盐湖所也一样有了大字报，有了批斗会，连老红军出身的盐湖所党委书记也遭到了围攻。不过,大部分的科研人员都是冷眼旁观,并没有狂热地投入。

柳大纲并不明白为什么会发生眼前的一切,但出于对党的信任和一个知识分子的良心,他坚定地认为,不管出了什么事,一个国家的经济不能不发展,科学研究不能不继续。所以,在看过了攻击他的大字报后,尽管他的脸色不好、心情沉重,可转过身,他还是走进了化学实验室,继续着他的盐湖研究。

正是在他的坚持以及所有科研人员的抵制下,当全国许多地方都在停课闹革命、罢工搞运动时,青海盐湖所却出现了另外的景象。学习完了最高指示,参加完了批判会,甚至游行回来后,大家手里捧起的仍然是专业论著。灯下趴在桌子上,书写的仍然是科学的论证,心里想着的还是如何早日攻下学术上的一道道难题。

笔者于2018年9月来到柴达木盆地大柴旦盐湖工作站,一排排实验室里的瓶瓶罐罐还在,二层楼房高的试验车间里的机器还在,墙上"抓革命、促生产""农业学大寨""工业学大庆"的标语仍清晰可见。据在这里工作的老同志回忆,别人去闹"革命",我们在促生产,我们把学大寨、学大庆落实到了科学研究上。所以"文化大革命"中,不管形势有多么恶劣,柳大纲领导下的盐湖研究和试验,都从来没有停止过,每年照常去遥远的盐湖现场开展工作。这不能不说是中国科学界的一个奇迹。

在1978年的全国科学大会上,青海盐湖所作为一个整体单位，被评为中国科学院唯一的先进集体，就是奇迹最好的证明。盐湖所能获得这样的荣誉，与柳大纲的领导有着密切的关系。

"文化大革命"风暴来势凶猛，各种学术报刊，如秋天的树叶纷纷凋零。《化学通报》也不例外，遭到了停刊。

身为化学科学家，柳大纲深知《化学通报》的重要性。到了 20 世纪 60 年代末，政治风向稍有变化，他不顾可能的风险，积极建议恢复《化学通报》的出版。

柳大纲四处奔走呼吁，并进行编委会的组建。经过一年多的筹备，《化学通报》于 1973 年 8 月正式复刊，柳大纲亲自担任主编。

这是中国化学会第一个复刊的刊物，也是我国"文化大革命"期间最早复刊的学术刊物之一。

此刊的恢复，竟然引起了"四人帮"的不满。他们指示某报刊对《化学通报》上发表的《热力学第二定律从物理说法导出数学说法》和《熵与混乱度》进行批判。

面对巨大的压力，柳大纲没有屈从，而是坚持学术应该允许自由讨论，制止了某些人随便上纲上线、乱扣帽子的行为。

在那个年代，《化学通报》成了一批科学家坚持科学研究的信息资料的重要来源，所起到的作用难以估量。

改革开放，让中国进入了新时代，科学也迎来了明媚之春。然而，此时柳大纲已不再身强体壮，身体的老迈，让他无法再亲赴青藏高原，深入到盐湖生产第一线，但他的心却从来没有离开过盐湖事业。

作为名誉所长，作为顾问，作为连续数届的全国人大代表，作为科学家，柳大纲仍然力所能及地为中国的盐湖基础研究和开发应用操心。每当有青海盐湖所的老同事和部下来看望他，他总是会问个不停。对于新一辈科学家取得的每一个成果，他都会给予高度的肯定并为之欣喜。

可每当有人说到他，对他取得的科研成就大加肯定时，他总是摆摆手，不让别人再说下去。不管什么时候，他都是那么低调谦逊，说自己能做一点事，工作上能取得一点成绩，主要是党对他的信任，同志们对他的支持。

就是卧病在床时，他还是渴望着能再有机会，为党和人民再多做点贡献。也许，任何一个爱国的知识分子，都会是这样，总觉得为祖国奉献得还不够。

柳大纲无论是作为所长还是科学家，对中国盐湖事业，都是功不可没。

自新中国成立后，柳大纲的科研理念也随之变得更加明确坚定。那就是坚持基础研究，解决重大的应用问题，让科研工作能直接为国民经济发展服务。科学发展必须生根于社会需要，各个学科都有其自身规律，不去研究新现象、寻找新方法、揭示新规律、形成新概念，科学就不能得到发展，技术也不会有新的突破。

正是在他的带领下，青海盐湖所完成了对柴达木盆地盐湖物理化学的科学调查，发现了察尔汗盐湖天然光卤石，从而判定该湖大量晶间卤水已经处于钾盐结晶阶段。同时，还发现了大柴旦湖底的硼矿沉积。这两项重大发现，加速了地质部门在柴达木盆地大规模开展钾盐和硼矿的勘探工作，也终于证实了察尔汗湖群蕴藏着上亿吨氯化钾，是至今为止我国最大的可溶性钾盐矿床。

柳大纲还指导研究了察尔汗湖群盐田建造和各种卤水在不同条件下的天然蒸发结晶过程，制定了盐田日晒制取光卤石工艺，为获取光卤石原料确定了基本技术。

他指导研究的另一个典型盐湖是大柴旦盐湖。该湖卤水组成复杂，钾盐、硼酸盐、锂盐含量丰富，是典型硫酸盐型湖。他们通过对湖水长期的现场观测和实验室研究，揭示了湖水组成随季节变化的规律，研究了不同季节湖水的天然蒸发结晶规律和盐田日晒工艺，逐步分离出大量的钠盐、镁盐、光卤石，获得了提取硼酸与锂盐的高浓度原料卤水。他们还进一步研究和确定了直接提取硼酸和锂盐的工艺，并深入研究了浓卤硼酸盐化学。此项已坚持了30多年的研究，是我国盐湖资源开发和盐湖化学研究的典范。

在应用科学方面，柳大纲开创并建立了腐殖酸研究组，系统地开展了对腐殖酸的组成、结构、性质与功能的深入研究。在用色谱分离腐殖酸这类结构十分复杂的物质，以及对复杂的羟基、羧基进行结构分析方面，他们所取得的成果在国内是独一无二的。他们发表了相关论文多篇，在国际会议上也多次获得好评。他们将腐殖酸应用于石油钻井泥浆处理、水泥固化促进剂、植物生长调节剂等方面的研究，也取得了重要成果，并做了广泛推广，对农业增产起到了一定的作用。

在硼酸盐化学研究上，柳大纲带领的团队也取得了重要突破。他们提出了硼酸离子以两种或两种以上的不同聚合态存在于饱和氧化镁卤水中，而且它们因条件变化而互变的新概念。他们发现浓卤经稀释可加速硼酸镁盐的结晶析出，并在常温常压下获得多种不同的硼酸镁矿物。他们又进一步建立了研究难溶硼酸盐非热力平衡相关系的新方法——结晶动力学法，从而使盐湖化学大难题之一的盐卤硼酸盐化学成为可能。这些突破，进一步支持了青藏高原盐湖硼酸盐矿床成矿的新理论——稀释成矿理论。

柳大纲还指导研究了铝酸钠法直接提锂，并进行了铝酸钠、氯化锂、氯化镁水盐体系中化学反应过程的研究，于 20 世纪 60 年代提出了我国第一个直接提取锂盐的工艺流程。此外，他还指导研究了氯化氢、氯化锂、氯化镁盐体系中固、液、气诸相平衡关系，此工作为用盐析法分离氯化镁、高度富集氯化锂，进而制取氯化锂奠定了理论基础。

正是以上这些国际领先的成就，以及发现大柴旦盐湖综合钾、硼、锂矿床这一重大成果的结晶《大柴旦盐湖调查盐卤硼盐化学和综合利用的基础研究》，使柳大纲等人于 1989 年获中国科学院自然科学奖一等奖，1995 年又获得了国家自然科学奖二等奖。

1991 年 9 月 14 日，87 岁的柳大纲与世长辞。他生前的亲朋好友、同志同事、部下学生，纷纷撰文予以哀悼纪念。在他诞辰一百周年时，科学界举行隆重的缅怀活动，肯定、赞扬他对中国盐湖化学事业所做出的丰功伟绩。

有一首诗这样写道："有的人活着，他已经死了；有的人死了，他还活着……他活着为了多数人更好地活的人，群众把他抬举得很高，很高。"

柳大纲不是高官，也不是富翁，更不是明星，但他的名字，却被许多人记着，一直都不会忘。

只要是组织的安排，柳大纲永远都不会说半个不字，无论这个安排充满了多少意想不到的困难。他的资历，他的职位，他的科研成果，早就让他德高望重，但他从来没有凭此为自己谋取一点名气和利益。不管在什么场合，他都和群众打成一片，不搞一点特殊化。

直到 20 世纪 80 年代，柳大纲一家人还居住在破旧的小房子里。组织多次给他换大房子他都不换，说是上班方便，搬到新地方，上班要车子接送，会耗费国家的汽油。直到有一次，他去外地出差，单位才安排了人，把他的家从小房子里搬了出来。

他的房子里，没有什么值钱的家具电器，最多的就是书。用他自己的话说，不管是出差还是出国，能让他花钱的地方，就是买书。似乎这个世界上，除了书籍，没有什么东西让他更有兴趣了。书籍里有知识，有最新的科学信息，确实没有什么比它们更宝贵了。

他这一辈子，没有什么别的爱好。不抽烟，不喝酒，也从来不打牌、下棋。除了工作以外，柳大纲回到家里，不是处理文件和写论文，就是看书。

作为学部委员，他得了病，不用花自己的钱，就可以享受医疗服务，可就算是最后病重住了院，他还是嘱咐家人和医疗人员不要多花钱，还想着为国家多省一点钱。

很多青年科学家把他当老师，有了什么疑难问题，都会来请教他。只要有年轻人来拜访，他总是不厌其烦、耐心认真地给予帮助。

那些在他的指导下完成了论文和专著的作者，为了感谢他的辛苦付出，请求允许把他的名字署上。可每每这个时候，他都婉言谢绝。多年以来他一直坚守着一个原则，不在部下和青年科技工作者的论文和专著上署名。

人才有多重要，作为科学家，作为研究所所长，他心里最明白。各种场合下，他都呼吁要培养人才，要爱惜人才。1957年反右派斗争时，有一个出身不好的青年科研人员，面临着卷入政治旋涡的风险。柳大纲闻讯后，立刻安排他去野外科考，让他远离了政治旋涡，从而免去他一场灾难。这名青年就是高世扬，后来被评为中科院院士，每每回忆起此事，他总是说，没有柳前辈，就没有他的今天。

柳大纲这种淡泊名利的境界，不知让多少青年科学家心生敬佩，把他当作人生的榜样，不问名与利，埋头做学问。他的学生中，之所以能涌现出这么多杰出的科学家，与他的言传身教密不可分。

依照他的心愿，在他离世后，国家设立了"柳大纲优秀青年科技奖"。到目前为止，已经有近百名全国各地的青年科技工作者申请，其中39人获得了这个奖项。获奖者中有1人后来被评为中科院院士，多数人都成为了博士生导师。

笔者采访过一位20世纪80年代出生的获奖者，一名秀气的戴着眼镜的女性。说到柳大纲时，她告诉我："我虽然与他属于不同的时代，没有见过他，但在我的人生道路上，他就是我的榜样。"

胸中只有祖国，从来不为自己谋求私利，这是柳大纲一生的做人准则。

柳大纲上了中学的孙子，看到爷爷伏案工作的桌子上，玻璃下压着一张纸，上面写着一行醒目的字：一生常耻为身谋。孙子问爷爷为什么要写这么一句话，要让自己天天看到。柳大纲就对孙子说："人活着，不能老想着为自己谋好处，记住，那是件可耻的事。"

柳大纲的一名亲戚去插队时，穿走了他在青海穿的老羊皮工作服和大头翻毛皮鞋。他回到家知道了以后，就另买了衣服，找到那位亲戚，把工作服和翻毛皮鞋换了回来。家里人不理解他的做法，他却说，这是他在青海的劳保用品，是单位发的，不能随便穿，只有他去盐湖工作时才可以穿。

柳大纲是这么想的，是这么说的，更是这么做的。没有谁能随随便便成功，思想境界决定了人生所能达到的高度。

80岁生日时，朋友和同事来给柳大纲祝寿。他说："对大家给予我的许多赞美之词，我自己感到惭愧，不敢当。不过，我还有一个愿望，在我有生之年，继续为化学学科贡献我微小的力量，能干时就多干一点。我的身体一年不如一年了，脑筋也转不过来，说话也说不清楚，行动今年不如去年，这是自然规律。但我有一个心愿，首先在国家'四化'目标中，作为化学工作者，只要有机会、有需要效力的地方，我还是愿意去效力的。从长远说，我自己有想法，化学这门学科是研究物质变化的。祖国建设事业需要做的事情很多，化学同许多事业关系密切，能源、环境保护、材料、轻化工、食品等都同化学有密切关系。所以我觉得要不断地推动化学事业，使化学工作者能够在有关化学可以出力的地方多干些工作，使我们国家的建设事业更快地完成。"

可以说，柳大纲为国家操心劳累了一辈子。他的内心没有个人，没有小家，只有祖国。

柳大纲是一位伟大的科学家，更是一位伟大的中国人。

他的品格与风范将永放光彩。

五、贡　献

有的人还活着

可和死去了没有什么不一样

如同行尸走肉

没有谁愿意理会

有的人已经死了

却并不曾离开过

因为他们的名字

连同他们的故事

一直在大家的心里

从来不曾消失

比起从事盐湖研究的前辈柳大纲，张彭熹算是晚了一辈的后来者，他比柳大纲小了27岁。当柳大纲已经在大学任教时，张彭熹才刚刚出生在天津一个普通工人的家庭中。世界上很多事情的发展变化，没有人可以提前预料到。三十多年后，他们不仅相遇于青海西宁，成了为中国盐湖事业并肩奋斗的同事，在柳大纲退居二线后，张彭熹还接过了他肩上的重担，成为了中国科学院青海盐湖研究所的所长，继续开拓着盐湖研究与开发利用之路。

一个工人家庭的孩子，最终能够成为一个举足轻重的科学家，实属不易。张彭熹能取得这么大的成就，和新中国的成立密不可分。

虽然张彭熹的父母是并无多少文化知识的劳苦工人，但在儿子上学这个问题上，他们从来是不管有多么困难，都想尽办法把儿子往学堂里送。只是刚读完了小学，家里的贫穷不得不让他离开了学校，去铁路部门火车站做了一名学徒工。这时的张彭熹在绘画方面表现出了一定的天赋。就算是不上学了，也会拿着个大本子，在上面画他喜欢的东西。他是个懂事的孩子，想上学却上不成，并不怪罪父母，反而决心从学徒好好做起，多挣些钱补贴家用。

不过家境稍有好转，父母就又让他去读书。可读了一年不到，他又不得不辍学，因为姐姐不幸患病离世。姐姐是家里的经济支柱，少了她，张彭熹继续读书又变得不可能了。

怎么办？是继续读书，还是去做工，从此断了读书的念想？张彭熹这次不想再把自己的命运交给别人。他了解到当时师范学校的学生不但免除学费，连吃饭和住宿都不花钱。这样的学校也许有钱人家的孩子看不上，但对他这样的穷人来说，简直就是老天爷送来的礼物。

不过上师范学校是要考的，达到录取成绩才能进入。只读过不到一年中学的张彭熹接受了这个挑战。凭着他的勤奋好学和过人的聪慧，他最终榜上有名，在 1947 年成了师范学校的一名学生，而这一年他才刚刚 16 岁。

两年后，从师范学校毕业，他成了天津一所小学里的老师。那个年代，工人家的孩子当上了老师，虽然只是个小学老师，也是件了不起的事。别说是父母亲有多高兴了，连张彭熹自己也很满意眼前的这份工作。

也就是说，如果没有后来发生的事，那么张彭熹很有可能就会在小学老师的岗位上度过自己的一生。我们无法判断他能在这个岗位上发挥多大的作用，但可以肯定的是，在中国的地质界，在盐湖研究的这片天地里，就会缺失一位栋梁之材。

任何时代，个人的命运总会被社会的变化影响。新中国的成立，不知改变了多少人的生活道路，张彭熹只是其中的一个。

1952 年，国家建设需要人才，向有文化的青年发起动员，号召他们积极报考大学，继续深造。

知道了这个消息，21 岁的张彭熹坐不住了。青春的心波动了起来，本来就喜欢读书的他，怎么可能会轻易错过继续读书的机会呢？他决定边教书边报考大学。

考什么呢？张彭熹面临选择。他身边的朋友，都把他当成了一名业余画家。他在教书时，经常把自己画的花草鸟鱼当成奖品奖给那些考试成绩优异的孩子。也就是说，如果他报考美术专业，很有可能会成为一名出色的画家，他就会从此生活在一个浪漫的艺术天地里。

只是这个时候广播和报纸里，发出的却是另一种声音：国家建设急需技术人才，有志的青年们，更应该学工学理。社会主义的美好前景，让每个年轻人都激动不已，没有人不想着为国家的强盛直接做出贡献。

正在这时，一张新的《人民日报》上刊登了一篇介绍中国地质工作者的报道。张彭熹连着读了好几遍，读完之后，他不再犹豫了，毅然决定报考地质学院。

当年 9 月，张彭熹收到了录取通知书，他成了北京地质学院石油天然气专业的学生。这也是他高考时填写的第一志愿。

能够成为新中国的第一批大学生，张彭熹确实是幸运的。但这也意味着，从此他的人生走向与地质研究挂上了钩。

开学典礼那天，时任地质部副部长何长工，一位为打天下立下汗马功劳的老革命，来给入校的新生讲话。他说："我们打下了天下，现在，轮到你们来建设这个天下了，这个天下会变成什么样子，和你们有着直接的关系。因为，无数的宝藏要靠你们把它们从地底下找出来，变成国家和人民的财富。"

坐在台下的张彭熹不由得为自己的选择而自豪。如同当时的每一个中国青年一样，他们都对未来充满了无比美好的想象。

而对张彭熹来说，这个想象就是成为一个探宝者，走遍祖国大地，去发现大地的秘密。

四年大学生活，在一个人的一生中，占据的时间并不算长，但一个人的一辈子会活成什么样子，这四年起的作用往往是决定性的。

带着成为地质学家的梦想，张彭熹取得了每一门学科都优秀的成绩。要征服高山荒原，光凭意志和体力不行，专业的知识储备和学术水平，才是最主要的。也就是说，四年以后走出校门，他必须让自己具备一个地质工作者的素质。

要读好书，没有什么捷径。要想比别人更优秀，就要拿出比别人多的时间，去字里行间徜徉。张彭熹原本就天资聪颖，又肯下功夫，这让他很快就成了班级里的优秀学生，不但加入了共青团，还成了学生会的干部。他的美术特长也得到了发挥，校园的板报栏里，经常可以看到他画的宣传画。

1956 年，获得地质学学士学位的张彭熹，因为学习成绩突出和社会活动能力强，学院有意留他在学院工作，他的老师则动员他继续考研究生。可他一颗青春的心，像一只小鸟一样早就飞到了广阔的天地之间。

毕业分配志愿表发了下来，每个人可以填写三个志愿。张彭熹在三个志愿的空白处，写上的是同样一行字。

这一行字就是"柴达木盆地地质生产单位"。

他以为自己填写了这样的志愿，肯定可以被分配到青海石油天然气勘探队，没有想到自己最终被分到了一个科研单位，这个单位就是中国科学院北京地质研究所西北地质室。

在北京上了四年大学，张彭熹没有想到毕业以后会留在北京工作。尽管中国科学院是一个许多搞科研的人都向往的单位，但张彭熹以为一个地质学家更应该活跃在大山荒野间，所以这样一个分配结果，让他有些闷闷不乐。

不过，张彭熹很快就从失望中走了出来。到地质所报到的第7天，他就接到通知，与所里的同志们一起奔赴柴达木盆地。

古老的柴达木盆地，第一次迎来了新中国的地质工作者。这也意味着，填补历史空白的足迹中，留下了张彭熹的脚印。

因为刚走出校门，他成了这支队伍中最年轻的成员，这让他有机会得到更多老前辈的关怀。此时地质所的所长，已经年过半百的侯德封，就对张彭熹格外关心，不管是坐在车上，还是在野外行走，常把他叫到身边，与他交谈，给他讲些地质人的故事。这让张彭熹有了一般人没有的条件，学习到了更多地质勘探的经验，以及老一辈的工作态度和精神。

这次勘探的目标是柴达木盆地西边茫崖地区的石油和天然气。经索尔库里，翻越阿尔金山进入盆地，破旧的苏制卡车在几乎没有路的地面上行走着，颠簸如同小船行驶在风浪中，缓慢如同爬行的虫子。但队员们的情绪始终是高昂的，不管是漫天的风沙，或是如火的烈日，还是无边的荒漠，无论面对怎样的困难，大家总是笑声不断、歌声不停。这给张彭熹上了印象深刻的一课。地质人就是这样，与恶劣的自然环境相伴是常态，要学会从难苦中找到快乐。

紧紧跟随在侯德封身边的张彭熹，看到了身为所长的他是如何工作的。野外工作条件之艰苦，若不是亲身经历，很难想象得出来。白天跋山涉水，夜里只能睡帐篷和行军床。侯德封不管什么时候，都是和大家同吃同住，没有一点特殊的待遇。

那天，侯德封与苏联专家彼德洛夫一起在柴达木盆地了解硼矿资源情况。彼得洛夫是一个性情急躁的大块头，要到湖对面去勘查，他嫌木排走得太慢，就直接从木排上跳到了湖中，水不深，但冷得刺骨。一看苏联专家跳下去了，侯德封所长也跳了下去。这时，张彭熹迟疑了一下，也跟着跳了下去。过后，侯德封对张彭熹说，他那会儿要是不跳下去，就会让人家看不起了。

课堂上学的东西，放到实践中，张彭熹一时还不能完全适应。侯德封就亲自给张彭熹讲解，教他如何看地质剖面，如何进行描述、分层、测量；晚上就着蜡烛的微弱亮光，告诉他如何写出优秀的地质报告书。张彭熹的第一份地质分析报告，就是在侯德封的指导下写出来的。更重要的是，跟随侯德封工作的这段时间，不仅提高了他的地质勘探水平，还对他的思想性格形成，起到了重要的作用。

也是在这次柴达木盆地地质调查期间，张彭熹第一次看到盐湖。奇特的尕斯库勒湖景色，让他不由得发出了一声惊呼。

映入眼底的湖水没有边际，像镜子一般，把飘浮在蓝天上的朵朵白云，尽揽怀中。在灰黄无边的茫茫戈壁间，因光线强弱与照射角度不同，在微微吹来的风中，湖水荡漾出各种各样的光色。与不远处的死寂荒山形成鲜明的对照，它就像是一位美丽而又神秘的仙女，不知从哪片云彩里落下凡间，也不知在这里是在等待被人发现，还是要诱惑迷路的王子。总之，只要看它一眼，就不可能再忘记。

第一眼看到盐湖时，张彭熹这么惊喜并不奇怪。爱好美术的他，有着一般人没有的对美的敏感。如果当时手中有画笔，他肯定会立刻把它画下来。不过不要紧，张彭熹虽没用画笔，但他已经用一双眼睛，把它画在了自己的心上。

作为地质工作者，他知道，这是第一次遇见盐湖，但肯定不是最后一次。柴达木有许多盐湖，他一定会多次遇到。

张彭熹只是想到了会多次遇到盐湖，但没有想到，他最终会成为一名盐湖地质勘探的科学家，盐湖成了他生命中最重要的一个地理词汇。他接下来的荣辱成败都和盐湖密切相关。

这就是命运，每个人都有自己的命运，而且似乎都有被决定、被转折的那一刻。实际上，这一刻出现时，很多人自己往往并不知道。张彭熹是在多年以后回忆起初次走进柴达木与盐湖相遇的那天上午，才意识到那其实是他的命运被决定和转折的一刻。

1957 年，许多知识分子的日子不好过。张彭熹从野外考察回来，发现城市里的气氛变得紧张。一些同班同学被划成右派，这让张彭熹有些难以理解。因为同窗四年，他对他们十分了解。他们也许个性不同，对人生的看法有差异，但对祖国、对人民，可以说个个都是赤胆忠心。说他们是右派分子，张彭熹一百个不相信。不相信，却不能多说什么。好朋友说他运气好，正好去了野外勘探，要是留在城里，没准他也会被划为右派。同学们的遭遇，让他不喜欢政治活动。于是，他采取了消极抵制的态度，尽量不参加或少参加政治活动，并在活动中尽量一言不发，一有空就躲在宿舍里，专心写野外工作总结。

到了来年春天，运动势头减弱。潜心研究的张彭熹有了可喜的收获。他写出了论文《青海、甘肃两省盐湖矿产资源评价报告》，还完成了《野外地质素描法》一书的初稿，良好的绘画功底和扎实的专业知识及丰富的资料，使他的书稿图文并茂、颇具新意。书稿投稿后很快得到肯定，并于1959年年初正式出版。

论文的发表和专著的出版，使张彭熹的才华得到了展露，也因此更加受到单位的肯定和侯德封的赏识。他被安排去做侯德封的学术秘书，以助手的身份和侯德封一起开会或野外考察，两个人的关系变得愈发亲密。虽然是上下级，但要说他们亲如父子也一点儿不过分。

作为学术秘书，张彭熹有了更多的机会充实和提高自己。一些重要课题的设计与完成，张彭熹参与了整个过程。如计算黏土矿物在风化过程中的膨胀率等课题，如中苏合作项目"青海、甘肃两省生产力配置调查计划"等，都是侯德封确定思路与大纲后，由张彭熹查找资料，主持专家论证、撰写成文。这让他确实比别的年轻人更辛苦，付出的更多，但一分汗水，一分收获。张彭熹之所以在日后能成为中国科学院院士，不得不说和他这段经历有关。没有谁可以随随便便成功，一棵大树长成，除了树木自身的顽强向上，更离不开阳光雨水的滋润。

1958 年，张彭熹参加由侯德封带队的中国科学院青海甘肃综合考察盐湖分队，对柴达木盆地西部的盐湖进行科学考察。考察归途中，在兰州饭店里，侯德封与张彭熹进行了一次推心置腹的谈话。

他对张彭熹说："小张，你还年轻，对中国西北地区而言，地质资源工作一是要抓石油，二是要抓盐湖。中国盐湖地学大有前途，你不要像我一样当'万金油'，要专攻一个方向。盐湖研究是一门新兴的学科，投身其中，定可以大有作为。"

自第一次见盐湖后，张彭熹就像是遇到了梦中情人一样，暗暗喜欢上了它。这几年，在多次参加了对盐湖的科考后，他发现盐湖不但外秀，其内在更美。因为蕴藏在其中的各种化学元素，都是工业、农业发展离不开的珍贵无机矿物。

可以说，侯德封所长的这番话，说到了张彭熹的心里。做什么事，能做好的前提，就是发自内心的喜欢。能够一心一意去从事盐湖研究，这对张彭熹来说，正是求之不得的。于是，他马上表示愿意主要从事盐湖研究。

这次科考结束回所后，侯德封就马上安排地球化学专家、院士郭承基研究员做张彭熹的导师，带着他进行盐湖地学的相关研究。因为盐湖多在西北荒原，为方便开展研究工作，张彭熹主动要求离开北京，来到了 1000 多公里外的西北之城——黄河边上的兰州。

1959 年，张彭熹担任了兰州地质研究所地球化学研究室副主任。上任没多久，他就带领地质研究所的研究人员去了青海，开展了对东台吉乃尔盐湖的地质考察研究。从此，张彭熹的科学研究工作就再也没有离开过"盐湖"这两个字。

1965 年 3 月 6 日，中国科学院青海盐湖研究所在青海省西宁市正式成立，柳大纲兼任所长，各路盐湖研究专家从四面八方走到了一起。已经在盐湖研究界很有影响的张彭熹自然也不例外，他再次搬家，从兰州地质研究所搬到了西宁市的青海盐湖所，担任第一研究室即盐湖地球化学研究室主任。

此时的张彭熹 34 岁，风华正茂，已经成长为盐湖地球化学学科的学术带头人，不但是盐湖地学的开路先锋，还与柳大纲、袁见齐等老前辈一道，成了盐湖科学事业的开拓者。

接下来的三十多年间，不管历史的天空如何风云多变，生活的道路如何坎坷不平，张彭熹的脚步始终行进在他早就确定的道路上，那就是去唤醒更多沉睡在盐湖中的宝藏。

到底有多少次带队去盐湖考察，他实在是记不清楚了，只记得走过了青海、西藏、甘肃、山西、宁夏、内蒙古、新疆、吉林、黑龙江、四川、湖北、山东等省、自治区的数百个盐湖和有地下卤水贮藏的地区。

那一年，张彭熹带领 11 名考察队员对柴达木盆地的东台吉乃尔盐湖进行考察。通往湖区根本无路可行，他们只能边走边确定脚下的路，用自己的双脚和驾驶的汽车轮子，踩压出了这里的第一条路。

下湖没有船，他们就把汽油桶绑在床板上当船用。汽油木板床驶到了湖中间，要下湖作业没有胶鞋，他们就在脚上套一个蓝色粗布样品袋。没几天，脚就被盐结晶体磨得皮破血流，一沾上盐水就感到钻心的疼痛。

盐湖有水，但是卤水根本不能饮用。在盐湖边上生存，淡水像金子一样宝贵，人人都惜水如命。为了节约用水，大家一连好几个月不洗脸、不刷牙，也不刷锅洗碗。一群原本很体面的知识分子，这个时候，脏得像乞丐一样。

此时，作为负责人的张彭熹，完全可以利用手中的权力多用一点淡水，别人也不会说什么。可他没有这么做，而是和所有人一样，甚至比别人还要吝啬。为了多省一口淡水，他硬是把自己渴得嘴唇破了皮。有时，渴得不行了，就把汽车水箱里的存水放出来当饮用水。

溅在衣裤上的卤水"滴水成盐"，硬巴巴的像干牛皮，时间一长，裤子就从膝盖处折断了。湖区日夜温差可达 20 摄氏度，白天酷热难熬，夜晚寒冷无比。张彭熹带着队员们进行湖区的草测，有时走得太远了，要是赶回营地，第二天再去会花很多时间，他们干脆就原地扎营，地当床，天当被，看着星星月亮睡大觉。在他的影响下，大伙都这样，天黑了，测到哪里就在哪里和衣而眠。

一群人，就这样奋战了五个多月，完成了东台吉乃尔湖区的野外考察，为以后的大规模开发提供了有力的数据支持。

"文化大革命"期间，因为只专注于科学研究及对各种批判斗争的反感与躲避，张彭熹惹上了灾祸，不仅被扣上了"反动学术权威"的帽子，还遭受到了人身侮辱。不愿丧失自尊的倔强性格，使他想到了以命抗争。那些造反派被他死也不肯屈服的举止吓住了，不敢再限制他的科学研究工作。

那段日子，熟悉他的同志们都发现张彭熹变了，变得沉默了、内向了，见了人也不再说说笑笑了。大家都有些担心他，担心他会出什么意外，连他的爱人都劝他，要想开一点。他却对爱人说，看到他们胡闹，自己真的很发愁，经济要发展，首先是不能乱。

1976 年秋天过后，张彭熹脸上又有了笑容。"科学技术是生产力"的口号被重新提起，许多被下马或搁置的项目课题，又列入了新的工作计划。

张彭熹的日程表排满了要做的事情，这些事情全都和盐湖相关。

1978 年，他不顾医生因为他心动过缓和低血压不让他去野外考察的嘱咐，坚决要求进西藏考察。当组织上因为他的身体原因劝阻他时，张彭熹恳切地说："我立下字据，出了问题自己负责。"组织上经再三考虑，批准了他的请求。在扎仓茶卡盐湖考察时，大家在把钻机搬往井位时遇到很大困难。盐湖周围都是沼泽，汽车无法进入，只好把钻机卸成零件，人工搬运。在海拔4500米的高原地区，空手走路都要气喘不止，何况是负重通过泥泞的沼泽地带，但他们对这些全然不顾，硬是靠手抬、肩扛把钻机搬到了井位。有一次打钻，打到47米时突然卡钻，岩心管卡在矿层之中，队员们心急如焚。这时张彭熹正好外出踏勘回来，见钻机向坑口倾斜，担心钻机倒塌，后果不堪设想，他马上组织打捞钻具。为了打捞钻具，必须在饱含卤水的盐层中扩孔，向下挖掘4米多深。沉积形成的芒硝层非常坚硬，钢钎打下去只能见到一个白印。张彭熹带头每天泡在盐卤中，卤水溅得满脸满身，很快就结晶成盐，白花花的，蜇得皮肤痛痒难忍。挖到4米多深时，需要往岩心管上挂提篮把它拖上来，这必须潜入水下作业才行。张彭熹把衣服一脱，只穿短裤、背心，毫不犹豫地潜入卤水中。卤水浮力很大，人根本潜不下去，他就让其他队员按住他的头，硬把他压入水中进行水下作业。几个小时一直浸泡在卤水中，冰冷的卤水冻得他脸色发青，面部肌肉不断地抽搐，牙齿碰得咯咯地响，可是提篮还是挂不上。队员们目睹此状不忍心，含着热泪硬是把他拉出了水坑。第二天，张彭熹又和队员们一起来到钻井处，二话没说就要脱衣服，大家拉着他说："队长，还是让我们下吧。"张彭熹回答："我有经验，我下。"又是他第一个下水，经过几次潜水作业，最后还是张彭熹把提篮挂上，成功打捞出钻具。这时的张彭熹已是近 50 岁的人了，体重只有 102 斤。接连几天泡在卤水里，他累得筋疲力尽，连二两米饭都吃不下去，只好多喝点水来维持体力。

这样的工作环境与状态，对张彭熹来说，已经习以为常。

没有办法，选择了盐湖，就是选择了艰苦与劳累。

如果说野外考察都会充满困难，那么盐湖考察应该属于所有野外考察工作中条件最差的那一类。因为大部分盐湖区都是无人区，也是无鸟区和无兽区，没有生命能在这样的环境中生存。可盐湖的研究者们，却要一次次地与之拥抱。不管它有多么凶险，都是那样一往情深、不离不弃。

作为一个 1960 年就加入了中国共产党的老党员，这么多年，张彭熹一直按照一个共产党员的标准来要求自己。吃苦在前，享受在后，为了工作，从来不计较个人的得失，已经是他为人处世的基本原则。

无数次的盐湖野外考察，长期奋战在渺无人烟的高原、荒漠盐湖区，几乎常年见不到绿色植物，每一次都有不同的困难危险，但每一次张彭熹都一样地忘我工作，不畏艰难困苦。和他共事的很多人先后调离了地处高原缺氧地区的青海盐湖所，到条件较好的内地和沿海地区工作，而张彭熹却一直坚持了下来。

随着岁月的推移，年龄的增长，长期的野外考察生活，使张彭熹的健康状况不断恶化，他曾患有皮炎、肾炎、心脏病、肺气肿等疾病，这使得他看上去要比实际年纪大不少。但他却总是斗志昂扬，像是一个活力无限的小伙子。

1984 年，一副历史的重担落到了张彭熹的肩上。继著名化学科学家柳大纲之后，他成了中国科学院青海盐湖研究所的所长。这并不是任何一个人都可以担任的行政职务，它是对一个人的学识、品格、才能、魄力的全面认可。53 岁的张彭熹也因此有了一个更大的舞台，来施展他振兴中国盐湖事业的雄心壮志。

20 世纪 80 年代，改革开放的大潮汹涌。同各行各业一样，盐湖研究也进入一个黄金时代。各种课题与项目的攻克，科学技术在生产中的转化应用，快速发展的经济对资源的大量需求，都对盐湖科技工作者提出了更高的要求。身为带头人和领导者的张彭熹此时更加沉着镇定，指挥部署所属的科研团队，围绕着新目标、新任务，紧张而又有序地工作着。

张彭熹长期致力于中国西北地质，特别是盐湖地质的科学研究与开发工作，对中国盐湖的分布、组成、类型、成盐模式、锂硼钾等的成矿及其演化规律提出了一套比较系统的见解，总结编绘了中国第一份专业水化学图《柴达木盆地 1 ∶ 50 万盐湖水化学图》，撰有《青海湖冰后期古气候波动模式》等论文，著有《柴达木盆地盐湖》《野外地质素描法》以及科普读物《沉默的宝藏》等。

张彭熹长期从事盐湖地球化学研究，揭示了自新生代以来柴达木古湖发生、发展、衰亡的全过程，建立了内陆盆地盐湖成盐演化成矿模式，对古代"异常"钾盐蒸发岩的成因提出了深部 $CaCl_2$ 型水作用的观点，丰富了大陆盆地成盐理论，开创了盐湖年代学、盐湖古气候古环境、盐卤稳定同位素和低温地球化学等研究。在湖泊沉积古气候古环境演变研究中，他建立了微量生物碳酸盐稳定同位素、单体生物壳微量元素、盐类矿物流质包裹体稳定同位素及物质成分分析，为高分辨率的古环境研究提供了有效方法。

鉴于张彭熹对我国盐湖事业的特殊贡献，1984 年青海省人民政府授予他"青海省劳动模范"称号，1984 年中国科学院授予他"竺可桢野外科学工作奖"，1986 年国务院、国家科委授予他"中青年有突出贡献专家"称号，1990 年青海省人民政府授予他"青海省优秀专家"称号，1991 年起他享受国务院特殊津贴，1997 年他被评为中国科学院院士。

张彭熹不仅在盐湖地学领域成绩突出，而且在盐湖化学、化工的科研组织工作中成绩显著。他学术思维活跃，学风严谨正派，国际联系广泛，具有相当高的知名度和影响力，为我国盐湖事业的发展做出了较为全面的贡献。

66 岁这一年成为了院士的张彭熹，没有把获得的高规格待遇当作晚年福利去享受，而是作为一种对自己的激励，继续为国家和社会发挥光和热，不但一直承担着学术课题，还继续编写着关于盐湖的著作。为了让更多的人了解、熟悉盐湖，他还写了一本科学普及读物《沉默的宝藏》。他说："我的一生是很平淡的，只想作为一个真正的人活着，想为开发西部做些工作。很多老先生都是我学习的榜样，像侯德封、柳大纲、袁见齐院士等。我只是沿着他们开创的脚步往前走的人，至于能够走多远，我没有想那么多，只是这样走下去。"

这一走，就走了17年。这17年，他没有像许多离开了岗位的老人，不再过问工作上的事，一心去过悠闲的夕阳西下的晚年生活，而是一直关心着盐湖事业的一举一动。每当有所里的同志来看望他，他最有兴趣的话题还是关于盐湖的研究和开发，让他最高兴的事，还是相关的好消息。

2014年7月12日，张彭熹在西安逝世，享年83岁。他的追悼会十分隆重，国家领导人也送来了花圈。把国家和人民的利益看得很重的人，国家和人民也会把他看得很重。就算是驾鹤西去，人们也会对他注目远送，并在心头长久铭记。

六、奋　斗

理想之帆

可以很小

也可以很大

只是很小了

只能在池塘和小河里转悠

不知天地高远

如果很大

就可以驶入大海

在乘风破浪中

尽享人生壮阔

2000 年，世界进入新纪元，所有的人都为这个时刻的到来兴奋不已。在西宁火车站，迎着寒风走来一位老者，他刚从北京参加一个学术研讨会回来。天空中飘着零星的雪花，呼出的热气在发梢处结出霜花。这是个比往年更冷的冬天，这位老者的心里却像揣了一团火，浑身上下热烘烘的。因为，这个学术研讨会传达了中央的一个文件。中央在这个文件里向全国发出了西部大开发的号召，作为一个已经在西北工作了多年的科技工作者，听到这个消息，他不能不为此欢欣激动。

这位老者就是中国科学院青海盐湖研究所的研究员、中国科学院院士高世扬。这时的高世扬已经 69 岁。这个年纪，对于多数人来说，人生已经不再有更多的想法，只是想着如何能平静地度过晚年。可高世扬却不这样想，倒不是说因为他是院士，不用退休才会这么想，而是这个工作了一辈子的人，在生活中除了工作，已经没有什么别的乐趣。只有不停地工作，才会让他感受到存在的价值。这天晚上回到家，他见到妻子夏树屏说的第一件事，就是中央决定要西部大开发的消息。夏树屏不但是他的妻子，更是他工作上离不开的好助手。两个人在一起说得最多的话，不是家长里短、儿女情长，而是科研学术。西部大开发中，盐湖资源的开发是重头戏，他们的研究成果将会受到更大的重视，也会被应用到实际生产中，直接为国家的经济建设服务。他们商定在接下来的日子里，还要为开发大西部做更多的事情。

只是这个时候，无论是高世扬还是他的妻子都不会想到，就在两年之后，高世扬的身体状况急剧恶化，竟然在 2002 年的秋天，被癌症夺去了宝贵的生命。71 岁对于一个科学家来说，还可以做许多的事情。高世扬的离去，是中国盐湖科研事业的重大损失，不能不让人们无比痛惜。

1931 年，高世扬出生在四川一个大户人家，到了上学的年纪，就背着书包去读书了。家里的大人对他的期望，就是通过读书，有一天能够出人头地。

只是高世扬当时所处的年代，却是在偌大的中国，没有一处能安放下一张平静的书桌的年代。因为日本人正在通过武力抢占中国的土地。

还是小学生的高世扬，就看到了从天空中飞过的日本人的轰炸机，看到了在轰炸中百姓的苦难。这种悲惨的景象让高世扬小小年纪就明白了，国家的贫困软弱，带给民族的灾难有多么深重。国家要强盛，就要经济发达；而经济要发达，必须依靠科学技术。

所以，当老师在课堂上让每个孩子写出自己的理想时，高世扬这样写道：我的理想，就是要成为一名科学家，为国家的强大直接出力，让祖国母亲再也不受外国强盗的欺负。

也就是说，从很小的时候起，高世扬就有了强烈的爱国心，就有了"科学救国"的远大抱负。

有了理想的激励，高世扬学习就有了强大的动力。他的学习成绩，在班级里始终排在前三名。从小学、初中到高中，他总是还没有读完时间，就拿到了毕业证。原因很简单，人家要读一年才能读完的课程，他总是提前两个月就读完了。

　　高世扬的中学是在四川最好的中学私立树德中学上的。这个学校对学生的各方面要求极高，不但学习成绩要优秀，还要有善良真诚的品格。家里人想让高世扬成人后，能去官府里任职。传统的读书人，把当官当作人生成功的标志。但高世扬自幼就有了另外的理想，那就是做一名科学家。

　　科学研究的道路很广阔，任何学科都是一个没有尽头的世界，只要投身其中，就有探索不尽的奥秘。数学、物理、化学，高世扬独独喜欢上了化学。也许是化学反应的千变万化，激起了他强烈的好奇心；也许是化学与社会的发展、与人类生活的关系更加密切，让他意识到了掌握化学知识的重要性。

　　1949年，中华人民共和国成立，掀开了中国历史的新篇章。这一年，19岁的高世扬如愿以偿，以优异的成绩考入四川大学化学系，成了新中国的第一代大学生。

　　在大学里，高世扬有一个外号，叫高斯。"高斯"的英文是磁感应强度的单位。起因是某一天，同学来宿舍找高世扬，站到他跟前好一阵子，他一点都没有察觉。这惹得同学不由得问他在干什么，怎么像傻了一样。他却说，书像磁场，自己被完全吸引了，什么都忘了。这以后，同学见了他，不再叫他的名字，而是叫他"高斯"。正好他也姓高，这个外号也就流传开了。

　　因读书得到外号，让高世扬更像一个"书痴"了。似乎不这样去读书，就对不起同学起的外号似的。正处于青春年华的高世扬，按说会被许多新奇事物吸引，可在他眼里除了读书这一件事，别的事都对他没有任何吸引力。

他的大学同学说到他时，总是记得他从早晨一醒来，就会捧起一本书来读，就算在食堂吃饭，常常也是一只手用筷子夹着菜，另一只手翻着书页。吃过了饭，不少男女同学到湖边树林中，三三两两去散步，念着诗，唱着歌，抒发着青春的激情，而只有他会挟着书本，走向教室或者图书馆。

三年大学生活，高世扬没有离开过学校。他通读了川大图书馆藏的所有化学书籍和中外历史上许多化学家的传记作品，这些积累为他从事化学科研工作奠定了坚实的基础。

本来大学是应该读四年的，不过因为国家建设急需一批有文化的人才，所以让他们提前毕业。少读了一年书，对别的学生来讲，可能就少学了许多知识，但对高世扬来说，他此时在化学专业方面获得的知识，已经胜过许多研究生。因为这三年，他除了睡觉外，剩下的时间几乎都用来读书了。

不过，高世扬读书成痴，却不是个书呆子。比他小一岁的同班同学，美丽的夏树屏，被他的勤奋刻苦吸引，主动与他接近。夏树屏也是四川人。在简阳小城女子中学读书时，任课的化学老师教学生们制作雪花膏、制备氧气和做氧气燃烧性质的实验，让她觉得化学是很有意思的学科，所以报考大学时，她坚决地在志愿书上填写了化学系。

只是这个时候，她不知道这个世界有一个男人叫高世扬，更不可能想到，正是这个男人的出现，她的命运就此改变。因为和高世扬走在了一起，她的人生之路变得不再平凡。

1953 年，高世扬走出了校门，被分配到了中国科学院长春应用化学研究所。他原以为被分到了中国科学院，会在北京工作，没想到直接扛着行李来到了大东北。不过，不管是在当时，还是在以后，高世扬都为这个分配感到幸运。因为就是在这里，他遇到了化学界的大师柳大纲。

头一次知道柳大纲，还是在大学的图书馆里，他看到的一本关于陶瓷化学的书，就是柳大纲写的。看完了这本书，高世扬就把柳大纲的名字记住了。当时能够著书立说的中国化学家寥寥无几，在他心里边，柳大纲已经成了他的榜样。所以，当他来到长春应用化学研究所，站到柳大纲面前时，他简直有点不敢相信发生的一切是真的。

也就是说，一走出大学校门的高世扬，就成了一个大师的门生。这意味着高世扬在科学研究的道路上，有了灯塔一样的指引者。

已经功成名就的前辈柳大纲也对这位勤奋好学、积极向上的后生格外喜欢，直接让他加入了自己领导的课题组，进行荧光材料分析研究，并指导他研读了分析化学、化学热力学、化学动力学、结构化学、量子化学等方面的中英文专著。这段时间的工作学习，为他以后从事无机化学和盐溶液化学研究奠定了基础。

随后，柳大纲回到北京任中科院化学所所长，他想给得意门生高世扬更多的培养机会，让他的科研有更广阔的天地，就把他带到了北京，在自己的身边进行化学研究。

1957年，中国盐湖调查队成立。身为队长的柳大纲在组队时，第一时间就想到了年轻的高世扬。调查队的工作，比起在实验室不知要艰苦多少倍，但这有助于一个青年学者的成长。当然，调查工作需要年轻的力量，也是选中高世扬的一个重要原因。

1958年8月，调查队进入西藏，在世界屋脊进行盐湖考察。这里地势险峻，空气稀薄，紫外线强。工作不到半天，就会被太阳晒得脱一层皮。一眼望出去，既不见人，也不见村庄。要吃饭，得自己捡牛粪生火做饭。到了晚上，没有房子住，只能搭帐篷。罐头食品成了主要的食物，偶尔吃一顿泡过的干菜和粉条，就是最好的享受了。多年以后，高世扬对他的学生说起这段经历时，会笑着问学生："你们吃过'冰镇馒头'没有？经过天然冰冻的馒头像石头，吃的时候，要先用嘴送一点暖气，化开一点，吃一点，味道可香了。"

条件艰苦本在意料之中，但初次到野外工作的高世扬还是没有想到会这么苦。然而，更让人想不到的是，他还遇上了西藏的枪战。有一次，他们与武装匪徒遭遇，差一点丢掉了性命。他们的大卡车被拦阻，子弹打穿了车厢板，擦着高世扬的身体飞过。每每想起这次经历，他都有点后怕。

　　从西藏的班戈盐湖离开时，高世扬的风湿性关节炎发作，全身瘫软，不能坐也不能睡。大卡车的颠簸，更是让他痛苦不堪，只能趴在车上，忍受着折磨，最后不得不回到北京治疗。身体稍一好转，他又回到了调查队。医生警告说如果不注意，再去高原工作，可能会引起风湿性心脏病。但高世扬并不在意，回来后也没有跟领导与同事说，好像什么都没有发生一样，又出现在了柴达木盆地。

　　确实，困难和疾病，会带给人难言的痛苦，但科学发现带来的兴奋和快乐，也一样是人生难得的一种体验。

　　10月2日，高世扬随着调查队来到了察尔汗盐湖，扎营在盐湖南边的盐桥公路东侧，借宿在某空军飞机场工地上的临时房子里。住下来以后，闲不住的高世扬被夕阳西下时一片绚丽的火烧云吸引，走出房子去看风景。

　　队员们在一块散步时，发现了卤水表面漂浮着的片状六边形结晶光卤石晶体。这是盐湖开发史上一个重要的时刻，高世扬有幸成为了见证者和参与者。

　　确定了卤水漂浮物含有钾元素后，一个目标明确的大面积勘探和简易钻探调查开始了。

　　经过数月的工作，研究人员很快确定了察尔汗盐湖是我国现代沉积型大型钾盐盐湖矿床。

　　在参加"柴达木盆地盐湖勘探和开发利用"中苏合作项目的过程中，高世扬和同事们确认了察尔汗盐湖富含钾镁盐，卤水经日晒蒸发可析出光卤石与水氯镁石，大柴旦盐湖富含钾镁硼酸盐，是世界罕见的新类型硼酸盐盐湖，具有科学研究意义和开发利用价值。他向柳大纲提出重点研究大柴旦盐湖的建议，柳大纲当即表示同意。从此，高世扬在柳大纲的亲自指导下，高起点地开始了他为之奋斗一生的盐湖化学研究。

从双脚踏上盐湖的那一天起，高世扬就开始执着地从事盐湖化学研究。他一生几十次走进柴达木盆地以及新疆、西藏等地的盐湖进行调查观察，足迹几乎遍及国内外所有主要的盐湖区，搜集整理了无数珍贵资料，为填补我国盐湖科研工作的空白，开发利用硼、锂为主的盐湖资源做出了重大贡献。

"柴达木"这个名字是从蒙古语翻译过来的，是"盐泽"的意思。这里天上不见一只飞鸟，地上不长一棵草。除了无边无际的盐水、盐泥、盐块，真的是什么都没有了。敢于挑战它的人，必须要有坚定的意志，能够吃得了苦才行。在这里工作的人，可以说个个都是铁骨铮铮的硬汉子。高原的阳光，早就让高世扬和他的同事们，失去了文弱书生的模样。

哥哥高世龙还记得那些年弟弟简朴的形象。1960 年前后，高世扬回家探亲，身上穿了一件劳动布工作服，肩挎一个黄布包，黝黑的皮肤，精瘦的身躯，根本不像一个在北京研究所工作多年的知识分子，倒像是一个从矿山归来的矿工。他带回家里的不是金钱或礼品，而是几包白盐，几朵开在盐湖中的盐花……

环境恶劣，物资严重缺乏，这确实是盐湖人经历的一段最艰难的日子。高世扬没有悲观和埋怨，而是更加踏实地去工作。幸福不会从天降，只有奋斗和奉献，才会有真正的国家富强，才会有每个人的好日子。所以，无论是高原反应，还是病痛的折磨，都没有让高世扬在野外工作的积极性和热情受到一点影响。

1965 年，中国科学院青海盐湖研究所在青海西宁成立了，并从全国各地调集了一批盐湖研究人员。在北京定居的高世扬，这时已与夏树屏结婚，正打算在北京筑一个幸福的小巢，知道青海盐湖所成立了，马上改变主意，两人商量去西宁安家落户。这时的夏树屏已是南开大学的老师，不管是北京还是天津，都是经济、文化发达的大都市。对于许多人来说，一旦定居了，是不会愿意轻易离开的。然而，在高世扬和夏树屏夫妻心目中，理想与事业高于一切。从事盐湖化学研究，当然是离盐湖越近越好了。于是，这对夫妻的名字，就出现在了青海盐湖所第一批人员的名单上。

从此以后，高世扬与妻子一起投身到了柴达木盆地的盐湖科研工作中。

高世扬先后在硼酸盐溶液化学、成盐元素化学和无机晶须材料三个方面取得突破性的进展。特别是他通过对西藏、青海、新疆、内蒙古等许多盐湖多年的调查研究，对美国、智利、澳大利亚和苏联等国家的盐湖进行考察和对比，总结多年来科技人员开发、利用盐湖的成就，提出了成盐元素命题，把盐湖化学研究从化学角度定位于资源无机化学领域，开创了我国成盐元素化学研究新领域。

高世扬的妻子夏树屏回忆说，高世扬对盐湖的感情是无法用语言来描述的，他常挂在嘴边的一句话就是："盐湖需要我，我需要盐湖。"在高世扬看来，盐湖就是他的生命。凡是有盐湖的地方，他都会认真刻苦地去调查，脚踏实地地去探索。无论是荒漠冰川，还是湖泊沼泽，或者高山峻岭，都留下了他跋涉的足迹，也留下了他的艰辛和欢乐。

夏树屏说，大家都知道钠元素和氯元素结合在一起成为食盐，它的味道是咸的；硼元素和氧元素结合在一起成为硼酸，它的味道是酸的；对于她和高世扬来说，他们的结合，却是无比甜蜜的。

夏树屏到南开大学任教后，高世扬写信向她求婚。在信中，他说："我希望你能成为我的终身伴侣，我们志同道合，我们结合吧，这样对祖国的盐湖事业有利。"

1979 年，科学事业进入了一个新的春天。青海省委在西宁召开了科教人员座谈会，高世扬以专家身份出席会议，并在会上做了《开发柴达木盐湖资源大有可为》的长篇报告，大声疾呼，在大柴旦盐湖建立实验基地，着手进行小规模的生产性研究工作。

他的发言引起了有关决策部门的注意，开展大柴旦盐湖综合利用的中间试验很快得到正式批准。所领导考虑到他的身体不好，一开始没有打算把这个任务交给他。他知道了以后，立刻拒绝了组织为他着想的安排，主动要去大柴旦盐湖，负责此项试验。工作中，高世扬曾经两度旧病复发，陷入昏迷，但他还是坚决不肯离开工作站回西宁治疗。他说，他的身体他知道，没有什么大毛病，大家不用担心，他还可以继续工作。

别人可以不担心，但作为妻子的夏树屏不能不担心。夫妻两人一向相敬如宾，但为这件事，夏树屏对他发过脾气。然而没有用，不让他干别的事可以，但如果不让他去工作，那可绝对不行。对高世扬来说，如果活着不能工作，生命就变得没有意义了。

他几乎每天都是清晨五六点钟起床，一直忙到深更半夜。他恨不得把自己的脑子分成几个来使用，希望给时光加点什么"化学的东西"，让它延伸若干倍。吃喝玩乐的场合，从来看不到他的身影。他确实是把有限的生命用在了无限的为国家工作之中。

1983 年，高世扬被评为"少数民族地区先进科技工作者"，受到国家领导人的接见。《人民日报》《光明日报》等都刊登过他的先进事迹和大幅工作照片，《光明日报》还发表了题为《人生最重要的是精神》的社论，高度赞扬了高世扬把个人和事业融为一体的精神。

1986 年，在写了多份申请书却总是因为家庭成分不好，一直没有如愿入党的高世扬，迎来了他人生中激动人心的一刻：他终于成为一名光荣的中共党员。这意味着，他可以更加轻松愉快地去为自己的理想奋斗了。

高世扬多次对同事朋友说："这恐怕是老天的安排，凡是地球上有盐湖的地方，都是这个'鬼'样子。所以，立志研究盐湖，你就要准备和这个'鬼'在一起；倘若吃不了这份苦，趁早卷铺盖回家，没有谁会勉强你。"

20 世纪 80 年代初，所里来了一批 20 世纪 60 年代以后出生的年轻人。他们有着和老一辈完全不同的经历。他们一时难以适应高原工作的苦，表现出了畏难情绪，有的甚至想着离开，到别的地方和单位工作，这让高世扬很着急。他不得不抽出时间，与课题组的年轻人谈心，给他们讲前辈进行盐湖勘探研究的故事。他用自己的亲身经历告诉年轻人，盐湖事业虽然苦，但有许多空白可以去填写，更容易出成果，更能有所作为。

当年跟着高世扬工作的年轻人，现在也都是人到中年，早已经撑起了盐湖事业的天空。可当大家坐到一起，说起高世扬，都还是念念不忘他曾经的嘱托教诲，把他当作生活与工作的榜样。

他领导的研究组，已经成为我国无机化学界非常有特色的研究队伍。他负责的"大柴旦盐湖调查、盐卤硼酸盐化学和综合利用的基础研究"科研成果，获 1989 年度中国科学院自然科学奖一等奖、1995 年度国家自然科学奖二等奖等重大奖项。1990 年高世扬被评为"青海省优秀专家"，1991 年荣获政府特殊津贴，1994 年获"竺可桢野外科学工作奖"，1997 年高世扬被评为中国科学院院士。

高世扬事业上能够取得这样的辉煌成就，与妻子夏树屏的陪伴与付出分不开，更与他的师长柳大纲直接相关。

源于对盐湖的共同痴迷，源于对科学的执着追求，柳大纲和高世扬在长期的合作探索中，形成了亦师亦友、亦父亦子的亲密关系，在高世扬人生的许多关键时刻，柳大纲都帮助他渡过了难关。

1957 年，许多知识分子被错划为右派，被下放、被劳改，离开了自己热爱的事业，有些人妻离子散、家破人亡，十分凄惨。

高世扬父母家原来有房、有地，被视为剥削阶级，是革命专政的对象，这让他从运动一开始，就成了被关注的重点。

知道有人打算整理高世扬的材料，要把他打入另册，柳大纲坐不住了。他不想看到一个难得的科学人才遭到毁灭。但他又不能公开反对，因为稍有不慎，他也会受到连累，一样会受到可怕的惩罚。

于是，柳大纲以野外工作需要为名，派高世扬去柴达木搞盐湖科研，帮助他化险为夷。后来只要有政治运动发生，他就让高世扬去野外工作，使高世扬躲过了多次劫难，同时还能专心致志地进行科研工作，不断创造出新的成果。

得益于恩师的言传身教，高世扬日后也非常注重对人才的培养和关爱。他先后培养了数十名硕士、博士、博士后以及高访学者，可谓桃李满天下，其中很多人现在已经成为盐湖学科的学术骨干。

现陕西师范大学环境科学系主任李小平教授，是高世扬

2000 级的硕士研究生。他在纪念高世扬的文章中写道："老师渊博的学识、崇高的人品、严谨的科学态度、执着追求与奉献的科学热情、朴素而积极的生活作风深深地影响着我。在实验室里，老师总是手把手地教我测定硼酸盐的化学滴定方法，仔细检查实验数据和实验室的卫生。即使身患重病躺在医院病床上，还问我硕士论文的进展情况，他一点一滴的关怀和照顾犹如慈父。认认真真工作、老老实实做人是老师对我们学生的殷切希望和教诲，时刻影响和指导着我的工作。我也将这句朴实而又富有哲理的话继续传承并告诉给我的学生。"

高世扬的另一位学生在缅怀恩师时写道："参天之树，未知其高几许，伏地而卧，喟叹其长，吾师也。"

高世扬不但是勤奋严谨，善于学习他人优点、汲取科研新营养的学者，同时还是一位科技教育家，与国内学术界广泛交流合作。他曾任中国科学院青海盐湖研究所学术委员会副主任、中国化学会热力学与热分析专业委员会副主任、中国化学会无机化学专业委员会委员，也是吉林大学无机合成与制备化学国家重点实验室的学术委员会委员、地质科学院盐湖中心学术委员会委员、西北大学无机物理化学重点实验室学术委员会委员。他还建立了陕西师范大学应用化学研究所，兼任陕西师范大学应用化学研究所所长，任《盐湖研究》主编、《无机化学学报》和《应用化学》编委。

2002 年，在高世扬被评为院士的第五个年头，他的身体出现了无法医治的病症。8月2日，他的心脏停止了跳动。而这时在他书房里的写字台上，一篇关于盐湖的科技论文还有一半没有完成。

笔者于2018年秋天，在西安见到了夏树屏老人。已经86岁的她，仍然行动自如，说起往事，思路清晰，谈吐流畅。

与她谈得最多的当然还是盐湖，还是高世扬。

说到盐湖研究，其实她也是卓有成就，只是因为高世扬的光芒过于明亮，让人们对她有所忽略。

夏树屏从四川大学毕业后，又去复旦大学读了研究生。这在20世纪50年代初的青年学生中，可以说是凤毛麟角。拿到硕士学位后，她在南开大学化学系工作，负责讲授络合物化学的研究方法。

在化学专业上突出的能力，使得她一进入青海盐湖所，就作为重要的科研骨干，参加了水氯镁石综合利用中生产无水氯化镁、氧化镁和镁水泥物化应用基础和生产工艺试验。

作为一名高级研究员、女性科学家，她主持完成了国家"七五"规划盐湖项目中的"镁水泥物化基础"课题，及"氯化镁活性的测定方法""氯化镁的制备和物化性质""光谱法研究水氯镁石及其复盐的热脱水和键能""能源材料的结构和热化学"等一系列盐湖化学的研究。

夫妻都在青海盐湖所工作的，不止他们一对。但夫妻两个人都在科研上发挥出这么大作用、取得这么大成果的，确实不多。他们两个人用实际行动，诠释了比翼双飞、志同道合的内涵。不管是生活还是工作，他们真正做到了你中有我，我中有你，水乳交融，不可分割。

没有人知道，他们各自主持的课题中，到底有多少疑难问题是他俩一起商量讨论、共同攻克的。化学让他们结缘，盐湖研究让他们情更深、意更浓，对幸福的理解和感受也更深刻。

说到高世扬，尤其说到他的过早离世，夏树屏老人语调平缓。她说，他的身体原本就不太好，而长期在高原野外奔波，以及他工作起来不要命的劲头，让他从来就没有好好休息过。身体过度透支，积劳成疾，又不肯用心去医治，可以说，他是把自己累死的。

采访夏树屏时，她的神情是平静的，目光里仍然透着对爱人的眷恋，但已经没有那些灰暗的忧伤。作为高世扬的妻子，只有她知道，这个男人这一辈子生活得有多么精彩。虽然离去得有些早，但比起许多还活着的人，他的生命更有意义。有爱人相伴，能为理想去奋斗，能在事业上有所成就，他是幸福的。临终时，高世扬握着妻子的手说："这一生，我做了我想做的事，已经没有遗憾，没有后悔。"

同样，这一生能与高世扬成为伴侣，作为女人，夏树屏是幸福的，也是无怨无悔的。

盐湖中活跃着多种无机化学元素，不同元素的离子结合在一起，会产生各种不同的性能和味道，而将这一生与盐湖结合在一起的高世扬，品尝到的各种滋味，也是一样无比丰富的，可以说酸甜苦辣都感受到了。

高世扬说："盐湖需要我，我需要盐湖。"也许在别人看来，他为了盐湖，付出得太多；而他却以为，盐湖给他的，一样很多。如果没有盐湖，他的世界，怎么可能如此多彩多姿，他的人生怎么可能如此光芒四射。

有多少付出，就会有多少回报。一切皆有因果。高世扬这一辈子，无不在证明着一个真理：崇高的理想追求，不畏险阻的奋进，坚持不懈的努力，必会创造出一个伟大的人生。

七、尊　重

人生而平等

从无贵贱之分

如同万物

皆有灵性

无论草木

还是兽禽

唯有携手同心

方可岁月静好

世界大同

科学家们是一群有智慧的人，没有智慧，就不可能去发现和发明。同时，他们也是一群单纯的人。过于专注学术研究，往往让他们缺少应对政治变化的经验。太多事实证明，在一个国家里，执政者们对于科学家的态度，以及给他们创造出一个什么样的生存环境，会影响到他们的生活工作，更影响到整个国家科学事业的发展。

新中国成立以前，国家内忧外患，政府无能，官员腐败，民不聊生，使得一个科学家无论怀有什么样的志向，都难以有所作为。新中国成立后，社会安定，国家大力支持，科学家们没有了后顾之忧，可以全身心投入科学研究，取得一项项关系到国计民生的科研成果。

中国盐湖的研究与开发，从一片空白，到硕果累累，从一开始的学习模仿，到创造出多件专利，固然是众多科学家呕心沥血、勤奋努力的结果，但不该忽略更不该忘记的，还有一些人，他们不是科学家，没有创造也没有发明，但他们在科学的发明创造中，一样起到了重要的作用。

笔者在青海盐湖所采访时，听到了一个老人的故事，他就是青海盐湖所第一任党委书记景松林。

在这一点上，中国的单位和世界上绝大多数国家和地区的单位不同。在中国，一个单位往往会有一位书记代表着党来管理工作。青海盐湖所自建立至今都有一位书记，对研究所每一项工作的圆满完成，起到关键的作用。

青海盐湖所的科研人员，在说起取得的科研成果时，除了艰辛与勤奋外，总会说到书记们的支持。

一个好书记，会让一个单位更团结，更有凝聚力，让员工更有积极工作的热情。

所以，笔者以为，在讲述一群盐湖科技工作者的故事时，说说他们的老书记也是很有必要的。

2015 年，已经 98 岁的景松林，在看到来探望他的青海盐湖所的同志们时，仍然能叫出许多人的名字，说出许多远去的往事。

这位参加过抗日战争与人民解放战争的老红军，1966 年来到青海盐湖所担任党委书记。

他说，他是主动要求到这样一个集中了大批知识分子的单位来工作的。没有读过什么书的他，在组织上征求他的转业意见时，说他想有机会能学点科学知识，同时也能为有文化的人做点后勤服务的事。

从一开始，这位打江山的有功之臣，想到的就不是坐享其成，而是如何为江山的更加富饶再出力。他早就明白，打江山需要的是枪杆子，而守江山却要靠科学文化知识。

景松林是山西临汾人，父亲是地主家的长工，他是个放牛娃。1936 年 3 月，他参加了徐海东的红军部队，当月就报名参加了敢死队。在一次攻城时，他被手榴弹炸掉了左手的手指头。由于作战勇敢，他当年 4 月就入了党，当过班长、排长、连指导员、骑兵营的营长，参加过平型关大战、百团大战、解放太原等著名战役。他荣获过多枚荣誉勋章，来青海盐湖所之前，是青海省某军分区的副政委。

此时，青海盐湖所正在筹建中。人员正在陆续调进，房屋还没有完全盖好，可以说正处在白手起家的阶段。更为困难的是，"文化大革命"开始了，许多知识分子被突如其来的风暴弄得有些摸不着头脑，不知该如何应对。

景松林书记受命于危难之时。这位身经百战的老兵，在各种困难面前没有退缩，毅然地挑起了领导的重担。

他首先深入群众了解情况，接着又到了北京、西安，向中科院、中科院西北分院（今西安分院）和柳大纲所长征求办好研究所的意见，在充分调查研究的基础上，确定了工作思路。

接着，他主持召开全所干部职工大会，在会上，他坚决有力地说，科研单位还是要以科研工作为中心，其他工作应为这个中心服务。

正是他这句话，给全所的科研人员吃了一颗定心丸，也让个别想闹事的家伙，没有了可乘之机。他不仅是书记，还是老革命、老红军，他的话没有人敢不听。

当时，全国各地都在停课停工闹"革命"，景松林书记却带着炊事员和相关后勤服务人员，驱车千里，经过三天两夜的颠簸来到柴达木，给正在盐湖进行科考的人员，送去了冻肉、鸡蛋和蔬菜。当天晚上，他亲自帮厨，给同志们做了一顿丰盛的晚餐。

他与科研人员一起，围着石盐块垒成的桌子吃饭。他举起青稞酒，真诚恳切地说："同志们在野外工作，十分辛苦。我初来乍到，不懂科研，今后的工作还是希望大家多支持，多提建议，我们一起把青海盐湖所办好。"

他的话，让在场的几十位科学家十分感动，心中顿觉一片温暖。

1966 年，"文化大革命"爆发，许多科研机构瘫痪，但青海盐湖所却如期完成了所有的科研计划。这不能不说是个奇迹。

这一年 11 月的一天，青海下着寒雨。有人在食堂开会，批判景松林书记的修正主义路线。大会进行到一半时，景松林把弯着的腰直了起来，对批判会的主持者说："今天晚上，天津化工所的近百名同志要来青海盐湖所，作为党委的负责人，我要去火车站迎接，现在我要请个假。等我完成了工作，你们想批判我，还可以继续批判。"

说罢，他拿起呢子大衣披在肩上，拉正了军帽，昂首挺胸地走出了会场。他的马靴子踩得地板咚咚作响，那神情，犹如一位要去冲锋陷阵的战士，没有人敢上前阻拦。

从天津来的人员多，有的还拖儿带女，又是午夜时分，天气寒冷。他们在站台上，乱成一片，正为食宿犯愁。正在这时，景松林书记来了，他与每个人亲切握手，又安排他们吃上了热饭，住进了干净的房子。路途的疲惫顿时一扫而光，他们一下子就在这个新的单位，找到了家的感觉。

多个科研单位的人陆续到达，形成了一支 500 多人的队伍。让这么多人干什么，是去抓"革命"，还是促生产？要抓"革命"，就是搞阶级斗争；要促生产，就是搞科研。这个大方向，可以说是由景松林来把握的。

关键时刻，一个人的决策，会影响到很多人的命运。在这个强调政治的年代，景松林成立了科研生产领导小组，并亲自担任组长。依靠科学家们，根据《中国盐湖科技十年发展规划》，提出并确定了 17 个科研项目。

其中的重点项目，包括达布逊东北湾天然光卤石矿的开采、铲装机械设计改装与试验、光卤石浮选提取精钾的中间试验、察尔汗晶间卤水开采的中间试验等，确保了盐湖科研的大方向不变。

青海盐湖所在景松林书记的领导下，健全了组织机构，设立了地球化学室、分析化学室、综合利用室、无机制备室、采选矿室等一系列科研部门。

别的单位各派组织在吵架打架，吵得天翻地覆，打得头破血流。而青海盐湖所的干部职工却按照分工，在紧张有序地忙碌着科研和生产。野外工作没有停，目标任务没有变，不断有新成果推出。

当然，也不是一点麻烦都没有遇到。风暴猛烈，不可能有一处是世外桃源。社会上的情况多多少少也影响到了所里的职工。每每到了可能失控的地步，会引起严重后果时，景松林书记总会站出来说要文斗不要武斗，及时加以制止。所以，哪怕在最乱的日子里，青海盐湖所没有因为批判斗争造成流血事件。

当时，大柴旦盐湖队合并到青海盐湖所。有几个人押着一个地主出身的科研人员，说他反党反社会主义，非要开除他的公职把他遣送回四川老家。景松林知道后，马上制止了这种行为。他说，这是违反政策的事，出身不好不等于就是反革命。后来这位科研人员念念不忘景松林书记在他人生危难时刻对他的救助。

景松林书记借着军管的名义，用他的影响力，把一队全副武装的士兵调进了青海盐湖所。看到来了那么多兵，大家有些紧张。景松林告诉所里的科研人员："放心工作，这些兵是来保护大家的。有他们在，就不会有人来青海盐湖所打砸抢。你们这些人，是国家的宝贝，我有责任把你们保护好。"

在社会最乱的时候，青海盐湖所没有乱，没有科研人员被摧残，主要是因为景松林的敢于担当，敢于在危难时刻挺身保护这些知识分子。

来到青海盐湖所时，景松林说要在这里干一辈子，要和一群科学家一起安度晚年。但两年之后，他就被调到省里的组织部门工作了。人虽然走了，可他与青海盐湖所的关系，尤其是与科技人员建立起的良好关系，一直都没有中断。他经常抽空来看望大家。离休去西安定居前，他还专门到所里与同志们告别。若没有一种与知识分子渗透到血肉里的情感，他是不可能这么做的。

在一个单位只工作了两年，时间确实不算长。但就两年时间，却让大家忘不了，多少年后都会回忆起他的好，这也不多见。他人虽然走了，可是把好的领导作风、好的工作态度留了下来。

最重要的是，他树立了一个榜样，那就是，作为一个科研单位的领导，必须尊重知识、尊重人才。

笔者在青海盐湖所采访时，不管是年长的专家，还是年轻的学者，说到在这个单位工作的感受时，都会说，这里的工作环境好，能够自由地进行研究，不会受到过多的干扰。

每一项科学原理的发现与技术的发明，都需要不断地尝试、创新。为什么新中国成立以后，尤其是改革开放以后，中国的科技创新能取得如此巨大的进步？很重要的一点是有了思想解放，有了各级领导者对科学与科学家们的包容和尊重。

青海盐湖所正是有了景松林这样的书记，最初的起步前进才没有迷失方向，队伍也没有受到破坏。难能可贵的是，他留下的好传统，又在接下来的历届书记那里得到了传承发扬。如高瞿良、李咨、刘德江、彭广志、鄂如萍、武文斌、胡彦明、王萍等，虽然他们经历不同，性格不同，但有一点上是一样的，那就是不管什么时候，都对科研人员真心关怀爱护，给他们一个好的工作环境，让他们没有后顾之忧，能心情舒畅地搞科研。

20世纪五六十年代，人们去什么地方、什么单位工作，主要由国家分配。一个人到了一个单位，如果不是组织调动，基本都会干到退休。现在不同了，每个人对工作都有选择的自由。单位想要留住一个人，光靠行政命令是不行的。如果没有一个舒心的工作生活环境，难免会让人才流失。单位的凝聚力如何，领导的作用巨大，尤其是书记。

现任盐湖资源综合利用工程技术研究中心主任贾永忠、盐湖地质与环境试验室主任王建萍，都是留过学的博士，还曾在国外工作并有机会留下。因国家人才工程的实施，他们进入到青海盐湖所承担科研项目。项目完成后，有多家大学与科研单位向他们伸来了橄榄枝，但他们最终都选择留在了青海，留在了青海盐湖所。亲朋好友不太理解，问他们为什么会这样，他们只是笑笑没有回答。西部与东部之差别，谁都知道。金钱与繁华，确实让人贪恋，但一个知识分子，一个科学家，所需要的科研资源与学术自由，却不是什么地方都有的。

人才是社会发展的重要力量，能留得住人才，尤其是科研人才，是一个科研单位的根本。青海盐湖所尽管地处偏远的西部，但许多年以来，仍然吸引着众多有志于盐湖研究的科研工作者。除了盐湖资源，它没有什么特别的法宝，主要是把老书记的工作传统继承了下来，那就是尊重每一位埋头做学问、搞研究的科学家。

书记，这个具有中国特色的职务，不管在什么样的单位，都起着举足轻重的作用。他们中的杰出者，理应被我们记住与怀想。因为，在我们这样一个集体中，他们的作用之大，往往是难以估量的。

八、责　任

胸怀天下

科学让思想

纯洁高尚

知识让灵魂

宁静致远

莫说书生多无用

国家有难

一样能挺身而出

全力以赴

书写忠诚

说到新中国的盐湖事业，不能不从一封信说起。说到这一封信，又不能不从一个人说起。

人海茫茫，一个人就是大海中的一滴水。无数人来到了这个世界上，就像一滴水，在历史的长河中，随着波浪翻涌。没有人会记得这一滴水是从什么时候出现的，又是在什么时候消失的。可总有一些人，会因为他们做过的某一件事，而不再像一滴普通的水，悄悄地来，又悄悄地去，无声无息。就算他们的身体化为尘烟，名字还会时常被人提起。

戈福祥，一个生于 1903 年的男人，在此时此刻说到他，就是因为他在 1951 年做了一件事。这件事就是他写了一封信。

写信其实是件平常的事。在有电话以前，大家保持联系的主要方式就是写信。20 世纪 70 年代以前出生的人，一般都会保存着和写信相关的一些记忆。所以，仅凭写信这个举动，是没有理由让大家记住他的。

那么，他写的这封信，肯定是一封不同寻常的信。究竟是一封怎样的信呢？不妨让我们回过头去，朝着历史的深处多看几眼。

戈福祥是河北景县人，不错的家境让他顺利地读到了大学。1928 年从中央大学化学系毕业后，他去了法国，在南锡大学留学，读耐火材料专业。获得博士学位后，他于 1930 年回国，受聘于河南大学任化学系教授，并任系主任。教书先生，受人尊敬，收入稳定，不受风吹雨淋。大学老师，可以说又体面，工资又高，是那个年代多少人可望而不可即的职业。

一般人有了这样一个职位，多半会安于现状，把这样一种日子好好经营下去。

　　但戈福祥早在少年时，就充满了对社会现实的不满，尤其是到了欧洲以后，他接触到世界先进的科技，越发觉得科学对中国之重要。

　　在大学校园固然也可以通过培育青年一代为国家强盛出力，可这样一座象牙塔终究还是过于狭小，让怀有鸿鹄之志的戈福祥平添了些被压抑的郁闷。

　　他期待着有一个更大的施展抱负的平台，所以当机会来临，他立刻就告别了舒适的大学。1937年，他来到了国民政府的经济部，担任了中央工业实验所盐碱实验室的主任。

　　他终于有了一个山峰一样的平台。站在这个平台上，他可以看到全国，包括遥远的大西北。因为是盐碱实验室主任，他不能不关注那些存在着大量卤水的地方。

　　民以食为天，食盐不稀缺，但却很重要。保证食盐的供应，是政府的天职。不过，此时国人的概念中，所谓盐碱不过就是食盐和肥皂一类的生活日用品。而四川自贡的井盐闻名天下，南方和北方的相当一部分国民都食用自贡产的食盐。

　　戈福祥也来到了自贡，作为盐碱专家，认真地进行考察研究。很快，他发现了自贡制盐存在的问题。一是盐锅太厚，受热面积太小；二是晒卤高度不足；三是冷空气太多；四是烧火嘴太简单；五是余热未能充分利用；六是灶圈太薄。

　　经过研究和试制，戈福祥与吕炳祥、蔡昌球三个人合作完成了题为《改进自流井天然瓦斯灶制造之研究》的论文，发表在《工业中心》1944年第11卷第1期上。这个改进可以将产盐效率提高百分之五十。

1942年，戈福祥受中央工业实验所委托到宁夏伊克昭盟鄂托克旗（今属内蒙古自治区）调查天然盐湖等自然资源。

头一次进入大西北，戈福祥没有想到在这么荒凉的地方，竟然分布着那么多的盐湖。盐湖里有什么，别人看不出来，作为化学专家的他，却比谁都清楚。那一片片湖水，在他的眼里就是神话传说中的夜明珠呀。

1943年3月，中国化学学会甘肃分会成立，戈福祥不但担任了理事长，还把妻子和孩子也接到了兰州，筹建了中央工业实验所兰州工作站，后来"站"改成了"所"，他就担任了所长。

没有人动员他，也没有组织安排他，他自己选择了定居大西北。他不是不知道西北在自然环境上与中东部的巨大差异，让他义无反顾的只有一点，那就是中国的盐湖大部分都在西北，要发展化工产业，大西北至关重要。

1945年，戈福祥在当时的乱骨堆坪（后来的兰工坪）选址，带领民工们植树建房，将实验所建成可容纳职工500多人，下设分析、酿造、皮革、油漆等实验室及一批实验工厂的大型化工试验基地，并创办福利合作社、职工俱乐部，是当时中国唯一一家集科研与生产为一体的大型化工机构。

此后，戈福祥多次组织科技人员帮助宁夏、青海、新疆、甘肃等地建成精碱、食糖、酿造、毛纺、肥皂、硫酸、化工等厂，这对改善民生、造福百姓起到了很大的作用。

他组织的考察队，穿越河西走廊，最远深入到了塔里木盆地，发现了大大小小的盐湖近百个。他在实验室里对带回来的卤水样进行了化验，再次确定了这些盐湖的开发价值。

他非常重视招揽和培养人才，派员赴美国留学，倡导良好学风，在所内大量订阅外国杂志、图书，坚持科技讲座制度，教育科技人员要树立科学救国的志向。

到 1949 年时，他的研究所里已经有助理工程师以上技术职称的工程技术人员 174 人。这些人在新中国成立以后，分散到国家部委、各省市的科研机构中任职，成为国内经济发展的一支有生力量。

戈福祥把他的工厂和研究所一起交给了人民政府，自己接受组织的安排，担任了兰州大学化学系教授、系主任。

中国进入了一个崭新的时代，一切都和过去有了根本的不同。戈福祥的许多想法和做法也随之改变。比如说他要建立一座私有大型化工厂的想法，就变得不现实了。

不过，这些变化并没有让他沮丧。相反，他早就对国民政府厌恶绝望，所以，当看到五星红旗升起时，他对民族复兴的希望也随之升腾了起来。如同当时的所有爱国知识分子一样，相信中国将迎来一个伟大的新时代。

谁不想在这个时候，为这个新生的国家做点什么呢？况且戈福祥是一个做梦都盼望着祖国尽快富强起来的知识分子。

1951 年的春天，在冰雪消融、大地苏醒之际，迎着从窗户涌入的阳光，戈福祥走到书桌前，摊开了信纸，开始写他这一生最重要的一封信。

这封信，虽然很重要，可他并没有用很长时间就写成了。大约就用了两个小时，似乎也没有太费脑子。笔落到纸上后，就没有停止过，可以说是一口气写了出来。

看起来，这封信写得很容易，但又有谁知道，关于怎么写这封信，他已经思考了一年多。可以说，信中的每一个词语、每一句话，都早已想好。用了这么久打腹稿，等到落笔时，自然是文不加点、一气呵成了。

这封信，没有寄给某一个人，而是直接寄给了中华人民共和国政务院。

当戈福祥把贴好了邮票的信件投入到绿色的邮筒后，他不由抬起头望着蓝天白云，舒展了一下腰身，感觉到了一种从来没有过的轻松和愉快。

当时，他并不知道这封信的命运会如何，但他知道自己做了一件想做的事，也是他这样一个知识分子应该做的事。

信寄出后，他一直顺着黄河边走了很久。面对这条母亲河，任何一个中国人都不会无动于衷，就算一个再微不足道的人，也会涌起强烈的报恩之情。

戈福祥的这封信，正是这样一种被歌颂了数千年的忠诚爱国精神的证明。

我们无法知道，这一年里，是不是还有别的人给中央政府写了信。我们只知道这封信不但寄到了北京的中南海，而且被时任政务院副总理李富春收到了。

李富春打开了信，他听到了一个发自肺腑的呼喊。盐湖里有许多的矿产资源，这些资源对国民经济的影响很大。中国是个农业生产大国，盐湖里有大量植物生长需要的钾元素。土地要提高产量，离不开钾肥。探明中国现有的盐湖资源，进行研究、开发、利用，是国家繁荣强盛之必需。

这样一封信，没有任何理由不引起高层领导人的重视。人民的政权、人民的政党，要想得到人民拥护，靠说几句好听话是不可能的，首先得让受苦受难的人民摆脱饥寒交迫的处境。而要有饭吃有衣穿，就需要一个接一个的农业丰收。既然农业丰收离不开钾肥，那么生产钾肥就成了新生的共和国的当务之急。既然在盐湖里可以找到钾，那么就应该集中强大力量，向盐湖进军。

也就是从这个时候开始，"盐湖"这个词，多次出现在了最高决策层的会议室里。而每一次的出现，都会带来与盐湖有关的各种行动，把盐湖科考研究与开发利用向前大大推进一步。

多年后，人们在总结新中国盐湖事业的发展历程时，几乎无一例外都会提到戈福祥曾经写过的这封信。

不能说没有戈福祥的这封信，就没有新中国的盐湖事业，但可以说，如果没有戈福祥的这封信，新中国的盐湖事业可能就不会起步得那么早，发展得这么快。在科学创新的这条路上，几乎每一个发明创造，都会和某一个具体的名字连在一起。戈福祥因为这封信而载入史册，现在看来是恰如其分的。

笔者在采访时，很想多了解一些戈福祥的事。但遗憾的是，这位了不起的男人，早在 1973 年就离开了我们。他当年的同事朋友，大部分也已去世，就算有极个别还健在的，也年事甚高，记忆模糊、表达不清，难以有完整的叙述，而关于他的文字资料也很少。

不过，根据他年轻时的表现和 1951 年给中央写信的举动，以及他大学教授和系主任的身份来看，他决不会让自己的生命虚度。兰州大学化学系在全国享有盛誉，和他关系密切。据说他最后患病与他从事的化学专业有关，生命终止于 70 岁，对于一个科学家来说，是过于短暂了。

当然，他的出身和经历会让他在动乱年代里受到迫害。好在 20 世纪 70 年代末，我们回到了正确的道路上，所有的事业重新恢复了生机和元气，其中就包括了起步不久的盐湖事业。

虽然戈福祥不可能再有机会投身到关系国家命运的改革开放之中，也不能再继续他热爱的化学事业，但就凭他于 1951 年写的那封信，他也可以在九泉之下没有遗憾地安息了。如果他的在天之灵，能够看到当今中国之富强以及盐湖事业的欣欣向荣，不知会有多么欣慰。

为国尽心尽力者，生命无论长短，都会不朽。

九、拓　荒

许多地方

被人踩出了路

成为了城乡

还有些地方

似乎被遗忘

一直沉睡着

和死去了一样

总有一些人

不愿意在前人种的树下乘凉

要用自己的一双脚

找到新的远方

那是一块处女地

也许什么都没有

也许就有无穷的宝藏

中国盐湖事业春天的真正到来，是与新中国的成立同步的。戈福祥写给中央的一封信，引起了中央领导的重视。他们在上面作了批示后，转到了中国科学院，要求中国科学院把盐湖的研究开发当作重要的工作目标去落实。

当时欧美国家对盐湖的开发利用已经取得了可观的成果，有许多经验和技术可以学习。只是这个时候，我们对于我国的盐湖地域分布以及类型与成分还没有完全搞清楚。也就是说，开发盐湖的前提是得研究盐湖，把它了解个一清二楚才行。

盐湖仿佛被一个淘气的精灵控制着，它似乎知道自己藏着许多宝贝，就有意远离绿水青山，故意躲到了荒野戈壁中，让人们很难找得到它们。要征服盐湖，让盐湖为我所用，有一个前提，那就是得找到盐湖。只有找到了它，才可能和它拥抱，让它献出宝贝。

与盐湖打交道，有太多困难，需要强有力的团队支持才能开展，一个人单枪匹马是难以进行的。每一个从事盐湖科学研究的人都明白这一点。戈福祥写信给中央，也是希望把这件事变成国家的强有力行动。

其实早在 1949 年以前，对盐湖的寻找考察，就有人在做。

1943 年，盐务总局的谢文辉、袁见齐和黄海化工研究社的寿乐、孙继高组成了西北调查团，到青海茶卡盐湖实地考察地理地质环境、矿物成分及盐量盐质。

1946 年，袁见齐在《西北盐产概论》中已经提到青海茶卡盐湖中含有钾成分。

与此同时，在兰州建了化工厂和研究所的戈福祥不断派人去新疆考察盐湖。

他们是一批了不起的盐湖事业的先驱，留下了最早的关于中国盐湖的宝贵资料。只是因为各方面的条件局限，他们的考察虽然付出了艰苦的劳动，但所取得的数据材料还不能完全揭开这些盐湖神秘的面纱。

所以此时盐湖的事业，与当时整个中国一样，也处于一穷二白的状态中。它是一片正待开发的处女地，而肩负使命走向盐湖的人们，则成了一批勇敢的拓荒者。

就在戈福祥的信寄出的当年，由国家组织的拓荒行动开始了。

1951 年初秋，由中央文化教育委员会组织的西藏工作队出发了，他们对西藏东部的硼砂、芒硝、天然碱和石膏资源进行了调查，划分出了藏北湖群及其盐碱区。

1954 年，甘肃省工业厅资源勘探队对大柴旦盐湖区的西北地段做了初步调查。

1955 年，公路部门在修建敦煌至格尔木的公路时，经过察尔汗盐湖，对翻浆地段进行勘探，发现了察尔汗盐滩。就地采吃食盐时，发现有苦辣口感，经西北地质局 632 队化验，发现其中钾含量达 0.4%，有专家指出这个地方可能有钾盐赋存。

1956 年，中国科学院化学研究所和北京地质学院部分师生，在化学所所长柳大纲和地质系主任袁见齐的带领下，到茶卡盐湖和柯柯盐湖进行调查研究。

1957年，中国科学院盐湖科学调查队对柴达木的盐湖进行了大规模考察，积累了大量宝贵的资料，不但确定了察尔汗盐湖的光卤石中含有钾元素，还探明了它的储量，得出了它具有进行大规模工业开发价值的结论。

实际上，这次调查一开始就有明确的目的，那就是找到具有开采价值的钾矿资源，尽快结束我国还不能生产钾肥的局面。可以说，这次调查意义是空前的。很多盐湖里的卤水都可能会含有钾元素，但要能够开发生产，是需要具备多种条件的。

科学的力量，就是发现事物的奥秘，并做出正确的判断与选择。正是依据这次调查获取的数据与结论，相关部门决定建立中国的第一个钾肥生产化工厂。

参加这次调查的人并不多，一共才12人，但却是由当时中国最权威的化学科学家和地质科学家担任正、副队长，而且主要成员也由这两方面的年轻大学毕业生组成。其中的高世扬和郑绵平，后来都成为了院士，陈敬清、张长美、曹兆汉也都成了盐湖化学化工方面最顶尖的专家。这样一支科研团队所形成的力量，在中国盐湖事业发展的关键时刻，发挥了不可替代的作用。

20世纪50年代中期，有多支队伍活跃在大西北，他们来自于不同的单位，却为了一个共同的目标，在寻找发现盐湖的崇山峻岭间，留下了浸透汗水的脚印，以拓荒者奋勇进取的姿态，填补了盐湖事业的历史空白。

1958 年到 1960 年，以时任中国科学院地质研究所所长侯德封为队长的综合考察队中的盐湖考察分队，对柴达木盆地西部盐湖沉积，东、西台吉乃尔和一里坪盐湖进行了综合考察，发现了湖泊沉积天青石矿层。

与此同时，袁见齐院士三次奔赴察尔汗盐湖进行现场考察研究，撰写和发表《中国内陆盐湖成钾盐沉积的若干问题》和《含钾沉积形成条件的几个问题》两篇学术论文。这就是后来的"高山深盆""陆相成钾"著名理论和模式的资料来源，也是我国盐矿地学的一个重要发现。

张彭熹在 1959 年首次编制了《柴达木盆地 1∶50 万的盐湖水化学图》，预测了柴达木盆地的钾、镁、硼、锂等矿物资源的分布和开发远景，指出了盆地内钾盐的找矿方向。

"国家队"行动的同时，各省的相关单位也在积极工作。

青海省地质局中心实验室在海西地质队采自台吉乃尔盐湖的卤水样品中，分析出其氯化锂含量达每升 4 克以上，后经勘探验证台吉乃尔为大型液体锂矿床。

此外，新疆综合考察队、西藏综合考察队、内蒙古和宁夏综合考察队先后对所在区域的盐湖进行了考察，并提交了翔实的考察报告。

可以说，在中国科学院的主导下，经过了各方机构十年的共同合作，通过千百名科技工作者的辛苦劳动，中国盐湖的数量分布与资源储量，终于有了较为准确、详细的数据资料。

这些数据资料被送到中国科学院，进入了化学所的档案室。所长柳大纲接受了一项国家交给的任务，他要组织制定《中国盐湖科技发展十年规划》。

柳大纲本来是一位研究光谱的化学科学家，现在国家需要他改变研究方向，他毫不犹豫地接受了。他知道科学家不管研究什么，首先是为了让祖国更强大，人民更富裕。

这十年中，他多次扑向荒凉的西部，与盐湖拥抱。他不但爱上了盐湖，还成为了一名研究盐湖的科学家和领导者。

所有的人，都以为国家出力奉献而感到无比光荣自豪。这就是那个年代中国人的家国情怀，无论他是工人、农民还是科学家。

这是个从来不曾有过的伟大时代。

许多的空白被填写了，拓荒者的脚步所到之处，新的一页被翻开。进军盐湖，不再只是一个梦想。让盐湖中沉睡的宝藏醒来，正在所有人的眼前变成现实。而这一切，只不过是中国盐湖事业的序幕，更伟大的故事将在以后的日子里，不断发生。

十、发　现

没有什么是必然的

也没有什么是偶然的

许多奇迹

看起来是一个巧合

说起来是一个意外

只是没有一个淘金者

可以不出家门就能找到金子

读万卷书

走万里路

是所有成功者的秘密

对于中国盐湖的科学考察，从 1951 年开始，到 1957 年已经有了可喜的结果。经过调查，科学家们发现中国现有盐湖，面积在 1 平方公里以上的，至少有 1000 多个，且主要分布在青海、新疆、内蒙古和西藏。其中开发条件比较好的，大都分布在青海省境内，包括国内面积最大的三个盐湖。

这就意味着，要研究开发盐湖，青海是主战场。盐湖事业要想有所作为，必须首先聚焦青海。青海盐湖在数量与面积上多、大的优势，决定了青海盐湖举足轻重的地位。

青海的盐湖大部分集中在柴达木盆地。初步普查的最大成果，就是确定了盐湖研究开发的主攻方向。大量的资料在经过专家们的分析归纳后，上报到了国家相关部委。中央同意了中科院的工作计划，要求加快盐湖研究开发的速度，并把工作重点放到青海，准确地说是放在柴达木，因为在柴达木有大大小小的盐湖 33 个。

1956 年中央在北京开了一个会，这是一个关于知识分子问题的会议。在这个会上，知识分子的地位与作用得到了高度的肯定和重视。会上中央向各个领域的知识分子发出了"向科学进军"的号召。会后制定了国家重大科学技术长远规划。在这个规划中，明确了以找钾、找硼为主的盐湖科学考察任务。

于是，在 1957 年 9 月，中国科学院再次成立了一支盐湖调查队，由学部委员、著名化学家柳大纲任队长，目标就是青海柴达木的盐湖。

盐湖多在人迹罕至处，要找到它们确实不太容易，但只要肯吃苦，不向困难屈服，不管它们藏在什么地方，最终都能把它们找出来。

盐湖之所以会成为盐湖，成因并不复杂，也都差不多：孤悬一处，形成盆状；只有水进处，没有水出口；洪水雨水，借势而下，迅猛有力，穿山破石，冲刷泥土，把其中的各种矿物质卷入湖中；骄阳似火，整日烤晒，蒸发量远远大于降雨量；水成了气体，消失于空中。随水而来的各种矿物质，却无处可去，只能在余下的水中留存。到了饱和的程度，就会凝结成盐；水就成了卤水，湖就成了盐湖。

盐湖其实就是把石头里的矿物质溶解到了水里。要弄清盐湖里有什么矿物质也并非难事。20 世纪的化学科学，已经可以用实验室里的仪器解决这个问题了。也就是说，这个时候，对于已经发现的盐湖，专家们不但知道了有多少，有多大，也一样知道了每个盐湖里含有什么元素。

既然已经知道了盐湖在哪里，盐湖里有什么，为什么这个时候还要组织一支实力雄厚的盐湖调查队，再次深入柴达木呢？

要弄明白这一点，必须先弄明白另一件事。

新生的国家百废待兴，为什么要急匆匆兴师动众地去关注那些远方的盐湖？

原因是，盐湖里有资源，有国民经济重新振兴所需要的资源，其中最需要的就是一种叫钾的资源。

因为有了钾，就可以制造钾肥了。有了钾肥，农业生产的大丰收，才有可能不再是一句空话。

没有错，盐湖里有钾。但盐湖里除了钾，还有其他元素。

比如说，最常见的钠、钾、镁、硼、锂，它们就像是一家人一样，长年累月地生活在一起，早就亲密得难以分开了。并且，与形成盐湖的自然条件相关，每个盐湖里各种元素所占的比例也不一样。

找到它们确实重要，但找到它们不是目的。找到它们只是第一步，重要的是让这些水中的矿产资源为社会服务，为人民造福。

一句话，找到盐湖，了解熟悉盐湖，最终让盐湖里的宝藏醒来，这才是盐湖科学家的使命。

所以，调查队从北京开始组建的那一刻起，任务和目标就十分明确，那就是从众多的盐湖中，找到具有工业开采价值的盐湖。

这一年，调查队队长柳大纲已经 54 岁，而且身体状况不佳。艰苦的野外工作让他常常觉得难以适应。组建调查队时，作为化学所所长，他完全有理由让别人来带队。其实上级领导也担心他的年纪与身体，让他另推荐队长人选。但他说，事关重大，还是他亲自来带队。

为了尽快发现具有工业开采价值的盐湖，完成国家交办的艰巨任务，他还邀请了具有影响力的盐湖地质科学家袁见齐任副队长。

1953 年，他们一起去茶卡盐湖考察过。他们只相差 3 岁，又有共同的留学经历和对祖国的热爱，在同吃同住的这段日子里，他们成了无话不谈的朋友。当然，柳大纲让袁见齐当副队长，并不是出于友情，而是深知他在专业上的造诣对于这次调查有多么重要。尽管在出发时，袁见齐因为另有工作任务，没有随队去野外，但在持续了近五年的调查工作中，他曾三次奔赴柴达木，是调查队中不可替代的灵魂人物。

除了柳大纲和袁见齐外，其他主要成员都是新中国成立以后毕业的大学生，年纪大多是二三十岁。也许他们还没有科学研究的丰富经验，但他们却具备了科学家最重要的品质，那就是强烈的求知欲和好奇心。

后来都成为院士、当时只是普通研实员的高世扬和技术员郑绵平，在多少年以后，说起这次盐湖调查的经历，都会说到一段难忘的记忆。

9月下旬，调查队先是从北京乘飞机到了西宁，在西宁集结完成了野外考察的各项准备工作，再乘坐卡车、吉普车前往柴达木。当时青藏公路已经修到格尔木，只是碎石与泥土铺成的路面还是简陋难行。破旧苏式嘎斯卡车又总是找麻烦，所以800多公里的路程走了4天。

调查队首先去了离格尔木还有300公里的大柴旦盐湖，这个盐湖面积有300多平方公里。丰水期时，卤水湖面可达90多平方公里。

调查队在湖边驻扎下来后，马上就开始了紧张的勘探工作。

宽阔的湖面上，一条勘查线被确定下来。工作人员再用手摇钻进行施工，从 1 至 3 米深的盐层下面取出样本。经过观察分析，调查人员认定其为透镜状镁硼盐层。后来经过实验室分析，最终认定为柱硼镁石。

这是我们新类型镁硼酸盐矿床发现和研究的开端。

镁与硼同样是宝贵的金属与非金属资源，也一样具有重要的应用价值。只是这个时候，调查的迫切任务和目标，是要找到具有开采价值的钾盐。于是调查队决定结束在大柴旦湖的考察后，向另一个盐湖进发。

这个盐湖就是察尔汗盐湖。它是中国最大的盐湖，方圆有 5000 多平方公里。在对它的卤水测试中，曾发现了钾、镁、锂等多种元素。只是其中的哪一种元素具有工业开采价值，还不能确定。

迎着东方升起的太阳，破旧的大卡车轰鸣着，驶向与大柴旦湖相距近 200 公里的察尔汗盐湖。

坐在大卡车上的调查队队员们，这个时候的神情似乎都和平时有些不太一样。因为这一天是 10 月 1 日，是中华人民共和国的国庆节。

无边的荒原上，一眼看过去，什么都看不见，但他们的眼前却出现了天安门城楼与广场上的人民英雄纪念碑，以及飘扬的五星红旗。蓝蓝的天空下，除了汽车的马达声和呼啸的风声，再也没有别的声音了，但他们的耳边却响起了人们游行庆祝的锣鼓声和欢呼声。

　　他们中的大部分人都来自北京，如果不是接受了这次调查任务，这个时候，他们也许正走在游行的队伍里，享受着节日的欢乐。

　　不过，远离节日的欢乐并没有让他们觉得失落，都是祖国的儿女，对祖国热爱的表达方式也会各有不同。作为一个科学家，也许最能体现他们爱国情怀的方式，就是不懈的努力和勤奋的工作。

　　他们不会随口说出什么豪言壮语，可此时他们的心中，都会想到应该用自己的劳动向祖国母亲送上一份祝贺的礼物。

　　傍晚时分，盐湖科学调查队到达察尔汗盐湖，借宿于一间正在建设的机场的临时活动房里。

　　就在第二天早上，散布在住处附近的浅坑，引起了调查队员的注意。

　　柳大纲队长和年轻的队员高世扬、郑绵平、曹兆汉和陈敬清，先后注意到了浅坑中水的闪光。他们走了过去，弯下身子，认真地观察着浅坑四壁上蚕豆大小的附着物，它们闪亮透明，呈斜方双锥形。

　　于是，整个调查队的所有队员就围绕着这些附着物，展开了地质化学与生物化学的实验分析。

　　求证很快就有了结果。这种美丽的晶体，是一种钾镁盐矿物，是一种新沉积的光卤石。

　　这可是一个了不起的新发现。因为光卤石的形成，需要相当富集的盐层条件。也就是说，这个盐湖中很可能藏有储量可观的钾资源。

大家都为这个新发现激动不已。因为这个发现来得正是时候，它让这些怀有赤子之心的知识分子，有了一份可以献给祖国母亲的礼物。

当天晚上，调查队举行了一个小小的宴会，庆祝国庆节也庆祝发现了光卤石。在大家同唱一首《歌唱祖国》之后，柳大纲就部署了察尔汗全湖的坑探和钻探工作的调查路线。

高世扬和郑绵平一道，负责调查察尔汗东部盐壳区的含钾情况，圈定了面积达 120 平方公里的断续分布的烟黄色老光卤石沉积区。尔后，又调查了霍布逊和达布逊地段。

有一次，在调查过程中，高世扬和郑绵平乘坐的吉普车陷进了沙堆中。天色已晚，两人无法赶回住处，只能在野地过夜。而久等不见队员归来的柳大纲队长焦急万分，担心出什么意外，一夜没有合眼。第二天天一亮，就带人去找他们。

多年以后，已经成为著名科学家的两位当事人去看望退居二线的柳大纲时，三个人还说起了这件事。都说，那个时候，工作确实是又苦又累，但内心很充实，干什么都竭尽全力。

整个调查队团结协作、密切配合，很快根据全湖卤水含钾量和航空照片，框算出了全湖钾盐的资源量有 2.4 亿吨。

对于这个储量，有些人还是表示怀疑。因为当时世界上绝大部分的钾盐矿床都是固体钾盐。可以查阅到的文献资料中，找不到内陆湖形成光卤石的先例，只知道美国已经在用盐湖卤水进行钾硼碱的联合生产。

根据现在从察尔汗盐湖获得的数据资料，我们可以确定其含钾光卤石为陆相成因，并且是具有工业价值的钾盐矿产。

在这之前，不少外国专家曾断言，中国没有钾资源，就是有，也很贫乏，中国永远都不可能生产出钾肥。

察尔汗盐湖科学调查的结果，打破了这一论断。中国的钾资源不是躲在石头里，而是藏在了湖水中。现在，中国科学家把它们找了出来，要让它们成为世界钾资源的一部分，为中国人造福。

从 1951 年开始，从事盐湖地质和化学科考的人，就怀有找到一个可以进行工业开采的盐湖的梦想。可以说，这个梦想在 1957 年的年底实现了。

中国盐湖科学调查队的考察报告，经所有队员们多次讨论，最终由柳大纲队长执笔完成。

把一个结论写到纸上是容易的，很短的时间内，用数百个或上千个字就可以完成。但为了得出这个结论，有多少人付出了汗水与心血，是无法计量的。把目标锁定于柴达木，正是在综合分析了众多科考资料后做出的选择。虽然可以说，是这次科学调查确定了察尔汗盐湖的钾资源具有开发价值，但其实这是全国盐湖科技人员多年共同努力后才有的结果。

只能说，盐湖科学调查队的 12 名队员在关键的时刻，发挥出了关键的作用。如果没有他们慧眼的辨识和正确的判断，也许这样一个重大的发现还会推迟不少时间。这也是我们应该要记住这 12 名科学调查队队员名字的原因。

科学发现与发展的历史是这样，看起来最后的那个结果是某一个人或几个人创造出来的，但实际上在这之前，不知有多少人为此付出过心血。比如飞机的发明者莱特兄弟，正是在阅读了大量和航空有关的资料，并从许多人的试飞失败中汲取经验教训，不管历经怎样的失败都不肯放弃，最终才成为了飞机的发明者而名垂千秋。

当数月后，科学调查队的队员们从柴达木盆地回到单位、回到家中时，一个个被风吹日晒得变了模样，体瘦、脸黑、衣破，完全没有了知识分子的斯文样。不管是同事还是家人，都差一点认不出他们了。

但他们每个人的脸上都充满了欣慰的微笑，因为他们出色地完成了预定的任务，实现了盐湖科学工作者一个重要的梦想。

十一、突　破

最后的胜利

往往不取决于谁更聪明

而在于谁能在最困难的时候

还可以继续坚持

就算是筋疲力尽

就算是汗流浃背

就算是看到了死神的威胁

也不要让手脚

停下勇敢的搏击

直到对手倒下

太阳在面前升起

在察尔汗盐湖化工集团博物馆二楼的展厅里，并排立着四个男人的雕塑，他们分别是柳大纲、袁见齐、郑绵平和曹兆汉。

四个人中，前三个都是院士，只有曹兆汉不是。1997 年离世前，曹兆汉的身份也只是中国科学院青海盐湖研究所的一名正高级工程师和研究员。

正高级工程师，相当于大学教授，全国有成千上万。只是凭这样一个身份，似乎不足以被塑像纪念。在曹兆汉身上，定有不普通之处，一定会有重大的事件与他密切相关。也就是说某一段历史，不可能绕开他而讲得清楚。

那么，曹兆汉到底做了什么，让后人不能忘怀，要用这样的方式，表达对他的敬意呢？

1957 年，中国科学院盐湖科学调查队成立，时任化工部上海化工研究院钾肥研究室主任曹兆汉接到通知，9 月份飞往西宁与调查队其他成员会合，前往柴达木进行盐湖资源调查。整个调查队有 12 名成员，让他加入显然是经过深思熟虑的，也体现出了这次科考的战略方向：不但要找到可以开采的钾盐资源，还要有办法把这些钾盐资源变成钾肥。要做这样一件事，没有钾肥专家参加怎么可以？

出生于 1919 年的曹兆汉这一年 38 岁，和柳大纲队长比，算是晚辈；但和郑绵平、高世扬这些刚出校门的队员比，他又要年长一些。这时的他已经在上海有了妻子儿女，有了安定的工作生活环境。所以，就算是坐上大卡车走向柴达木时，就算是为找到了天然光卤石而兴奋激动时，他也不会想到自己的人生在以后的日子里会发生那么大的变化。

这个变化不但是在接下来的几年里，他的工作场所从上海变到了西宁，他的试验室也从楼房换成了盐湖，而且在七八年后，他和家人全都从上海的花园洋房里，搬到了西宁的一间砖混的平房里。

曹兆汉是被委以重任，带着国家赋予的使命落户到了青海。对于一个祖国在心中比什么都重要的知识分子，他以无比光荣和自豪的心情接受了这次安排。

实际上，从确定察尔汗盐湖蕴藏着大量钾盐资源的那一刻起，曹兆汉后半辈子的故事就被确定了，只是他当时没有想到那么多罢了。

曹兆汉记得很清楚，就在科学调查队结束了察尔汗的考察，要离开的那天晚上，柳大纲队长与他聊天时，就对他说，接下来的事，就要看你的了。这个担子可不轻，你要把它挑起来呀。

柳大纲没有说明白这个担子是什么，但曹兆汉心里清楚。他是研究钾肥的科学家，现在找到了大量的钾盐资源，用它们生产出急需的钾肥，当然是他的使命了。他笑着对柳大纲说："我会全力以赴的。"

带着新发现的大量光卤矿石，曹兆汉回到上海，带领所里的科研人员进行制取氯化钾的各种试验。察尔汗地区是一片荒漠，环境恶劣，条件艰苦，必须用成本最低、工艺最简单的方式进行生产。经过反复实验，他们找到了符合实际的"光卤石冷分解洗涤法"来提取氯化钾。

1958 年初，通往柴达木的道路上冰雪还没有完全融化，曹兆汉就迫不及待地带着陈大福等科技人员再次回到了察尔汗盐湖。他们先是与青海盐务局的 19 名干部工人，经过一个多月的艰苦劳动，利用自然的风和阳光，进行沟槽晒卤结晶光卤石、加水分解生产钾肥的试制。

一个月后，他们试制出了 10 千克的钾肥，含钾量达到了50%，完全达到了工业钾肥的质量标准。

10 千克是个微不足道的数量，但却意义重大。因为在这之前，中国还没有人制造过钾肥，它填补了一个空白。尽管数量很少，但就像是一粒种子发了芽、开了花、结了果，证明了这个地方具备种子发育生长的条件。这 10 千克钾肥，让曹兆汉更加自信，也更加坚定。

青海省相关领导听取了曹兆汉的汇报。曹兆汉有理有据的分析，以及已经制造成功 10 千克钾肥的事实，让他们下定决心，投资建一座钾肥厂。

建一座钾肥厂，与试验室里的试验完全不一样。大量的物力、财力、人力投进去，如果不能持续地生产出高质量的钾肥，那就意味着得不偿失，带来的损失很有可能是难以估量的。

曹兆汉深知自己的责任重大。自大批人马开进察尔汗建厂之日起，他就没有睡过一个安稳的觉。从厂房的设计到施工，再到每一台机器的安装，他都亲自过问和参与。他实际上成了总工程师，厂长和书记在遇到技术上的问题时，都会让他最后拍板定夺。他成了整个工地上责任最大的人，走到什么地方，不管是干部还是工人，都对他十分尊重，只要是他说的话，没有人会不认真对待，不坚决落实。这让他在获得了尊重的同时，也把所有责任都揽到了自己的肩膀上。

从春天冰雪消融，到夏季烈日炎炎，再到秋风渐凉，曹兆汉与4000多名干部职工不分昼夜地苦战，终于到了投料生产的这一天。

这一天是1958年8月1日，是人民解放军的建军节。选在这一天投料生产，是大家想让这一天也成为中国钾肥事业开始的一日。

实际上也确实是这样，从此以后，8月1日就成了察尔汗钾肥厂的厂庆日，每年的这一天都会举行盛大的庆祝活动。而且这一天还成了中国钾肥的诞辰，被记入了中国盐湖工业的史册。

建成的察尔汗钾肥厂，当年就生产出钾肥950吨。从无到有，一个空白被填补。这成了这一年中国经济战线上一个令人兴奋的喜报，所有的报纸都在醒目的位置刊登了这则消息。

我们无法知道当时看到这个消息时各个人的心情，但可以想象得出，戈福祥、柳大纲、袁见齐等老一辈的科学家们会有多么激动，还有那些年直接参加盐湖调查研究的科技工作者们，会有多么欣慰。吃了那么多苦，流了那么多汗，就是为了让盐湖里的宝藏醒来，为社会主义建设出力。这个愿望此时终于实现了。

每一个劳动者，在看到自己的劳动成果时，身心都会充满了欢欣，就算是内敛沉稳的科学家们也一样。

当年的国庆节，因为曹兆汉在钾肥生产上的功劳突出，青海省委派了一架飞机，把曹兆汉从柴达木接了回来，让他参加了国庆观礼。

从无到有填补空白，当然是件了不起的事，可对于中国这样一个农业大国，每年需要的钾肥多达上千万吨，几百吨这个数字，显然是不能令人满意的。

也就是说，随着第一座钾肥厂的建立，摆在科学家们面前的问题，又有了新的难度，那就是如何优化工艺、降低成本、增加产量。

这也使得曹兆汉与一批科技工作者，无法在完成建厂任务后，就离开察尔汗盐湖回到城市里去。他们必须更加努力地工作，让钾肥生产不断从一个台阶跃上另一个新台阶。

钾肥厂的建立与投产，吹响了盐湖资源开发利用的号角。于是，一个由国家建立的、专业的盐湖研究所，在1965年正式成立了。

建立的当年，钾肥厂就集结了当时进行盐湖研究的主要科研精英。曹兆汉成了其中最重要的人员之一。盐湖让他这个上海人成为了青海人，也让一家人的户籍地由上海变成了青海，当然也让曹兆汉把更多的时间和精力用在了钾肥生产的科学研究上。

1966 年，化工部下达了制取氯化钾的中间试验任务。新组建的中国科学院青海盐湖所承担了试验任务。由于这时"文化大革命"已经开始，形势变得有些复杂。所里就成立了一个"三结合"的五人领导小组，在柴达木盆地的大柴旦镇建成了中试车间，一共有近百名的科技人员参加了中试工作，证明浮选法的先进性和实用性。

笔者在半个世纪后的今天，来到了大柴旦，再次走进那个中试车间。因它位于小镇西边，临近盐湖，在废弃了数十年后，没有被拆毁，依然保持着原来的模样。大院子中红砖墙的内外，还能清楚地看到当年书写的标语。现在的年轻人看到这些标语，估计会觉得莫名其妙，弄不懂它们的意思。那个时候，盐湖所的科研人员想方设法躲开政治斗争，埋头搞研究。对于别人来说，抓"革命"比促生产更重要，可在他们看来，促生产才是他们要干的正事。

研究结果很快就有了，那就是用浮选法在察尔汗钾肥厂建一个生产车间。

1968 年，全国很多地方处于武斗之中，国民经济遭到了极大的破坏。可在青海西宁，曹兆汉研究员却带着青海盐湖所的30 多名科技人员，踏上了新的征途。他们带着在大柴旦工作站的研究成果住进了察尔汗钾肥厂，与工人们一道试车、试产，取得了新的生产工艺的成功。从此，浮选法替代了冷分解洗涤法工艺，让钾肥的生产技术得到了很大的提高，钾肥年产量也由此提高到了 3000 吨以上。

1969 年，还是这群科技工作者，继续对浮选法工艺技术及设备存在的问题进行改造。他们与工人们同吃、同住、同劳动，刻苦钻研，反复试验，使该工艺方法得到了进一步完善和提高，并在察尔汗盐湖区迅速得到推广应用。此后在马海、昆特依、大浪滩等盐湖上建设的钾肥厂，无一例外地都使用了该工艺。直到现在，它也是青海盐湖区生产钾肥应用时间最长的工艺成果。

也就是这一年，在一批盐湖科技工作者的努力下，察尔汗钾肥厂的年产量终于突破了万吨大关。

而且，在社会最动乱的那几年，青海盐湖所的部分科研人员来到了湖北的江汉油田，建立了盐化工生产基地。彭广志、陈秉模、肖永胡、赵履琪、于升松、宋彭生、李姚兴、孙玉芬、孙大鹏、俞清泉和翟宗玺等约 40 人，在 1970 年先后到了湖北，与盐化连的工人们一起搬运物资、修筑道路，还修建起了宿舍和试验室，安装了试验设备，在高二井现场开展试验工作。湖北是南方水乡，风景优美，可闷热与蚊虫让这些习惯在西北生活的人，感觉到了难忍的折磨。其中一个同志叫王万生，被老鼠咬伤，竟然患上了鼠血热，送到医院，没有抢救过来，不幸去世了。大家都很紧张，但没有一个打退堂鼓，继续坚持从制盐母液中提取锂和碘的小试、扩试、中试和工业化试验，直到把试验方法应用到工厂的生产中，促进了两种元素的工业化生产。他们还帮助荆州地区与军分区分别建立了两个平锅制盐厂，一个可以年生产 10000 吨的氯化钠，一个可以年生产 7500 吨的氯化钠。为此，彭广志、李姚兴和孙玉芬被评为荆州地区先进工作者。

1975 年，邹世恩、陈大福、郑竹林等进行的电渗析离子交换法处理自来制备锅炉用水及高纯水试验取得成功。1976 年，他们为青海省乐都县沈家大队建成苦咸水脱盐生产饮用水装置；1984 年，他们为兰州空军某部队建成苦咸水脱盐生产饮用水装置；1986 年，他们再为青海省石油三库建成苦咸水淡化站。

最让这些盐湖人高兴的是，他们的发明，还用到了西沙群岛上。1984 年，受中国海军总后勤部委托，他们在永兴岛上建成一套日产 200 吨淡水的电渗析离子交换海水淡化装置，供岛上的军民使用。1985 年初，多部站组成的验收委员会对这项工程进行了鉴定，认定运行指标全面达到预期要求。这是当时我国最大的一套海水淡化装置，满足了驻防海军官兵的淡水供应。

苦咸水脱盐制取饮用水和生产用水项目成功后，各大媒体都进行了报道。这更引起了盐湖化工厂的重视，并很快将这项技术应用到了实际生产和生活中，缓解了盐湖开发中淡水缺乏的困难。

曹兆汉、陈大福等科研人员不断改良技术，提高了钾肥的产量，并接连取得新的突破。

1977 年至 1980 年，青海盐湖所的马文展、田秀敏、王文桂等，完成了氯化钠捕收剂的合成及浮选评价试验工作，取得了良好的效果，为反浮选—冷结晶制取氯化钾工艺解决了一项核心技术问题。

1979 年至 1980 年，青海盐湖所的王文桂、李凤蝶、龚惠芝完成了反浮选法制钾光卤石的试验，浮选过程氯化钾收率达98.33%。

1984 年，察尔汗钾肥厂钾肥的年产量突破了 4 万吨。

1986 年，青海盐湖所的杨恩波、孙玉芬、李姚兴，完成了反浮选分离硫酸盐型复杂矿物中氯化钠的研究。

……

正如大家所期盼的，察尔汗钾肥厂的生产规模年年扩大，越来越多自产的钾肥进入了大江南北的农田。

1992 年，察尔汗钾肥厂钾肥的年产量终于突破了 10 万吨大关。

而此时曹兆汉已经 73 岁。多年在柴达木的奔波劳累，让他透支了健康与体力。还没有来得及享受幸福晚年的他，在疾病的折磨下不得不离开他心爱的盐湖事业。5 年之后，也就是1997 年，他不幸因病离世。

曹兆汉一辈子辛劳，为中国的钾肥事业做出了巨大的贡献，但和许许多多的中国科学家一样，他的名字鲜为人知。

虽然在察尔汗的盐湖博物馆里，我们看到了 4 位盐湖科学家的雕塑，但实事求是地说，在这个以盐湖和钾肥为主题的博物馆里，对研究盐湖及钾肥的科学家们的具体介绍还极少，很难让一个普通人对这些科学家们的贡献有太多的了解。

科学技术就是生产力。人类物质文明与精神文明的进步，离不开科学的推动。科学之旗的擎举者，只能是一群有文化、有知识的人。新世纪的竞争说到底是人才的竞争。因为发达的生产力，正在把人们从繁重的体力劳动中解放出来。被充分激发出的人类智慧，将在一个接一个的创新中让世界更富饶、更美好。

寻找盐湖，发现盐湖，搞明白盐湖中有什么，再设法把盐湖中各种难得的元素提取出来。这所有的一切，每一个环节，都离不开科学家的汗水与才智。任何一个生产厂家在获得经济效益的时候，都不能忘记那些做出巨大贡献但不为大家知晓的科学家。

"事了拂衣去，深藏功与名。"当他们完成了使命、解决了生产技术上的难题后，就会离开工厂，去进行新的课题研究。笔者在查阅相关资料时发现，在说到中国钾肥时，人们大都会把关注重点放在生产者和管理者身上，对那些真正起到决定性作用的科学家却很少提及。

科学家的工作，没有炮火硝烟，没有刀光剑影，没有你死我活的厮杀，但无论是他们的工作环境，还是他们的奋斗过程，无不充满了奉献与牺牲的悲壮。用"无名英雄"来定位这群从事盐湖研究的科学家，实在是再贴切不过了。

随着采访的深入，笔者越来越深切地感到这些无名英雄是多么的可爱和伟大。

曹兆汉的离去，是钾肥事业的损失，但他没有完成的课题，已有后来者接力。中国经济的高速发展，给科技事业注入了强劲的动力。与国家能源紧密相关的盐湖研究，也进入了一个新的历史时期。

钾肥仍然是重中之重。2000 年，随着中央关于西部大开发的各种措施出台，察尔汗钾肥厂又向百万吨的年产量发起了冲刺。

2008 年，青海盐湖所的李海民、陈育刚、孟瑞英等发明了一种制取硫酸钾镁肥的方法，提高了生产过程中产品品质的可靠性，并降低了水耗。

2012 年，青海盐湖所的张志宏、马艳芳、董生发等发明了一种从硫酸盐型湖中提取钾芒硝的方法，该方法生产成本低，易于实现工业化生产。

2018 年，我国盐湖的钾肥产能接近千万吨。

从此，中国成为世界钾肥生产的大国。这不仅仅体现在产量上，在生产技术水平和生产装置水平上也达到了国际先进水平。

十二、使　命

水与风

会决定一座山的模样

阳光与雨雪

也会影响一棵树的成长

但和植物不同

人有理想

就算是在黑暗中

只要没有昏睡不醒

就能找到走出山洞的光亮

并能高高举起火把

让更多的人沿着指明的方向

走向灿烂的希望

从 20 世纪 50 年代开始，我国盐湖的研究开发，重点一直放在钾盐上。中国的钾肥生产从无到有，从少到多，满足了农业生产的绝大部分需要，使中国成为世界上的第四大钾肥生产国。就凭这一点，就该给盐湖人立一座高耸入云的纪念碑。

不过，盐湖人从来没有想过纪念碑的事。钾盐上的研究和突破，虽然让他们高兴和自豪，但他们深知盐湖资源有多么丰富，还有无数宝贵的元素急待唤醒。科学家们的使命和责任感，时常会让他们陷入一种焦虑中，并为此一直努力地工作。

这个工作，说起来并不复杂。盐湖里有盐，盐里有各种元素。它们混在一起，什么用都没有。只有把它们一个个分开了，单独拿出来，才能扬其所长、各显神通。其中含有的每一种元素都很重要，都很宝贵。对盐湖科学工作者来说，多少年来，他们所做的最主要的工作之一，就是把盐湖卤水中的各种元素一个个分离出来。

相对来说，盐湖中比较容易分离出来的物质就是氯化钠，也就是食盐。用太阳晒，用锅熬，用很简单的方法，就可以把食盐提取出来。所以人类早期，就可以用卤水和海水制盐。但化学元素，如钾、镁、硼、锂等，要想把它们中的任何一种单独分离出来，都是困难重重的。

也正是因为困难，才有了一群科学家，把从卤水中提取各种元素当成了自己人生的奋斗目标。

此前的大部分篇章里，讲述的都是这样一群人，是如何为了卤水中的钾而勤奋工作着。接下来，主要讲述的还是这样一群人，讲述他们为了盐湖中另一种元素的提取，又是怎样在拼搏着。

这种元素，就是锂。

比起别的元素，锂的发现有些晚。直到 1817 年，瑞典科学家阿尔费特森在斯德哥尔摩分析一块石头时，发现了一种新金属元素，这就是锂。

作为相对原子质量最小的金属元素，锂具有极强的电化学活性，化学性质也极为活泼。

20 世纪五六十年代，锂主要用于核武器与航天材料。

冷战结束后，锂主要用于玻璃、陶瓷、医药等传统行业。

进入 21 世纪，由于电子工业、电动汽车制造业的兴起，它成了备受青睐的新能源。

锂矿以两种形式存在：一种存在于固体的矿石中，一种存在于盐湖的卤水及井卤、油田水、海水等液体矿中。

30 多年前，锂的提取，主要是通过固体的矿石。

只是矿石不能再生，越采越少，只能从国外进口锂矿石，可不断增加的成本，又让人无法承受。

20 世纪 90 年代以后，智利人从盐湖中提锂，获得成功。因成本低于固体矿石提锂，对国际上的锂市场造成了极大的冲击，逼得中国的大部分锂盐厂不得不停产或转产。

中国盐湖的锂资源非常丰富，储量在世界上有一定的优势。

那么多的盐湖，那么多的锂资源，中国似乎没有理由不成为锂生产大国。

但事实上，当时国内各个生产行业需要的锂，大部分都要从国外进口。

如何尽快完成盐湖提锂的技术开发，如何让中国的锂从大片的盐湖中走出来，在民族复兴大业中，发挥出它们卓越的作用，就成了盐湖科技工作者面临的一个重要挑战。

改革开放以后，我们打开国门，放低姿态，虚心学习。多项新技术、新发明、新创造，直接吸收了国外最新的成果，少走了许多弯路。我们用了几十年的时间，干成了别人几百年才能干成的事。

在盐湖开发上，我们原本也想直接使用国外的技术，实际工作中却有些行不通。每个盐湖的成分构成不同，各种元素所占比例不同，提取目的不同，决定了提取方式与生产工艺也会不同。

于是，给每一个盐湖的利用开发确定提取方式和生产工艺，成了一件十分重要的事情。

自青海盐湖所成立之日起，科学家们就开始了从盐湖里提取各种元素的科学研究工作，并且不管社会环境如何变化，他们的目标和方向从来没改变过。

也就是说，盐湖提锂的科学研究早在 20 世纪 60 年代就开始了。

1969年，我们用铝酸钠碳化法，从四川地下卤水中提锂。从小试验、扩大试验、中试，至生产能力达到年产400吨锂。

1970年，我们在大柴旦青海盐湖所工作站，进行了多次盐湖提锂的科学试验。

1980年，沈祥木等人用离子吸附技术，从四川蓬莱盐厂井卤提溴母液进行提锂扩大试验，制取了合格锂产品，当年还获得了中国科学院科学技术进步奖二等奖。

1987年，黄师强、崔荣旦等人进行了从大柴旦盐湖脱硼卤水萃取锂的半工业试验。

1992年，高世扬、杨存道、黄师强等进行了用TBP溶剂萃取法从脱硼卤水中提锂的试验。

1994年，刘铸唐、张宝全、李永华在东台盐湖进行了晶间卤水盐田日晒研究，修建了500平方米的盐田。

1996年到1999年，张绍成、崔荣旦等课题组成员进行了"盐湖老卤提锂工艺"的试验研究。

1999年，刘德江、陈大福、鄂如萍、张洪、崔荣旦完成了东台吉乃尔盐湖资源开发可行性研究报告，提出了盐湖卤水钾、硼、锂的分离提取方案，并对其经济效益进行了预测。

以上事实充分证明，盐湖提锂的研究一直没有停止过，并且不断地取得新的成果。同时，我们也可以看到，科学的发现与新技术的发明，有多么的不容易。那么多年，那么多人，付出了那么多辛苦的劳动，但仍然难以让它转化为生产力，产生规模效应。创新之难，难于上青天，诚然。

为什么新的成果不断，却一直没有形成规模化的生产？原因也不复杂，主要是提取的难度太大，投入的成本一直大于产出后在市场上所能获得的价值。这就让锂的利用开发，一直难以从实验室走进盐湖边的生产车间。

锂在卤水中，与其他元素的关系实在太亲密。要把它们单独分开来，花费的力气往往很大，效果却不理想。尤其是镁和锂，由于它们性质相近，有人把它们形容成连体婴儿，如何把它们分开，高镁锂比盐湖的镁锂分离已经成了世界性难题。

而这个难题不解决，盐湖的锂再多也都只能沉睡着。

这一段日子，盐湖里的锂睡得很香，可青海盐湖所的人却难以安眠。大家都在想，那么多挑战，我们不但迎接了，还取得了胜利，难道说面对活泼轻灵的锂，我们就征服不了吗？

在许多睡不着的盐湖人里，就有一个叫马培华的人。

这是一个与中华人民共和国同龄的男人。

他有幸赶上了一个好时代，能够生长在五星红旗下，但他也不幸遇到了一些灾难。比如说，他高中一毕业就遇上了"文化大革命"，失去了考取大学继续深造的机会。不过，有失也有得，这让他有机会走出校园，看到了祖国辽阔的大好河山，让他对祖国的爱变得愈发强烈。

1968 年，还不满 20 岁的他，就进入了西北冶金地质勘探队，当了勘探队员。两年后，他又去了青海山川机床铸造厂。

那个年代，进工厂当工人，是很多年轻人的梦想。只是成为了工人的马培华，并不想在机器轰鸣的车间里干一辈子。中学里一直成绩优异的他，想做一个有知识的人。

不过，这并没有影响马培华成为一名出色的工人。他聪明好学，很快就掌握了操作技术，加上他品行端正、好学上进，很快便赢得了干部职工对他的肯定与赞许。

也是他优秀的表现，让他有了被推荐上大学的机会。1973年，他从西北到了东北，进入东北大学有色金属冶金系冶金物理化学专业学习。

1976 年，"文化大革命"结束，马培华也走上了一条新的人生道路。他由一名工人变成了一名知识分子。他走进了西宁市新宁路 18 号大院，成了中国科学院青海盐湖研究所的一员。

十年时间，他从研实员开始，做到了助理研究员。作为一个工农兵学员，他明白他这个大学毕业生缺失的东西有多少，好在他的身边有一群知识渊博、品德高尚的老一辈科学家。他跟着他们去野外进行盐湖调查，进试验室做分析化验，向他们请教深奥的学术问题。同时拼命攻读各种专业论著，以弥补学识上的不足。

他勤奋学习、努力钻研，研究水平不断提高。1986 年他被公派到日本留学进修，成为了日本国立化学研究所客座研究员。1992 年，他获得日本京都工艺纤维大学理学博士学位。留学生涯不但让他具有了国际视野，而且让他的科研水平有了更大的提高。

随着一批老盐湖人的退休，一批新成长起来的科研人员逐渐成了顶梁柱。1991 年，42 岁的马培华被推到了研究所副所长的岗位上。

就是在这个时候，他暗暗发誓，一定要攻下盐湖提锂这个难关。

只是这个时候，他还不能把他的想法对别人说。这么多年工作生活的磨炼，他已经形成了自己做人做事的风格，那就是决不轻易承诺。要么不说，只要说出来，就一定要做到。这种说话算数的品格，让他不管走到什么地方，都会得到大家的信赖。

老一辈的盐湖人，干了件大事，那就是依靠盐湖生产出了钾肥，保证了中国农业的不断丰收。

新一辈的盐湖人，在跨世纪之际，也得有自己的贡献。

固体锂矿，已经极少，难以为继。未来锂的提取，必会依靠盐湖。尽管现在看，锂的需求并不那么大，但随着科技的发展、新材料的运用，作为新能源的锂，必会身价倍增，市场潜力难以估量。

中国的盐湖中有大量的锂，开采之路，任重道远。只有不断探索攻关，才能创造出高效的提取技术。

这是盐湖科学工作者理应承担的使命。

使命感，会对一个人产生强大的动力。

每个科学原理的发现和技术的发明，都要经过艰苦卓绝的劳动才有可能实现。

苹果从树上掉到了地上，让牛顿发现了万有引力。不是偶然的灵感闪现，而是来自于牛顿对力学知识的了解。

任何新发现、新发明，从来都不会从空中掉下来，都是一代代人、一个个人接力的结果。也就是说，想创造盐湖提锂的新技术，就得了解、熟悉曾经有过的相关方法。

也就是这个时候起，马培华在处理完了所里的行政事务后，往往把自己关进房间，对国内外有关盐湖提锂的能找到的论文专著进行阅读研究。

那些年，青海盐湖所办公楼里，每天晚上最后一盏熄灭的灯，一定是马培华办公室里的那盏灯。

"文化大革命"期间，多少年轻人的前途被耽误，马培华却最终能成为一名科学家，不是他比别人智商更高，只是他比别人用在学习和研究上的时间更多罢了。

天道酬勤，自古都是这样，从来就没有变过。

其实在日本留学时，他就开始了对盐湖提锂的关注，并对日本化学工业中各种元素的提取办法，进行了认真的学习。日本是个资源缺乏的小国，却是个科学技术发达的国家。他注意到日本使用薄膜淡化海水的方法，既清洁绿色，对盐分的过滤效果又好。

当然，欧美在盐湖开发方面先进的成功经验，更是要深入研究才行。为此，他在 1995 年和 1997 年先后去了美国和德国，利用担任客座教授的机会，用了一年半的时间，与世界上一流的盐湖科学家有了密切的接触。这不但开阔了他的视野，使他获得了最新的资讯，提高了专业素质，更让他对于在心中酝酿已久的科研方向，变得明确而又坚定。

不同盐湖提锂方法的基本原理相近，都是从盐田中抽取卤水，再分离卤水中的钾、钠等元素，得到老卤，进一步加工得到碳酸锂。但是盐湖类型的不同及镁离子浓度不一样，导致生产碳酸锂的方法也不尽相同。

盐湖的镁锂比值直接影响到锂的提取。国外盐湖的镁锂比值低的只有 6：1，提取的难度大大降低。中国的盐湖镁锂比值最少也达到了 40：1，这就给中国盐湖人出了一道大难题。

这以前，盐湖科技工作者们在这方面做过多种尝试。马培华对沉淀法、煅烧法、盐析法、萃取法等进行了透彻研究，深知它们存在的缺陷。正是总结反思了以往的经验教训，马培华认识到，要真正解决制约我国盐湖开发走向大规模综合利用的瓶颈问题，必须摒弃以往高物耗、高能耗、三废排放量大的化学过程，开创一种高效的分离提锂模式。

明确了目标，马培华带领科研团队开始了行动。

盐湖众多，要提锂，首先得确定在哪个湖进行。这倒不是个太大的难题，多少年的盐湖调查，他们对于各个盐湖的情况，可以说是尽在掌握中。柴达木盆地中的台吉乃尔盐湖是所有盐湖中锂资源品质最好的，选择这个盐湖作为锂提取试验生产基地，有利于实现锂工业化与工程化的突破。

那些日子，马培华带领团队成员，不分白天黑夜加班加点，节假日也不休息，全力以赴地投入到前期的研发工作中。

为了获取柴达木盆地东台吉乃尔盐湖地下晶间卤水矿中锂资源分布与富集状况，查明盐湖周边淡水的分布、矿区的水文地质环境和湖区周围地层中黏土矿物的分布等第一手资料，他们一次又一次地进入荒无人烟的东台吉乃尔盐湖进行一系列有关地球化学、化学、盐田日晒工艺试验等学科方面的研究，于1998年组成地质调查小分队对东台吉乃尔盐湖进行了考察，并以此为依据，成功修建了12万平方米的试验盐田，组建了东台吉乃尔产、学、研一体化的科研基地，用两年的时间完成了盐田日晒工艺路线试验，制得合格的钾盐中间产品和富锂原料卤水，获取了大量的观测数据和水质变化分析数据。他们再从理论逻辑上进行充分论证，对已有的各种提锂方法进行分析对比，重新策划锂的提取思路，优化工艺条件，提高了分离效果。他们在长期研究分离提取基础理论、工艺技术和设备优化的不同阶段，采用盐田工艺分步浓缩锂元素技术，利用东台吉乃尔盐湖丰富的自然能进行蒸发、浓缩和结晶，运用浓盐溶液五元体系相图理论，生产出合格的浓缩卤水，最大限度地降低原材料成本费用，并通过对镁锂分离过程中的关键影响因子进行优化筛选，研发出一种新型的、适合高镁锂比盐湖卤水镁锂分离的生产工艺，可将东台吉乃尔盐湖卤水镁锂比从40∶1降到小于

1∶1，镁的分离率达到 90% 以上，锂的回收率达到 80%。

针对东台吉乃尔盐湖卤水构成，他们设计出一套新的提锂工艺流程。

他们从近 1000 公里外的盐湖运回一车车卤水，在试验室里对这套提锂流程进行小试与中试。通过反复的试验，不断地对整个工艺进行修改完善，终于探索出从高镁锂比盐湖卤水中低成本清洁提锂的方法——离子选择膜分离方法。

研究上的突破，为进一步试验提供了依据。1999 年，对于马培华来说有些不同寻常。这一年是中华人民共和国成立 50 周年，也是马培华 50 周岁。科研上的成就以及与共和国同龄的原因，让他被选为国庆观礼的代表，去北京天安门城楼，参加了 50 周年的国庆大典。当游行的队伍从他的面前经过时，他激动的泪水无法抑制地流了下来。

也是在这一年，他正式出任青海省副省长和青海盐湖所所长，这让他有了充分施展自己才能报效祖国的机会，也让他钟情已久的高镁锂比盐湖提锂的项目，有了继续推进的保证。

很快，盐湖所与新西兰太平洋锂业公司谈判成功，双方合资成立了青海锂业有限公司，由青海盐湖所负责运行实施，做出一套完整的产业化样本再加以推广。

这在当时引来了不少人的质疑，青海盐湖所是个科研机构，在产业化、工程化方面是否具备足够的经验和资金？面对实力雄厚的企业集团的挤压和锂市场的低迷，如何在竞争中取胜？

会不会浪费了大量的人力、物力，最后落得个骑虎难下、得不偿失的结果？

各种声音不断响起，马培华感受到了从来没有过的压力。

压力并没有让马培华动摇，但困难真的很大。因为每一项科研成果的转化，都不是轻而易举的。随着东台吉乃尔项目的推进，资金短缺的问题变得越来越严重，甚至一度迫使项目暂停下来。

这期间，马培华的头发白了不少。他四处奔走，游说各方，寻求支持。2001年，他们申报的国家高技术产业化示范工程项目"青海盐湖提锂及资源综合利用"得到国家发改委的批准，国家支持5000万元，才使得项目得以继续开展推进。

身兼副省长和青海盐湖所所长两个职务，他必须两头兼顾。他有两个办公室，一个是在省政府的院子里，一个是在青海盐湖所的院子里。白天在政府处理公务，到了晚上就回到所里，安排部署科研工作，解决处理项目遇到的问题和困难。

2005年，西部矿业进行企业重组，项目得以重整旗鼓。东台吉乃尔提锂项目进入工业化建设阶段。

盐田规模不断扩大，晒制的卤水池，一块块如镜子一样，星罗棋布。

高大的厂房耸立在湖边，自行设计的各种设备不断运进来，安装在了车间里。

管理干部与技术人员，还有经过培训的操作工人也安排到了各个岗位上。

由于工作需要，马培华又从青海调到了北京，担任了更重要的领导工作。虽然不再是研究所的所长了，可他心里面，想得最多的还是所里的事，想的还是高镁锂比盐湖提锂的技术产业化。

2007 年国庆节，别人想的是如何过一个快乐悠闲的长假，而马培华却利用这个休息时间回到了青海。为了不惊动地方，他自己买了飞机票，带着老伴，悄悄地来到了格尔木。下了飞机，马培华直接坐车去了柴达木盆地的东台吉乃尔生产基地，与科研技术人员还有工人们一起试车，对发现的技术上的疑难问题及时进行处理。

其实这个时候的马培华，已经远离了青海，生活在了首都北京。可以说，他早就功成名就，无须再费心操劳了。可是作为一个科学家，就算身居北京，一颗心却无法离开工作了几十年的青海，无法离开那个他投入了太多心血的科研项目。

在他看来，中国有许多杰出的政治家，离开了他，国家和社会发展不会受到什么影响。但那个盐湖提锂的新技术，是他带领着团队研究开发的，项目的每一个关节点、每一个数据，没有谁能比他更熟悉了。所以，就算是做了高官，他还是把自己定位成一个科学家、一个科研团队的负责人。

马培华的助手，后来成为此项目技术负责人的邓小川说，马所长虽然当了大领导，到了省里，到了北京，但实际上他一直没有离开过这个项目。生产试验的关键阶段，他每天都会打电话来，询问进展情况，并随时指出存在的问题，帮忙解决遇到的困难，确保了这个项目的顺利进行。

生产车间投产那天，虽然马培华不在现场，但团队成员第一时间用电话向他报告了成功的消息，与他分享这个令人激动的时刻。因为大家都知道，这个项目能够从设立到推进再到成功，他付出的心血与精力实在太多太多。

投产当年，生产车间就生产出了 3000 吨碳酸锂，产品中的碳酸锂含量达到 99%。紧接着，重组的青海锂业有限公司又加大了投入，建起了更大的生产车间，使碳酸锂年产能达到了万吨级，成为了盐湖锂生产的龙头企业。

就在这个时候，国际锂市场也发生了巨大的变化。因为新能源汽车的生产开发，对锂的需求突然猛增。原本 2 万元左右 1 吨的碳酸锂，价格涨到了 10 万元以上 1 吨。一下子带来的不可思议的经济效益，让当年质疑马培华的人改变了看法，对他当年能力排众议克服一切困难坚持盐湖提锂的研究开发，给予了极高的评价，说他有远见、有魄力。有人问他，是不是一开始就预料到了锂产品会有这么吃香的一天。马培华说："我没想那么多，只是知道它很重要，国家建设、经济发展离不开它。作为一个盐湖科研人，让锂醒来，是我的使命，我只是做了我应该做的事。"

马培华作为一个科学家的情怀一直没有变。青海盐湖所的同事们，在马培华调离后，仍然给他留了一间办公室。这间办公室不是摆设，这些年来，无论是在省里工作还是在北京工作，他都经常回来，与学生们研究学术和工程化问题，继续为盐湖事业的发展做着他的贡献。

工作会有退休那一天，但作为科学研究者，可以一直干到生命最后一刻。这样的情怀与追求，没有对科学的热爱，是难以做到的。在马培华身上，我们看到了金子般的追求科学的精神之光。

高镁锂比卤水低成本镁锂分离是世界性难题，也是盐湖提锂工艺的关键和资源综合利用的瓶颈。青海盐湖所马培华及其团队，在长期探索镁锂分离工艺及设备优化的不同阶段，系统研究了复杂盐溶液体系镁锂分离物化机理，构建了锂资源选择性分离提取的新模式，开发了选择性离子迁移高效膜分离绿色技术，成功解决了高镁锂比盐湖锂、钾、镁、硼的平衡利用，复杂地质条件下修建大面积盐田及电池级碳酸锂生产的成套技术及工程化问题。他们首次创立了我国盐湖提锂及资源综合利用技术体系，建成了年产一万吨碳酸锂及资源综合利用生产线，专利普通许可两家企业实施获 4000 万元，取得了显著的经济和社会效益。从 2016 年到 2018 年三年间，合作企业的销售额有31.7 亿元，利润达 16.0 亿元，为我国盐湖锂产业的可持续发展提供了可靠的经济支撑。盐湖锂盐提取新技术，使我国典型的高镁锂比盐湖卤水提锂技术难题获得突破，为我国盐湖锂盐工业提供了技术支撑，也改变了我国盐湖资源单一生产氯化钾的开发局面，使我国盐湖资源综合利用的关键技术和系统集成技术得到了提高。

2012年4月9日，青海省科学技术奖励大会上，这支科研团队攻关的"青海高镁锂比盐湖提锂关键技术及应用"项目科研成果获得2011年度青海省科学技术进步奖一等奖，团队学术带头人马培华研究员获得青海省2011年度科学技术重大贡献奖。2013年5月25日，周光召基金会第六届科技奖励基金颁奖典礼上，青海盐湖提锂科技团队获得技术创新奖。2016年，该团队获得中国科学院科技促进发展奖，2017年获第十九届中国专利奖优秀奖。

盐湖提锂实现历史性的突破，马培华起了决定性的作用。但马培华总是说，他只是团队中的一员，这个成果属于整个团队，属于青海盐湖所，属于国家和人民。光凭一个人，是永远都不可能获得成功的。

确实，一个人再能干，离开了集体和国家，都会一事无成。说起团队成员，马培华对他们每个人都赞不绝口，盛赞他们从不同专业为这项专利的发明做出了独有的贡献。

实际上，自20世纪90年代末至2007年近十年的时间里，青海盐湖所的大部分人都投身到了盐湖提锂的研究与开发中。说起那一段岁月的生活与工作，他们每个人都有些难忘的故事……

十三、追　求

无数人走在路上

每个人都有自己的方向

方向会有不同

目标都是理想

只是有人到达了

有人一直在路上

到达者不是因为幸运

而是因为坚强

山再高也会往上爬

水再深也会往前闯

就算是身负重伤

也会毅然前往

2017 年，在第十九届中国专利奖的颁奖大会上，来自中国科学院青海盐湖研究所的研究员邓小川代表研发团队接过了一座沉甸甸的奖杯。

获得专利奖的这件专利是"从盐湖卤水中分离镁和浓缩锂的方法"。

望着这座奖杯，已经年过五十、鬓角有了些许白发的邓小川，不能不满怀感慨。

任何一个发明创造，都是不容易的，所以，就有了专利法，以保护发明人的合法权益。

盐湖提锂，早就有了各种提取办法。为什么这项提取技术能够成为授权专利，并获得国家级大奖呢？

是因为新发明的膜分离法，与过去所有的盐湖提锂技术都不一样，它使得这项新的提锂技术绿色环保、成本低。

正是膜分离法的发明，让盐湖锂的年产量接近万吨大关，产值高达 10 多亿元，为国家锂盐工业的发展，开辟出了一条新的高效大道。

这就是科学的力量。一项新技术，改变的是一个产业，甚至是一个时代。比如有了蒸汽机的发明，人类才从农业社会走进了工业化时代。

膜分离法，从论证到试验，再到转化到生产工艺上，前前后后用了 20 多年的时间。

之所以让邓小川代表团队去领回这个大奖，很重要的一个原因，就是他不但参加了这项专利的整个研发过程，还是核心研发者之一。

因此，说到这项专利的来龙去脉，说到其中的坎坷曲折和酸甜苦辣，怕是很难有人比邓小川知道得更清楚，体会得更真切深刻。

1966 年出生的邓小川，目睹了中国从动乱走向改革的历史，成为见证者的同时也成了参与者。动乱年代，想要安静地读书都做不到。有幸赶上了改革开放，读书人重新恢复了尊严，青年人有了选择理想的自由，邓小川的人生才有了另外一种可能。

看起来体质稍弱却酷爱学习的邓小川，成绩一直是班级里的前三名。1983 年，高中毕业的他，考上了华东化工学院化工机械系化工设备与化工专业。

自小在青海长大，心中充满了对家乡无限的爱，从上大学那天起，邓小川就想着学成以后回到家乡，报效家乡父老与高原的养育之恩。大学生活的丰富多彩让他迷恋，江南水乡的秀美也让他陶醉，只是 4 年过后，填报毕业志愿时，他还是毫不犹豫地写上了家乡的名字。

1987 年，他来到了青海盐湖所，成了恢复高考后第一批分配到研究所的大学生中的一员。

他一进到所里，才 21 岁，就独自承担了国家重点科技攻关项目"西宁中试基地建设"的多项非标设计、加工、安装、调试和试验工作。年轻人精力旺盛，更有着成就一番事业的雄心。

一走进实验室，他就忘记了下班时间，节假日也不休息，一样去单位加班。化工机械的制造，包括材料的选择，都与学的专业有关。书本知识与实践的结合，让他的专业素质迅速提高。他在实际工作中表现出的认真态度和专业能力，很快就得到了所里老前辈们的认可。

在接下来的20年里，他先后参加了国家"七五""八五""九五"重点科技攻关课题、青海省重大科技攻关课题和横向课题等12项，其中获中科院科技进步奖二等奖1项、青海省科技进步奖三等奖1项、科技部科技成果1项、青海省科技成果3项，撰写技术报告7篇、设计报告多篇。

在一系列的科研项目中，邓小川注重研究工作的前沿性和深刻性。原始创新工作具有高起点和高定位的特点，在重大理论问题上，邓小川总是能提出自己的新见解与认识，他的许多观点受到了国内外学界的重视。他创新的一些比较实用的方法，促进了技术的进步，给工业生产带来了直接的经济效益。

正是他突出的科研成果，引起了多方面的关注。在给他带来许多奖励和荣誉的同时，也让他成为了青海省政协委员。获得这个荣誉，对他来说，也意味着有了更大的责任。不管科研工作有多繁忙，他都会抽出时间，撰写提案，为科研事业的发展建言献策。自己辛苦劳累一点不算什么，只要对国家、对社会有益，不管什么事，邓小川都会竭尽全力。

1998年，马培华所长聚全所之力，向高镁锂比盐湖提锂的新技术研究发起挑战。邓小川加入了此项目课题组，成为了核心研发者之一，并协助马培华管理整个团队。作为一个经验丰富的科研带头人，马培华在学术上的远见卓识，在工作上的勤勉严谨，在做人上的真诚宽容，都对邓小川产生了很大的影响。邓小川把马培华当作了学习的榜样，人生的方向也变得更加明确坚定。

盐湖提锂，需要找到高效的办法，而这个办法是否可行，还需要试验证明。这个证明过程不能在论文中完成，必须在机器的运转中才能实现。马培华受日本海水淡化技术的启发，决定进行膜分离提锂的研究试验。研究方向一旦确定，核心研发者就要全力投入。负责设备研制的邓小川，更多时候不是待在书斋里，而是忙碌在试验车间中。工作十几个小时是常态，有时候甚至整夜不睡，到了吃饭时间也不离开，让食堂送来盒饭，随便吃一点后继续干。

几年间，他带领的课题组承担了大量的中间试验、分析测试和数据处理工作，探索出许多新的分析方法，为项目进一步产业化提供了大量的物化数据、工艺和设备操作参数。对于不断出现的新问题，他除了查阅国内外的各种文献资料，还会外出调研。每次试验方案的分析修改，几乎都是他苦苦探索的结果。他不知解决了多少技术和设备难题，才保证了整个项目的向前推进，获得了膜分离提锂技术小试与中试的成功。

任何成果的取得，都来之不易。而科学的发现与发明，其背后的艰辛付出，除了科学家本人外，往往别人是难以知晓的。

　　母亲病了，住进了医院，家人打电话给邓小川，他正在车间里忙着，想去陪，可试验正处在关键时刻，实在不能离开，只好等到午夜过后，试验结束，才急匆匆赶往医院。一晚上守在母亲身边，等到天亮，再回到工作岗位。同事看他两眼通红，问他晚上怎么没有好好睡觉，他笑了笑没有多说什么。就算只是这样的夜里陪伴，他也无法常常做到。制造设备的外地厂家打来电话，让他马上赶过去，解决一个设备制造上的难题。想到了母亲，他不能不为难。母亲为了养育他，吃了许多苦。他是个孝子，有一颗报答母亲生养之恩的心，完全可以找个理由，不去或者推迟，但这样必然会影响项目的如期完成。责任在肩，自古忠孝不能两全。为了国家，邓小川只能牺牲亲情，坐上火车离开了西宁，也离开了需要他陪伴的母亲。等他归来，母亲已出院，此事让他内疚多年。可他并不后悔当时的选择，在家事与国事之间，他永远都会把国事放在第一位。

　　东台吉乃尔盐湖提锂的生产车间进入了设备制造与安装阶段，作为核心技术的负责人，邓小川必须随时做出正确的判断和安排。选择设备的设计单位和生产厂家，要经过多次的谈判才能敲定；设计与生产的过程，更是要一直保持着密切联系与沟通，才能保证不发生失误与差错。这就决定了他需要经常离开家人，在外奔波忙碌。为了事业，他不但不能对父母尽孝，就连丈夫与父亲的责任都很难尽到。这样一种牺牲，对于盐湖科技工作者来说，几乎人人都会遇到，实在是再平常不过了。

不过，有些事，却不是每个人都会遇到的。

2006 年的冬天，邓小川出差夜宿兰州，因需要给厂家发一份技术资料，去大街上找网吧。走在昏暗的大街上，脑子里还在想着工作的事，他的注意力被分散。在一辆驶来的小车马上就要撞到他时，他才下意识地躲逃，车子擦身而过，他却重重摔倒在路边的石头上，当场陷入昏迷状态。一道出差的同事接到交警的电话赶来，要把苏醒过来的他送往医院，他说没事，还是坚持去网吧给厂家发了邮件。回到所里的当天夜里，他疼痛难忍，无法安睡。被送到医院，才发现他的颈椎出现了 4 处断裂，并伴有脑出血，必须马上住院治疗，如果情况恶化，会导致卧床不起。住进了医院，他还放不下工作。脖子上戴着固定的夹套，无法自如转动，他就靠在床头上，在胸前支起一块板子，继续办公。不断有同事来看他，只是来看他的同事，带来鲜花的同时，还带来了需要他解决的难题。病情稍一好转，他就不听医生劝告，非要出院不可。出院的邓小川，脖子上还戴着理疗的脖套，就坐车去了东台吉乃尔的生产基地，指挥工程设备的安装。

在中试车间做试验，每天都伴随着机器的轰鸣声。许多试验要连续多个日日夜夜，中间不能停顿。作为负责人，他完全可以安排别人守在机器旁，自己去办公室休息。可他知道最好的管理不是指手画脚，而是身体力行，做出表率。看到他戴着脖套出现在车间，大伙儿都劝他去休息，他却说这点伤痛没有什么大不了的。在他的影响下，团队其他成员，尤其是年轻的同事，都对自己严格要求，全身心投入到承担的工作中，保证了预定方案的如期完成，推动着整个项目不断向前。供应设备的厂家技术人员在完成了任务离开时，握住邓小川的手久久不肯松开。他们说，从他身上学到了许多宝贵的东西，它们比金钱更有价值。

邓小川从来没有因为个人家事或身体受伤而耽误项目的进程，但难免有不能对父母家人尽责尽孝的内疚；他带伤去野外工作，保证了工程的如期完成，但留下的内伤，却再也无法痊愈。这样的代价除了他自己知道外，没有人能感同身受。他不会对人诉说，更不会抱怨，只是继续默默地工作。

笔者在采访时，遇到了不少老一辈的盐湖人，在说到身体时，都说到了由于工作环境的恶劣和过度的劳累，给他们带来的伤病。有的因病早逝，有的被病痛长久折磨。这样一种代价，也许就是盐湖科学家们的特别付出。无名，无利，却受累最多，吃苦最多，奉献最多，正是这群英雄科学家的真实写照。

今年53岁的邓小川，正处于一个科学研究者的黄金阶段。作为中科院青海盐湖研究所知识创新工程的骨干、学术委员会委员、关键技术研究的学术带头人之一，他正带领着他的科研团队，就中国盐湖资源的综合利用以及可持续绿色开发等相关新技术，进行深度研究，让中国盐湖这个大自然赐予的聚宝盆，能在中华民族复兴的宏图大业中，成为一种强大的能量，推动国家进入一个更强、更富的时代。

十四、信　念

一只自由的鸟

在起飞之前

也会确定目标

一旦跃上天空

无论是狂风

无论是暴雨

都不会让它改变行程

除了死亡

没有什么可以阻挡

直到有一天

迎来黎明的曙光

有一个事实必须要承认，在世界重大的科学发明的发明者名单中，很少有女性名字的出现。同样，在中国科学家的队伍中，女性所占的比例也极小。究其原因，应该是人类社会男女分工不同造成的，女性要生育孩子与处理家务。笔者在青海盐湖所采访时，遇到了这样一位女性，她用行动证明了女性在从事科学研究时一样可以做得很好，甚至比许多男性更出色。

她叫王敏，有着一个中国女性最平常的名字。如果在网上搜索一下，与她重名的女性估计会有几万名。只是她做到的事情，却没有几位女性可以做到。

王敏，现任青海盐湖所学术委员会主任、盐湖资源化学实验室主任，是一名从事盐湖资源综合开发利用的研究员。

女性研究员，在当今的中国，虽然所占的比例不高，但也不罕见。可在盐湖研究这个领域，女性研究员真的不多。而像王敏这样不但成为了研究员，还获过多种发明科学奖的女性盐湖研究员，更是少之又少。

王敏生于 1966 年，父亲是青海铁路系统的一名普通干部，母亲是位小学老师。从小学到中学，她的学习成绩都非常好，父母疼爱、老师喜欢。她 16 岁就考上了大学。到了大学以后，她仍然优秀得无可挑剔，年年都被评为"三好学生"。

谁都没有想到，这个听话的孩子，在大学毕业时，变得"不听话"了。她读的是北京化工学院化工机械专业，这个学校的毕业生许多部门和企业都会抢着要。凭着王敏的学习成绩她可以有多种选择，她的老师就问过她想不想留校当老师。父母亲当然更希望她能留在北京，这样等他们退休以后，也可以到北京安度晚年。他们是因为支援边疆建设才去的青海，不想子女再留在青海。一开始，王敏倒也同意了父母的建议，但是快毕业了，她告诉父母，她决定回到青海工作。

老师与父母的建议对她不起作用和一部宣传片有关。青海盐湖研究所为了招揽人才，来到学校给即将毕业的学生放了一部介绍青海盐湖及相关研究开发的纪录片。来自青海又学习化工专业的王敏，立刻就被这部影片吸引了。对于生在青海的王敏来说，她对青海的感情与父辈是不一样的，对她来说，虽然籍贯在异乡，但青海是生养了自己的故乡。故乡有这么多美丽的盐湖，盐湖的资源都和化学工业息息相关。这给有志于化学科研的人，提供了一个多么广阔的平台呀！

对故乡的热爱和对事业的追求，让王敏第一次有了一个坚定的人生信念，那就是回到故乡，投身盐湖化工事业。

选择就业志愿时，学校让学生自己填报。5 个志愿，王敏填的全是中国科学院青海盐湖所。当时，许多人的梦想就是如何让自己富起来，活得更舒适。多少人考大学就是为了离开西部家乡，进入繁华的大城市。所以，王敏的选择，就有了轰动全校的理由，她也成了焦点人物，受到学校和北京市团委的表扬。也难怪，当时与她同时毕业的另外 8 名青海籍大学生全都选择留在了繁华的城市，只有她在 4 年之后，又坐上了那趟多次乘坐过的西去列车。

青海盐湖所，自然离不开盐湖。盐湖那么远，那么大，不能搬到研究所里来研究。只要进入这个所，都要来到盐湖边，开始新的人生之路，王敏也一样。

虽然早想到盐湖环境会不好，但工作环境恶劣的程度，还是大大超出了王敏的想象。宣传片中天镜倒映出的蓝天白云，在落入眼帘以后，会因为一成不变而显得单调，让人焦躁；寸草不生的盐碱滩如同一头死去的巨兽沉寂无声，让人无法不恐惧。身处此景中，要说王敏心里边没有一丝的慌乱不安，也是不真实的。毕竟她还是个才20岁出头的单纯姑娘。青春的梦想如诗如画如歌，落进这样的一种现实中，任何一个正常人都不能不变得有些怀疑人生。

身边的老盐湖科研人对她说，这里确实很苦，她还年轻，要想好了。

亲朋好友也劝她，不行了，就换个单位。凭着大学文凭，许多单位都会抢着要的。

确实，这个时候的大学毕业生，比金子还要宝贵，要换个单位，对王敏来说，是件很容易的事。

然而，此时的王敏，信念的种子已经在心中的沃土里扎下了根。科学的道路从来都是充满坎坷，如果连眼前这些困难都克服不了，这一辈子还会有什么作为？

谁都没有想到，个子不高，看起来有些柔弱的王敏，有着一般女性没有的强大内心世界。她暗暗发誓，在科研工作中要做一个优秀的科学工作者。她决不会让女性的生理局限成为人生平庸的理由。

自此开始，青海盐湖所的科研队伍里，就多了一个年轻的小姑娘。只是这个小姑娘，看着娇小，却一点儿也不娇气；年纪小，口气可不小。不管什么事，问到她有什么困难、需不需要照顾，她一听这些话，就会急，说："我也是个科研工作者，工作上的事，不用照顾我。"

不但这么说，做起来也不含糊。虽然体力不如男同事，可她的细致耐心和勤奋踏实，让她在实际工作中总是表现出色。为了搜集基础数据，她和团队成员无数次翻越海拔 4000 米左右的橡皮山，吃了不知多少苦，受了不知多少罪，为盐湖资源开发利用搜集了大量的第一手资料和重要参数。

时任所长张彭熹院士和书记刘德江多次在大会上表扬她。她也得到了许多老同志的认可，他们都愿意在搞研究与试验项目时把她带上。这让王敏学到了许多在课堂上学不到的知识，再加上她主动请教、刻苦钻研，很快就脱颖而出，成了研究所的青年科研技术骨干。

1989 年到 1995 年间，研究所进行万吨硫酸钾技术攻关，王敏与所里派出的技术攻关团队住进了察尔汗盐湖的化工厂。负责设备技术攻关的王敏此时已经有孕在身，可仍然坚持工作在车间。生了孩子，正在家休产假的王敏，接到了项目负责人吴景泉的电话，问她能不能赶回来，万吨车间还有一个月就要试车了，有些设备上的技术问题还需要她来解决。多年养成的习惯，只要是工作上的安排，她从来都不会说一个不字。可这一次她真有些为难，因为孩子每天都需要母乳哺育。她完全可以用要给孩子喂奶的理由来推辞，但话到了嘴边，脱口而出的却是："行，给我一个星期的时间，让我给孩子把奶断掉。"

一个星期后，王敏把孩子扔给了母亲。需要母乳哺育的孩子，靠喝奶粉与牛奶长大。后来只要孩子一生病，王敏就会想到是母乳哺育不够的原因。即使这样，她也只是有些难过，并不后悔。如果让她重新选择，她还是会一样扔下正吃奶的孩子，前往柴达木。

那会儿，与王敏一块工作的同事都说，在王敏面前，什么话都可以说，就是不能说孩子。一说孩子，她的眼泪就啪啪地往下掉。

在她的女儿读初中时，王敏再次加入了高镁锂比盐湖提锂的科研团队，负责产业化装置的设计、安装与调试。这就意味着，王敏必须长期待在东台吉乃尔盐湖的工地上，直到项目完成转入正式生产。

这一次，已经上学的女儿不愿意了，她希望能天天晚上看到妈妈，坐在妈妈身边做作业，遇到什么问题可以随时问妈妈。王敏何尝不希望能够天天看见女儿呀，女儿带给母亲的幸福那是无论什么事都不可替代的。

孩子是妈妈的心头肉，可为了工作，心里头再疼，也不能不割舍。王敏的人生信念，使她无论此时有多么难受，也不能不毅然甩开女儿拉着衣襟的手，提上行李箱走出家门。

没有办法，一个女人一旦选择把盐湖科学当作奋斗的目标，那么她就必须牺牲许多普通女人轻易就可以得到的天伦之乐。这也许就是从事盐湖研究的女性科技人员较少的一个原因吧。

当时的东台吉乃尔盐湖尚在开发初期，完全不具备起码的生活条件。缺淡水，连喝水都困难，更不要说其他生活用水了。大老爷们还好说，对女性来说，真是太难了。为了省水，王敏多日不洗脸、不洗脚。只能利用到格尔木出差的机会，找个浴室洗个痛快澡。洗过了，回到东台吉乃尔盐湖，一场风沙，又是满身盐尘。淡水要从 300 公里外运来，实在太珍贵，只能首先保证做饭与饮用。运来的淡水，贮存在地下的铁罐里，却引得远处沙漠里的老鼠也跑来解渴，有老鼠掉进水罐里，淹死在了里边。大伙儿不知道，还是继续饮用里边的水。过后，她把这个事说给同学朋友听，他们全都觉得不可思议。王敏无法向他们说清楚，有些事，不去亲自经历，永远都不可能体会到其中的滋味。

项目主体工程进行时，作为项目负责人之一的王敏，任务更重了。设计单位与施工单位、设备供货商，科研人员与技术工人，现场安装与机器调试，大量协调组织工作都需要她来安排。这个时候的她，确实感觉到有些累了，只是她不能把累的状态表现出来，大家都看着她，她的情绪与精神会对团队成员产生很大影响。她必须咬紧牙关，镇定自若。

有一天，她在现场查看刚安装好的设备，脚下一滑，摔进了一个土沟，重重落在了一块混凝土块上。骨头散了架一样，痛得她说不出话。此时正是中午休息时间，四周没有人。她就在土沟里躺了半个多小时，才慢慢爬起来。筋骨一直疼，她想去 300 公里外的格尔木的医院看看，可工程上一时离不开，硬是忍着剧痛在工地上坚持了一个月，之后才坐车回格尔木治疗。而这个时候，她还不知道，自己的孩子因为出水痘，也在医院治疗。父母亲怕她担心，没有和她说。数月后，她回家知道了此事，抱着孩子，除了哭泣，什么话都说不出来。倒是女儿安慰她说："妈妈，你不在身边，我已经习惯了。有姥爷姥姥在，你不用担心我。"只是女儿不知道，她的这句话，反而让妈妈更难受了。

施工单位与设备厂家最初看到工程现场的负责人是一位弱女子，无不一脸诧异，有点怀疑她是否能担得起如此重任。不过，在与王敏打过交道以后，他们都对她刮目相看。2014 年，湖南卫视被她的故事吸引，来到柴达木盆地，拍摄了她的事迹，收录到"绝对忠诚"系列电视片中，称"在那遥远的盐湖有个好姑娘"。

盐湖提锂及资源综合利用项目，经过盐湖人近十年的拼搏奋斗，终于在 2007 年底全面建成投产。整个碳酸锂提取工艺的完成，填补了该领域的世界空白。自此，高镁锂比盐湖卤水提锂技术实现产业化生产，也标志着青海在高镁锂比盐湖提锂和盐湖资源综合利用产业化方面走在了世界前列。中国科学院青海盐湖研究所也书写了自建所以来最为辉煌的新篇章。王敏也因为在这个项目中的杰出贡献，被评为优秀共产党员和青海省"巾帼建功"标兵称号。

2017 年 6 月 30 日，中国科学院召开纪念建党 96 周年主题报告会，作为科学院 5 位代表之一，王敏做了题为"戈壁盐湖不了情，信念浇灌硕果生"的报告。2018 年，王敏荣获"中国科学院 2018 年度人物"荣誉称号。

笔者去采访王敏时，早到了 10 分钟，她正在开一个会，她让团队的两个年轻人来陪笔者聊一会儿。没等笔者发问，两个年轻人主动说起了他们的王老师，说王老师是个和蔼可亲的人，不管是在工作上还是生活上，都对他们十分关心，跟她在一起，总是能受到启发、得到激励。在笔者对王敏时间不长的采访里，也真切地感受到她作为一个女性科学工作者的情怀。最初的理想与壮志虽然得以实现，可是对孩子和父母，还是有一种亏欠，她说起来还是会泪流满面。身为母亲，把女儿的抚育培养交给了年迈的父母；作为女儿，让父母退休以后还继续为自己操劳。她曾想着有一天，能带着父母去世界各地看一看，可现在已经不可能实现了。父亲刚去世不久，母亲此时也住在医院。笔者的采访不得不中断，就是因为医院打来电话，让她赶去医院，商量母亲的治疗方案。

不能不说，回到青海从事盐湖研究，让王敏的人生变得灿烂，但也让她经受了磨难；盐湖给了她光荣，也给了她泪水。正如她自己所说：一个人的付出，能够造福千千万万的人，这样的代价是值得的。盐湖不长草，却能给理想以向上生长的空间。

爱上盐湖，并为之奉献了青春与智慧的王敏，一直在坚持最初的信念，至今都没有变。

十五、无 怨

当雪崩发生时

没有一片雪花是无辜的

同样，当春天来临时

没有一片叶子是无用的

任何一种失败的出现

都是多种因素促成

任何一个胜利的取得

都是众志成城的结果

所以总有一些没有刻到纪念碑上的名字

值得让人念念不忘

也许这世界上，有许多的科学发明，一个智者在书斋里、在实验室里就可以完成，但盐湖研究的成果，无论是大是小，都不是一个人能做到的。

马培华主持的高镁锂比盐湖提锂项目,在20世纪90年代末,实际上已经成了全所上下共同奋斗的目标。大家都明白,这个项目能否成功,关系到青海盐湖所在科学界的影响与地位,也关系到青海盐湖所的发展,当然,更关系到中国锂工业的新格局。

在笔者采访过程中,几乎每个人在谈到自己的工作与生活时,都有一段和盐湖提锂项目程度不同的牵扯。说到动情处,他们都说这是他们人生中最难忘的一段时光。

1956年出生的梁青生,曾是东台吉乃尔提锂项目的现场总负责人,带着一群年轻的科研人员,自20世纪90年代末就奋战在柴达木盆地。从青海盐湖所副所长的岗位上退下来以后,他与那些来看望他的同事们聊起天来,说得最多的还是在东台吉乃尔的那段日子。这个项目确实倾注了他太多的心血与汗水,也成为他这一生中刻骨铭心的记忆。他说:"20世纪90年代末至21世纪初期,是中科院知识创新工程实施的关键阶段,青海盐湖所紧紧抓住这一历史机遇,将解决我国西部地区盐湖资源综合利用关键技术和盐湖资源开发中的环境保护作为主攻方向,瞄准当今世界迅速发展的盐湖科技前沿,密切结合我国盐湖资源的特点,紧紧围绕青海省盐湖中的锂、镁、硼资源,开展了一系列科技创新研究工作。所里抽调精兵强将组成科技攻关专题组,致力于攻克制约盐湖资源综合开发利用的关键性技术,攻克了高镁锂比盐湖资源的提取技术这个世界性技术难题。1998年组成地质调查小分队对东台吉乃尔盐湖进行了考察,并以此为依据，在该湖率先成功修建了 0.12 平方公里试验盐田，组建了柴达木盆地东台吉乃尔盐湖科研示范基地和高新技术开发生产示范基地。2000 年又成功修建了能够满足年产 3000 吨碳酸锂的 4 平方公里的大盐田。同年，青海盐湖所承担建设的中科院最大的产业化项目在柴达木荒无人烟的湖区全面启动。"

湖区的天气反复无常。天气情况在一天里可能会发生几次变化，晴朗的天气去室外要做防护措施，否则强烈的紫外线很可能灼伤皮肤。刚才还是艳阳高照，瞬间狂风四起、风沙弥漫，变得昏天黑地如同傍晚。工作人员常常随天气情况不断换装，刚才还是衬衣短袖，一会儿工夫可能就会换成厚实的冬装。工作人员初期住的是密封性很差的帐篷和板房，在沙尘弥漫的天气里，屋内空气中充满了尘土，大家睡觉都要用衣服裹住头部，沙尘过后房内的被褥、桌面积了很厚的尘土。基地的生活用水、基本生活用品、工作用品都要到 300 公里以外的格尔木购买，哪怕是工作所需的很小的螺丝钉都是如此。淡水紧缺是基地的一大困难，运一次水要用一个月。能每天吃到新鲜的蔬菜、喝到新鲜的淡水都是一种奢望，更别说洗澡了。因此大家很珍惜淡水，从不浪费一滴水。

最初，东台吉乃尔盐湖无通信条件也是在野外工作同志的一大烦恼，不论是工作还是生活，都给基地的同志带来很多的不便，他们只有在到格尔木补给生活和工作用品时才能和家人以及外界联系，时间至少也得一个月左右。10 月以后进入冬季，东台吉乃尔的生活环境更艰苦了，晚上最低气温都在零下20摄氏度以下，工作人员住宿的板房或帐篷密封和保温条件都很差，晚上大家围着火炉聊天的感觉是前胸热后背凉。当时科研条件的艰难真是难以用语言表达。

二期4平方公里盐田修筑工程是青海盐湖提锂及资源综合利用高新技术产业化示范工程项目中的重点工程之一，它的成功与否直接影响到整个项目的进展。大盐田的修筑既有察尔汗盐湖成功的经验，也有过去其他单位在东台吉乃尔盐湖失败的教训。由于东台吉乃尔盐湖地质条件复杂，地形起伏较大，给盐田设计与施工带来了很多困难，尤其是格尔木地区某公司修建的盐田出现了严重渗漏现象，给基地盐田技术人员带来了很大压力。但是在青海盐湖所领导及相关部门的关心和支持下，盐田技术人员团结协作，知难而进，顶着巨大压力和风险，经过反复考察和调研讨论，以执着、坚定的信念和决心，最终使盐田工程获得圆满成功。

马培华所长作为整个项目的总设计者和领导者，在担任副省长以后，仍然在百忙之中多次亲临现场指导和检查工作，在盐田选址、盐田规模的确定等一系列关键问题上做出正确判断和决策，给现场技术人员以极大的鼓舞和支持，进一步坚定了建设盐田工程的决心。一期0.12平方公里盐田的成功修建和盐田两年多的连续运转，为二期4平方公里盐田施工设计提供了许多可以借鉴的宝贵经验。青海盐湖所设计者本着为工程负责、为盐湖所负责的高度责任感，完全依靠自己的力量，多方收集有关盐田的资料，实地调研了察尔汗所有盐田，依据前期地形测量、地质勘探工作所获得的大量数据，反复研究讨论，排除可能出现的问题，经过一个多月的努力，以最短的时间完成了二期盐田的施工设计。4 平方公里盐田工程是一项较大的土方工程，工程施工费用伸缩性很大，这与招标方式和施工合同洽谈的合理与否有很大关系。为了达到以最优、最低的工程造价完成最好的盐田工程的目的，在所领导的关心和支持下，东台吉乃尔基地组成了由青海盐湖所技术人员李永华、曾忠明，基建部门负责人马忠汉、马氏文等有关部门人员参加的 10 人招投标小组，评议和确定施工单位，协商签订施工合同的各项条款。经过招投标小组与十多家投标单位半个多月的反复艰难谈判和对投标单位的考察，终于以最优的工程价款选定了施工队伍，圆满完成了盐田的招投标工作，节省工程投资一千多万元。

为了确保盐田工程在科学管理、高效有序中顺利实施，按照所领导班子的要求，东台吉乃尔基地成立了盐田工程指挥部和工程监理小组，监理小组参照钾肥集团有关盐田的监理规范标准，制定了一套适合东台吉乃尔盐田施工的监督检查办法以及奖惩措施，严格按照施工设计要求和监理条款对整个工程进行严格管理、认真监督。不论是在烈日当头的炎热天气，还是在狂风四起、风沙弥漫的沙尘环境下，工程技术人员时刻坚守工作岗位，尽职尽责，一丝不苟地忘我工作，不厌其烦地对施工的每道工序抽样检查，直至达到要求。二期 4 平方公里盐田工程在炎热干燥的气候环境下开始，在寒冷多风的季节结束。

野外工作的科研人员既经历了强紫外线的暴晒，又忍受了寒风刺骨的侵袭，但他们以为青海的经济建设和青海盐湖所的长远发展再创辉煌的坚定信念，为青海盐湖提锂及资源综合利用高新技术产业化示范工程项目的顺利实施，成功地走出了第一步。回想二期盐田工程建设的整个过程，他们感慨万分。野外工作的科研人员既有工程难度带来的艰辛，也有工程按预定计划一步步顺利实施后带来的欢乐和欣慰。

听到这些，笔者内心充满了感动。盐田项目技术总指挥李永华，在盐田工程就要进入实质性施工阶段的关键时刻，父亲不幸病逝。他匆忙赶回老家，迅速处理了父亲的后事，强忍悲痛，即刻返回东台吉乃尔施工现场，在工地上指导监督，全身心地投入到工作中，保证了工程顺利进行；青海盐湖所派驻的施工现场监理代表王忠华，以他丰富的施工和监理经验在施工现场严格把关，直到盐田工程竣工才返回西宁；常年从事地球化学研究工作的研究员山发寿，由于经常在野外工作，身体健康状况不太好，但他仍旧扛着几十公斤重的测量仪器，带领其他测量人员每天奔波在荒漠盐滩上，完成了大量的测量和地质勘察工作。肖学英、王相明等负责天然气、送变电工程建设，庞全世、徐晓东等从事公司管理和后勤服务等工作。此外，还有许多刚走出大学校门的年轻同志，如董生发、赵昌林、刘玉果、王德荣、李冠伟等从事项目建设工作，李田育、杨新春、宋太宁、石刚、陈道宽、滑迎庆等长期从事司机运输保障工作，他们很快适应了艰苦的野外工作生活环境，全身心地投入到工作中。他们充满活力，工作热情高，积极肯干，不叫苦，不叫累，他们的加入不仅为基地输送了新鲜血液，增强了基地的战斗力，同时也给基地单调的生活带来了许多欢乐。

2002 年是青海盐湖提锂及资源综合利用高新技术产业化示范工程项目基础建设全面展开的关键一年，时间紧迫，任务繁重，基地的全体员工放弃节假日休息，发扬连续作战的工作作风，再次全身心地投入到项目建设中。在西宁的同志不分白天黑夜加班加点，精心策划，认真调研，反复核实每一个工艺设计环节的参数和数据，积极准备锂、钾、硼各生产工艺设备选型和设备招标。有的同志为保证项目整体设计和单项工艺设计扎实可靠，不停地往返于西宁、沈阳、东台吉乃尔基地之间，落实设计中的每一个细节。他们的工作始终处在高度紧张和超负荷状态中。总之，在产业化项目建设中，青海盐湖所各部门全力配合，从人、财、物等各个方面尽可能满足东台吉乃尔现场的需求，充分保证产业化项目建设的需要。可以说，东台吉乃尔盐湖产业化项目的实施、完成与科学院各级领导、相关部门的支持是分不开的，没有青海盐湖所全所职工的全力配合，是不可能顺利完成的。

1977 年出生的朱朝梁，毕业于青海大学化工系，2000 年来到所里，加入了邓小川的团队。刚来的年轻小伙子，抢着干最苦最累的活。他去1000多公里外的东台吉乃尔盐湖拉卤水，每次来回要好几天时间，卤水溅得满身都是，弄得衣服上全是一块块泛出的白斑。做试验，早上去，抬着管子去配料，一个循环，机器24小时不停地转，不能离开人，每个小时都要取样，只能吃住在试验车间里，饿了，就打电话让面馆送一碗面来。2003年初冬，第一锅碳酸锂出来了。当时，外面正下着雪，似乎雪花也飞舞着庆祝这一成功。他跑到附近的商店，买了一挂千响的鞭炮。鞭炮声中，大家跳跃着、欢呼着，之前所有的苦累都消失了。中试成功了，确实值得高兴，但这并不意味着最后的成功。之前有过教训，中试成功了，进入到生产车间大试验，却失败了。于是，团队又转战到了东台吉乃尔盐湖进行大试验。在这里，艰苦就不说了，而且长久不能见到家人，真的让人很痛苦。朱朝梁从小跟着爷爷奶奶长大，跟他们感情深厚。父亲打电话来说奶奶病了，住院了，很严重。他立刻请假往回赶，可路途远，要走好几天，等他回到家，奶奶已经去世了。爷爷也是这样，他人在东台，爷爷摔了一跤就不行了，也没有见上爷爷最后一面。这个事，过去有些年头了，可只要想起来，他的心还是会疼。多年以后，朱朝梁离开家上东台吉乃尔盐湖，女儿一岁还不到，看到父亲，张开小手，让他抱，他一抱就不哭了。三个月后，他休假回家，女儿看到他不认识，哇哇大哭，他去抱，反而哭得更厉害了。

　　36 岁的史一飞，2004 年从北京化工大学毕业后加入了青海盐湖所，正赶上东台吉乃尔盐湖提锂项目实施的关键阶段。他到这里的第一个晚上，发现因为没有树遮山挡，天变得很低。不用抬头，星星就在眼前闪动。风确实太大了，插在门前的一面红旗，一个月不到，就被风撕成碎片。有一阵子，喝的水里老是有一股怪味，想着是储水罐脏了，就去清洗。结果，在里边发现了一只死老鼠。按说，连草都不长的地方，是不可能有老鼠的，后来才明白了是运送物资的车把老鼠带来的。盐湖地区的太阳十分毒辣，能把脸上的皮晒破。南方来的供货商，是个小伙子，带了面膜，天天贴在脸上，样子怪得很。可史一飞想，大不了把脸晒黑一些，又不是姑娘，用不着在意。试制车间的有些设备是从日本进口的，日本来的技术人员，看了工作环境后，提出要配备直升飞机，这当然不可能。只能给他们配辆车。他们每天干完活，都要回到 100 多公里外的镇上的宾馆里，坚决不在盐湖边上的铁皮房子里住。在这样的环境里，干完了活，不能洗个澡，确实太难受了。大伙儿总想着有机会能去大柴旦和格尔木办事，因为到了那里，就能找个地方，好好洗个澡了。这里海拔高，缺氧，史一飞的心脏出了毛病，做了手术。医生让他不要再去高原了。可盐湖现场缺人，他主动向马培华所长说："没事，我年轻，让我上去吧。"就这样他在东台吉乃尔一直待到了项目结束。他的外公是中学物理老师，经常问他在干什么，问得很仔细。看到了报纸上的报道后，外公十分高兴，鼓励他好好干，要做一个科学家。

1963 年出生的曾忠民，现在是青海盐湖所的副研究员。他的经历和其他人有点不一样，他是在青海盐湖所的院子里长大的。他出生在北京，父亲叫曾达安，是中科院化学所的。他父亲不是搞科研的，是为科研服务的。曾经当了八年的汽车兵，1958 年复员后到了所里当司机。青海盐湖所成立，中科院化学所许多人都来了，他父亲带着母亲和刚刚 3 岁的曾忠民也到了西宁。父亲老和他讲，他开着嘎斯车，与柳大纲一行去野外搞调查的事情。父亲曾对他说，柴达木盆地有一个地方之所以叫南八仙，得名于一个传说。许多年前有 8 个女勘探队员，进去后迷了路，再也没有出来，据说她们成了仙。这个故事，曾忠民是不相信的。因为勘探队员基本上都是男性，女性很少，不可能同时有 8 个女性进到无人区里。不过，野外工作艰苦危险倒是真的。他父亲说，那几年天灾人祸，生活很困难。他们出去普查，就会到青海湖捞鱼。鱼很多，很容易就能捞上许多湟鱼。他们把鱼放在铁桶上，让太阳晒出了油，用馒头蘸着吃。曾忠民的父亲 2016 年去世时，曾忠民正在东台吉乃尔盐湖参加提锂项目的攻关。他父亲这一辈子，是献给了盐湖事业。不管是柴达木，还是塔里木，还是可可西里，科学家去的地方，他都去了。他是司机，没有他，科学家走不了那么远。所以，尽管父亲只是个司机，可他在曾忠民心中，一样是个了不起的英雄。受父亲的影响，他大学毕业后，也回到了青海盐湖所。每次到野外，站在盐湖边上，曾忠民就会想起父亲。可以说，他是踏着父亲的足迹在工作。这让曾忠民总有一种感觉，如果工作不好，九泉之下的父亲，一定会不高兴的。

不过，有一阵子，青海盐湖所的日子也不好过。经费缺得厉害，只能发百分之七十的工资。不少人才流失了。好在没有过太长时间，这个情况就改变了。国家开始重视科技创新，有了项目，有了资金的注入，大家就走出了困境。

盐湖提锂的项目得到了"西部之光"的资助，东台吉乃尔盐湖提锂项目开始启动。初期现场试验，一共去了8个人，曾忠民是领队。建卤水盐池，靠自然蒸发制备提锂的原料。4个池子，每个池子都比两个足球场还要大。设备不齐全，盐田修整堤坝，全靠他们几个人带着民工干。为了赶进度，没有8小时工作制这一说，每天都是从日出干到日落。可以说，从小到大，大伙儿从来没有干过这么重的体力活。大家在一起，开玩笑说，他们全是超人，没有什么不能干的，也没有什么不会干的，车坏了也是自己修。一个个既是指挥员，又是战斗员。可能是父亲基因遗传，曾忠民不但车开得好，修车的技术也很强。

自从夏末去现场，一直没有回过家。过中秋节，不能家人团圆。几个老爷们，就跑到一个大沙梁子上，边看月亮边吃月饼，边用跑调的嗓子唱着《十五的月亮》。这些人，虽不是技术核心研发人员，但这个成果里，也有他们流的许多汗水。

1976年出生的董生发，毕业于青海大学化学系。1998年大学毕业后来到了青海盐湖所，现任人事教育处副处长。他在青海出生长大，在没有来以前，可以说对青海盐湖所一无所知。他快毕业时，所里去化学系要人，没有进行挑选，直接说要两个人，一个是班长，一个是学习委员。他是学习委员，够条件。他想，科学研究所条件一定非常好，没有犹豫，马上答应了。一块来的，还有班长赵昌林。来了以后，他们才知道，招他们来，主要是需要年轻人为盐湖提锂技术的开发去野外搞试验。

　　他们只在所里学习了一个月，连东南西北都没有搞清楚，就直接跟着盐田组去了东台吉乃尔盐湖。9月初秋，青海的风里，已经有了明显的寒意。带队的是徐晓东，成员有同学赵昌林，还有曾忠民、李永华等，一共9个人。行程是1100多公里，没有柏油路，全是沙石路，汽车开不快，要走3天。天黑了，找个有河水的地方，停下来做饭，没有炊事员，自己做着吃。董生发从来没有做过饭，也得跟着干，从择菜、切菜、炒菜做起。就这样，第三天他们看到了盐湖，找到了目的地。下了车，往四下一看，才明白了什么叫荒无人烟。现在的人，如果没有电没有水，真不知该怎么生活下去。可那会儿，他们过的就是这种日子。一天早上，门推不开，不知什么原因，从窗子跳出去一看，原来是一夜大风吹来的沙子，把门给堵上了。谁都没有想到，包括董生发自己都没有想到，在这样恶劣的工作环境里，他一待就是11年。11年中，每年至少要在东台吉乃尔待8个月以上。这期间，董生发结婚了。组织上看他确实有困难，就把他爱人调进了所里，在实验室工作。因为他长年在野外，无法照顾到家里，就一直没有要孩子。直到项目结束，董生发和妻子都30多岁了，才要了孩子。当时一块去的8个人，先后都离开了东台，只有董生发一直待到了化工厂投产。投产以后，本来可以回来了，但厂里的盐田生产和化验工作缺少技术管理人才，他就又多待了一年。要离开时，厂子里的领导不让他走，跟他说只要他留下，会给几十万的年薪。他想了想，还是没有留下。他说，不是嫌东台吉乃尔艰苦，而是出于对科学的热爱，想在科研单位工作，哪怕是收入少一些，心里也会觉得离理想更近。现在，他每年都会带着新招聘来的人员和研究生，去东台吉乃尔的碳酸锂化工生产基地参观学习、接受教育。来到东台吉乃尔，他总有一种回家的感觉，和相识的干部工人见面，如同亲人重逢，总会久久拥抱。看到他自己亲手开挖的盐田、盖起的房子、建起的车间，心里边还是非常激动。他不知道，自己是不是在东台吉乃尔盐湖待时间最长的那个人，但他知道，他生命中最美好的一段青春献给了它。

1979年出生的王德荣，算是青海盐湖所里最年轻的一辈人了，他毕业于青海大学化工专业，是所里的副研究员。他说自己没有读成研究生，与在东台吉乃尔工作有关系，条件根本不允许再去考研。当时他年轻，跟着老同志一直在盐田运行部和检测中心这个支撑部门工作，不属于一线。王德荣来到所里后，很长一段时间都是跟着梁青生干。王德荣回忆："那会儿梁青生是副所长、研究员，一直负责盐田开发这一块。在东台吉乃尔搞开发时，他年纪大，又是领导，但从来不搞一点特殊化，和我们一个锅里吃，一个屋里睡。经常因为没有柴油了，柴油发电机发不出来电，我们就点着蜡烛看资料。早上洗过脸的水，还要放在盆子里，舍不得泼掉，到了晚上再用来洗脸洗脚。为了搞开发，所里成立了一个公司，叫青海锂业，让梁青生担任总经理和董事长。名头听起来很响亮，其实连自己的办公室和专车都没有。后来，因为经费缺乏，不得不让西部矿业公司加入进来，他的位置就让了出去。这样一个老前辈，在生活工作中，处处给我们这些年轻人树立榜样，他让我们安了心，也愿意吃苦受累多干事。2002年刚入春时，地上冰雪还没有完全融化，梁青生从西宁回东台吉乃尔，坐的是一辆皮卡车。在德令哈附近的国道上，为了早点赶到东台吉乃尔，车的速度就快了起来，司机有些疲劳驾驶，一不留神，冲下路基，打了三个滚，差几米就要掉入悬崖。不幸中之万幸，车上的四个人只是受了伤，没有生命危险。其中受伤最重的就是梁青生，他坐在副驾驶座上，被甩了出去，导致脊椎断裂，钉了钢钉。伤势稍一好转，他就又重返东台吉乃尔。至今只要天一阴，就会很疼。他是1956年生的人，两年前退休了，虽然我们年纪相差有些大，但同甘共苦结下的情谊很深。我经常去看他，与他一起回忆往事，只要一说起来，他还是会有些激动，有时还会落下泪来。"

　　王德荣告诉笔者，还有一个叫山发寿的研究员，也值得说一说。2004 年 6 月，一条淡水管线引入到了东台吉乃尔生产试验基地。管线直接从湖面上铺过来。铺的时候，许多地方是盐滩。施工的过程中，遇到了洪水。涌起的风浪把管线扯断了，分成了数段，漂在湖面上。山发寿是东台吉乃尔基地负责人，一着急，他就自己开着拖拉机，拿着焊 PE 管的焊机出发了。2.5 米直径的管子，断处要对上，才可以进行焊接和固定。要把漂浮的管子往一起扯，没有别的办法，他只能跳进湖里。卤水里盐壳起伏，棱角锐利，他的腿脚被多处划伤，没有药物处理，全都化脓了。他就坐在板房门口，用夹子把脓挤出来，再用餐巾纸擦掉。伤口未愈，还要去水中作业。伤口遇到盐水，十分疼痛。还有寒气，能冷到骨头里。王德荣说："他带头干，我们都跟着干。到现在，我们这些人腿上，都还有当时在盐湖中抢修水管留下的疤痕。试车完全成功后，我们要撤回时，企业挽留山发寿，不让他走。如果留下，一年会有几十万元的收入。面对诱惑，他没有动心，还是回到所里继续搞研究，真的让我很佩服。"

1977 年出生的张西营，是青海盐湖所的新一辈，他在青海盐湖所读完了硕士研究生，学的是盐类矿产研究，毕业后就留下来，成了一名年轻的科研工作者。

2004 年，他去新疆的塔里木盆地，沿昆仑山一带寻找古盐矿床。车子开到一条干枯的河道上，无法再前行。只得停下来，一车 4 个人，朝 4 个方向走。戴着遮阳帽，挎着包，装一瓶矿泉水，张西营大踏步走向东南。4 个人中，张西营最年轻，迎着太阳会更晒，是他主动提出往东南走的。塔里木盆地的前世是大海，经过地壳运动，海水退去，成了沙漠，成了盆地，也同样形成了盐湖。罗布泊位于塔里木最低点，最后一滴水在20世纪70年代才消失。而别的湖泊中的水，则可能早在数千年、数万年以前，就在世间蒸发，湖完全被掩埋在了沙尘之下。湖水没有了，不等于湖中的盐没有了。太阳会把它们结晶于成盐层，藏于地下，本身具有的矿物价值不但没有减少，反而会因为凝结成固体更利于其中矿物质元素的提取。

张西营出生于山东的一户农民家庭，非常珍惜读书的机会，所以不管在中学里还是大学里，都非常用功。研究生毕业能够留在青海盐湖所，领导也是看上了他的勤奋好学。不过，书本与实践并不完全是一回事。要想在工作中有所作为，需要付出更多的艰辛。那时走在荒漠上，他要像鹰一样盯着地面。只是他的猎物不是奔跑的鼠兔，而是某一块光斑。古盐层虽被沙土掩埋，但随着长年的风吹，还有农民开荒时的挖掘，都有可能让它们露出一点真容。边走边盯着地面看，不知走了多长时间，觉得越来越热、越来越渴了。他随手拿出了口袋里的瓶装矿泉水，拧开盖子一口气喝完了。不渴了，但热得厉害，火一样的阳光，似乎能烧进脑袋。他看到了一棵胡杨，就走了过去，在它投下的一片阴凉里坐了一会。看着胡杨，他想：真不愧是英雄树，在这么严酷的环境里，能长这么高，没有顽强的意志，是无法做到的。做人，得有一股胡杨的精神才行。这么一想，张西营站了起来，继续寻找。又不知过了多长时间，他终于在一个废弃旧水渠的渠堤处，发现了一个亮斑，惊喜地跑过去，拨开沙土，果然是块盐石。他从挎包里拿出小铁铲，铲下一块，装进了挎包。这时他才想到四个人分开时约定的时间，一看表，竟然超过了两个小时。同伴一定等急了，他赶紧往回走。这时，他全身的衣服已经被汗水湿透，身体再次感觉到了强烈的干渴。瓶子还在，拿出来，只晃出了两滴水，滴到嘴里，一点作用都没有。他想做一棵胡杨，可他不是一棵胡杨。没有水喝的胡杨，可以一千年不倒，但他不行。他开始有些头晕目眩，想走快点，却力不从心，双腿发软。糟糕的是，这个时候，他想到了彭加木和余纯顺的故事。他已经有了女朋友，两个人已经定下了结婚的日子，他才27岁，生活才刚刚开始，怎么能倒下去呢？不能倒下去，要继续走，走回到车子跟前。只是这个时候，想法很无力，火一样的太阳很强大。他倒下了，倒在了干燥的戈壁上。幸亏他的伙伴，到了约定的时间没有看到他出现，就寻着他的足印找来，把他从死亡线上拉了回来。经历过这次生死的张西营似乎一下子成熟了许多。在接下来的十几年里，他迅速成长，成了博士生导师，成了一名优秀的科研人员，带着一个团队进行国家级课题项目的研究。

现任青海盐湖所办公室副主任赵昌林，自1998年初秋来到东台吉乃尔盐湖，前前后后也是待了十年之久。他说："其实在那里工作，生活苦一点倒不算什么，真正让人受不了的是孤独和寂寞。虽然有八九个人在一起，可是天天在一起，该说的话早说完了。想找一个地方散散心，根本找不到。尤其是到了节假日，别的人走了，留下来值班守护的只有两个人，更不知道该如何打发时间了。有一次，我们干脆就一个往东走，一个往西走，走出去20公里再走回来，用这种方式把一天的时间打发掉。快轮到自己休假的那几天，只嫌时间过得慢，恨不得马上就能回到城里与家人团聚。"有一年春节，原定的值班人员临时有重要的事不能来了，领导找到他，让他春节别回家，留下来值班。他一听差点没昏过去，什么话都说不出来，眼泪忍不住掉下来了。赵昌林说："流过眼泪，还要听从安排。我在学校就入了党，还是班干部。青海盐湖所到学校招人，就看上了这两点。我不是个伟大的人，但一切服从组织安排的思想觉悟还是有的。说实话，原来一直生活在城里，没有感觉。在东台吉乃尔待了几个月，再回到城里，看到那些树和草还有鲜花，会觉得它们实在是太美了。"一次去格尔木买粮食和菜，赵昌林在商店里看到一只小狗，就和店家商量，把它买了回来，想着有一只狗逗大家开心，就不会觉得太寂寞枯燥了。一看到这只狗，大家果然都喜欢得不行。光是给它起名字，就用了好几天时间。每个人都动了脑子，起了几百个名字，没有一个大家都认可的，最后赵昌林想了一个名字，叫它"东台一狼"。这个名字，大家都说好。"东台一狼"确实给大家带来了不少快乐，非常懂事，见了谁都会摇着尾巴打招呼。因为有了这只狗，也有了一段顺口溜："交通靠走，娱乐靠酒，通讯靠吼，安全靠狗。"可惜，这只可爱的狗只陪伴了他们一年多时间，就死了。它的死和环境的恶劣有关。四周什么都没有，狗想打个野食都不行。渴了饿了，全靠他们给它喂。可能是这一次太渴了，又没有人给它喂水，看到实验室门口有一桶水，它就凑上去喝了。这个水不是盐水，不咸，但有化学药品在里边。它喝了以后，就不行了，躺在地上，站不起来。大家也毫无办法，只能轮着去和它告别。这么多年过去了，赵昌林还记得它的目光，是那么的恋恋不舍。大家找了一块地给狗下葬的时候，真有一种失去亲人的难过。赵昌林感慨："时间过得可真快，一眨眼，20 年过去了。想一想，好像还是昨天发生的事。现在的东台，完全是另一个样子了。盐湖提锂项目的成功，又赶上碳酸锂在市场上走俏，这里已经成为了锂生产工业的重镇。我们经历的事，说给现在新来的人听，他们都难以相信。我进东台吉乃尔时，22 岁，出东台吉乃尔时，32 岁。人生没有几个十年，那个十年，可是青春的十年呀。不过，苦是苦了些，但我并不后悔。正是这十年，让自己锻炼成长了。现在，再遇到什么事，我都能坦然面对了。"

高镁锂比盐湖提锂的项目前前后后、断断续续进行了近 20 年，这期间青海盐湖所的干部和科研人员，包括后勤服务人员，都不同程度地为这个项目的完成贡献了自己的力量。这个名单要是列出来，至少也得在百人以上。当年的中年人现在已经退休离开了工作岗位，而当年的年轻人很多已经成长为领导干部和科研带头人。

因为书的篇幅有限，无法讲述青海盐湖所每个人的经历，只能让有限的几个人作为整个青海盐湖所的代表和缩影，来证明一个群体为盐湖事业发展付出的代价有多么大，让大家感受盐湖科技工作者艰苦奋斗的精神和忠诚爱国的情怀。不管是谁，只要为盐湖的研究开发流过汗、出过力、操过心，他就是我们这个时代当之无愧的英雄。

十六、付　出

春风吹来

大地变绿

雪花纷飞

又是冬季

谁也无法改变

自然的更替

只有人类

让古老与现代

有了完全不同的生活方式

在思考中探索

在探索中创造

就写成了一部新的编年史

中国钾肥事业，从柴达木起步。时至今日，青海钾肥厂已成为青海盐湖工业股份有限公司。职工人数也从最初的数百人，发展到了现在的数万人。因盐湖自然环境恶劣，不适合生活，公司把住宅区放在了 60 公里外的格尔木市区。每天早上上班和晚上下班时，都有通勤车接送。当拂晓日出和黄昏日落时，200 多辆通勤车一起行动，就如一条看不见首尾的长龙，游动在城市与盐湖之间，成了此地非常壮观的一景。职工人数的变化，与企业的发展同步。从最早试制出的 10 千克和 950 吨年产量，到 2018 年的 500 万吨年产量。从一个小船一样的钾肥厂，到一个航空母舰般的生产集团，企业作为中国钾肥龙头老大的地位一直没有变。中国目前生产的钾肥中，有一半以上的产品都是这里的"盐桥"牌。中国能够成为世界钾肥生产第四大国，能够在国际钾肥市场上有话语权，打破国外的价格垄断，使得中国农业的安全保障权有效地掌握在自己手中，察尔汗盐湖的钾肥企业起了决定性的作用。

一个实力雄厚的企业，肯定会有一支人数众多的职工队伍，但只是人数的增加，是无法保证年产量也一定随之增加的。从几百吨到数百万吨的年产量巨变，靠的不是强大的体力，而是生产过程中科技创新所需要的脑力。生产方式决定着产品的质量和数量。人们让自身征服自然的力量不断变大变强，使用同样的时间和体力，得到的财富却是以前的数倍。一个国家强盛的重要标志就是先进的生产力和丰裕的物质条件，这可以保证它的人民不再受苦受累，不再受饥寒交迫的折磨。

盐湖事业从新中国成立起就受到了重视，因为盐湖中的钾元素，可以在土地面积不增加的情况下，生产出更多的粮食。一批科学家受命进行盐湖的开发和利用研究，其中许多人的使命都和盐湖中的钾有关。如何生产出更多的钾肥，生产出多品种的钾肥，生产出更高质量的钾肥，生产出成本更低、更具有市场竞争力的钾肥，一直是盐湖科技工作者的研究方向。科学家不断地推出新成果，并转化成生产实践，这才是中国钾肥从无到有，从弱到强，到成为世界上钾肥大国和强国的内在缘由。

说到钾肥，有一个人必须提起，他就是吴景泉。

必须提起他，并不完全因为他在盐湖研究上有出色的成绩，而是因为他是笔者在采访中了解到的在科研工作中付出生命的人。

吴景泉，1941 年生于北方，当时他的家乡正在日本侵略者铁蹄的蹂躏下。他能在纷乱的战火中幸存下来十分不易。

吴景泉在红旗下背起书包，走进学堂。上小学时他戴上了红领巾，上中学后他加入了共青团，到了大学他是学生会干部。他早早就树立起了远大的人生理想，那就是要当一名科学家。他明白落后就会挨打，要想不落后，就要国家富强。怎么样才能富强呢？离不开科学技术。

1965 年，吴景泉从天津大学毕业，正赶上青海盐湖所成立，他就报名来到了过去只在地理书上了解过的西部。

虽然在接下来十年中，政治运动的浪潮一波接着一波，让许多人在纷乱中迷失了方向，但吴景泉的床头总是放着一些盐湖研究的专业书籍，他每天最大的乐趣是对一些科学问题的思考。

机会总是留给那些有准备的人。当经济建设又成为国家发展的主旋律时，提高钾肥的质量与产量也被摆放到了重要的位置上。年富力强的吴景泉，受命担当重任，成为项目负责人，带领着一个团队进入察尔汗盐湖。

20 世纪 80 年代，是值得歌唱的岁月。吴景泉认为自己赶上了好时代，让他的人生理想有了实现的可能。

短短十余年间，他完成了 20 多个研究课题，获专利 3 件，发表论文、报告 30 余篇，成为当时研究所同龄人中科研成果最多的科研人员之一。

这个时候的他，患上了严重的糖尿病，不管是在试验室还是在野外工地，他的口袋里都装着药片。

他一心扑在了工作上，完全顾不上家里的事。两个正在上学的儿子，他经常一个月都见不上一面，更不要说照顾、教育孩子了。为这个事，妻子没少和他生气，每每这个时候，他也是满心内疚。可过后，他还会和以前一样把精力放在课题上。没有办法，他是负责人，团队的每个人都在看着他。要想让一个项目尽早完成，拿出成果，只能投入更多的时间和精力。

恢复职称评定后，他是所里第一批拿到研究员职称的人。作为一个搞科研的人，拿到这个职称算是到顶了。可他却说，职称只能作为一种鞭策，不能成为停止奋斗的理由。科学探索没有止境，在他看来，他的研究之路才刚刚开始。此时，令他高兴的是自己终于加入了中国共产党。对吴景泉来说，成为一名党员，是为了获取更强大的动力，激励起更饱满的科研热情，可以为祖国、为人民做更多的贡献。

在党旗下宣誓后的那天晚上，吴景泉几乎一夜没睡。不停地想，该如何工作，才能配得上这个崇高的荣誉。其实，在红旗下成长起来的他，革命的理想早就在他的生命里开出了遍野鲜花。

可以说，从走出校门加入到科研队伍的那天起，他就一直在用一名共产党员的标准要求着自己的一言一行。

20 世纪 90 年代，盐湖钾肥年产量还没有冲过百万吨大关。既要增加产量，又要发挥青海盐湖钾盐资源的优势开发新品种。研发无氯钾肥即硫酸钾的重任，又交给了吴景泉。

经过数年的研究，吴景泉带领他的团队，创造出了"用盐田光卤石（或粗钾盐）和天然无水芒硝转化法制取硫酸钾"的新技术。这项技术在国内外的文献资料中，都没有见到过相关报道，具有创新性。

1996 年，这项新技术转入了格尔木市有关企业的生产车间进行万吨级工业化试验，吴景泉深知这最后冲刺的重要性。他来到察尔汗盐湖工作现场，和工人一起奋战在车间里，给工人们讲解工艺流程和操作规程。工人们还有上下班时间，而他从来没有休息日，不分白天黑夜地守候在机器旁，以方便随时解决出现的问题。

他这种干起工作来不要命的劲头，得到了技术人员和工人们的尊敬，大家都亲热地叫他"吴研""吴老师"。他从来不摆一点知识分子的架子，经常拿出自己的茶叶给工人师傅泡茶喝，与他们拉家常，相处得像一家人似的。

工业化试验在他的亲自指导下，进行得十分顺利，所有数据都证明这个新技术可以大规模地投入生产。就在马上可以举杯庆祝之时，吴景泉却遇到了意外。

1996 年 11 月 24 日，他接到通知要去格尔木参加一个会议，临走时还问团队成员，有什么想购买的生活用品，他可以顺便帮忙买回来。大家都要他带两瓶酒回来，等到试验工作结束时，可以好好庆祝庆祝，吴景泉回应说，庆祝成功的美酒早就准备好了。

他坐进小车后，摇下车窗玻璃，向大家挥手说了声"再见"，大家也一齐朝他挥手。因为试验成功在即，大家心情都非常好，每个人的脸上都洋溢着轻松的微笑。

谁都没有想到，这一挥手再见，竟然是和吴景泉的永别。小车急速行驶中，右边的一只轮胎发生了破裂，车子失去控制，冲到了公路下面。坐在副驾驶座的吴景泉被甩出了车外，又碰上一块坚硬的石头，再也没有醒来。

噩耗传到了青海盐湖所和盐湖工业化试验的车间，凡是听到这个消息的人，无不是一脸惊愕，心生悲伤：他才 55 岁啊，正是一个成熟科学家的黄金阶段，关于盐湖研究，不知还有多少奥秘在等着他去揭开啊。

在笔者采访时，与他共事过的人都说，他如果不是因为那场意外过早地离开，很有可能当选院士。

能不能成为院士，已经无法证明。不过，他负责研发的无氯钾肥制造新技术，在完成了工业性试验后，在两家化工企业建立了万吨级生产线，实现了生产工艺和产品质量的双突破，为盐湖地区建设大型的硫酸钾企业提供了设计和技术依据，并且很快获得了中国科学院科学技术进步奖二等奖，是不争的事实。

为了表彰吴景泉的突出贡献，格木尔市政府为他举行了隆重的追悼会，并号召全市人民向他学习。其后，他的遗体运回了西宁市，青海盐湖所再次为他举行了追悼会。

吴景泉的小儿子吴悦，现任青海盐湖所西安二部物业的负责人。父亲不幸遇难的那一年，他已经大学毕业，在上海的一家金融公司干得风生水起。父亲在世时，曾经对他说过，希望他也能投身盐湖事业。但他从小目睹了父亲奔波劳累的样子，不想让自己的人生那么辛苦，就有了另外的打算。但在参加完父亲隆重的追悼会后，他改变了主意。他想，如果说真的可以用一种方式告慰去了另一个世界的父亲，就是自己继续他未竟的事业。

吴悦说，每年的清明节去给父亲扫墓时，总会跟父亲说说青海盐湖所的事情，说说盐湖科研又取得了什么新的成果。他相信父亲一定能听到他的话，并会十分高兴。

是的，天上的吴景泉最关注的必定是中国大地上大大小小宝石般的盐湖。只是不知道，当中国的钾肥产量已经突破了1000万吨大关的捷报飞上蓝天时，他最想对昔日的同事、朋友、亲人说的一句话是什么。

虽然类似吴景泉遭遇的意外事件确实极少发生，但笔者在这次采访中，还是深深感到了他们这样一群人的付出有多么大。几乎每一个从事盐湖研究的人，人生中都会有一段时光，是在没有人烟、没有植物、没有动物、没有淡水的恶劣的自然环境中度过的。如果没有顽强的意志，没有谁可以长年累月坚守于此地。中国人吃苦耐劳的精神在盐湖科学家身上似乎体现得很充分。只是盐湖科学家的身体也是血肉之躯，顽强坚守固然赢得了喝彩，但由此带来的疾病伤痛和过早的衰老，让他们的付出也一样沉重和令人心痛。

对此，青海盐湖所研究员李成宝，也许会比别人感受得更深刻一些。

李成宝生于1964年，于1986年毕业于东北大学采矿系选矿专业。与那些从事盐湖研究的老科学家比，他应该算是第二代了。

而在青海盐湖所，他的资历更浅，他是2015年才调入青海盐湖所的，这个时候他已经51岁了。这个年纪来搞科学研究，在青海盐湖所还没有第二个。虽然现在所里的科研事业已经由一群"60后"挑起了大梁，但这些骨干精英大多是从大学一毕业就进入到了所里，都曾完成过多项国家级和省级的科研课题。

但让笔者奇怪的是，采访中与别人聊起李成宝，不少人夸他很厉害，非常了不起。李成宝虽然之前没有在青海盐湖所工作，但在盐湖研究上，却很有成就。

后来见到了李成宝，与他聊起来，才知道他毕业后并没有分到任何一家科研单位，而是直接分到了当时的青海钾肥厂。

他从车间技术员干起，干到了工程师，并且一直干到了盐湖集团的总工程师。他去的时候，钾肥厂的年产量不过10万吨，而从10万吨发展到500万吨，他不但是见证者，还是参与者，并且许多生产技术的攻关，他都是主要成员之一。

他说，从最早的手工晒制，到半机械化和机械化，再到后来自动化，钾肥厂的每一步发展，都和具体的技术或者工艺创新密切相关。可以说，没有科研人员的努力，盐湖钾肥不可能有辉煌的今天。

李成宝在钾肥厂干了30年。他这一生最美好的年华，都献给了盐湖，献给了钾肥。同样，他的人生也因此变得灿烂起来。

他的岗位给了他机会，而他的追求和才华，让他抓住了机会。在工作中，他与青海盐湖所的钾肥研究专家曹兆汉结下了深厚的情谊，并从他身上学到了许多课堂上学不到的专业知识和探索精神。

作为总工程师，他需要解决钾肥生产中出现的各种技术问题，太多的实践机会让他有了比一般的研究人员更多的实践经验。

当钾肥厂向百万吨年产量发起进攻时，他成了技术团队的核心人物，并因为发明的反浮法结晶光卤石技术在生产过程中的成功运用，获得了国家科技进步奖二等奖、青海省科技进步奖一等奖、盐湖集团科技特等奖。

这个时候，可以说他的人生春风得意，不知有多少人羡慕他的成功，作为一个上市集团的高级工程师，他已经位于企业的金字塔塔尖上，受到众多干部职工的尊重，可以拿到相当可观的年薪。

谁也没有想到，就在这个时候，他会离开盐湖集团，到一家研究所当一名普通的研究人员。别的不说，仅年收入就会少去一大半。在比较看重物质生活的人眼里，他的这个选择，确实让人看不懂，连他的很多亲戚朋友都不太理解。

经常会有人问起他这个问题，每每这个时候，他都会淡淡一笑，平静地说："我从小就想当个科学家，从来没有想过做有钱人。再说了，我并没有离开盐湖。我虽然换了单位，可所做的事情，还是盐湖科学研究和开发利用。"

青海盐湖所之所以在他51岁时欣然聘他做研究员，正是看上了他独特的经历。他的知识和经验，让他在科研成果的转化上，有别人没有的优势。

事实也正是这样，这三年，当了研究员的李成宝，没有一天离开过盐湖和钾肥。他带着青海盐湖所研究的各种成果，与企业家们一起走出了国门，到了盐湖资源丰富的东南亚国家，在那里建立起了新的钾肥厂。

虽然企业少了一位总工程师，但中国的盐湖事业却多了一位研究者和推动者。他个人的收入确实少了，可他有了一个实现抱负的更大天地，可以有更多的机会，以一己之力，报效祖国，实现他从小就有的科学梦想。

笔者通过采访深深地以为，从事盐湖调查研究开发的这一群人，在科技工作者中当属流汗多、吃苦多、奉献多的一群人，当然，也是特别值得大书特书的一群人。

十七、改　变

没有救世主

但有一只手

把一切左右

往往在最荒凉的绝地

藏着无尽的富有

不会轻易满足投机者的贪婪

也不会随便拒绝勇敢者的探求

不要狂妄

保持敬畏

就能握住那只手

得到最慷慨的报酬

说到中国盐湖，说到中国钾肥，有一个地方，不能不被提起。它就是罗布泊。

说到罗布泊，大家并不陌生，就算是没有去过，多半也早就听说过。只要对历史有点兴趣，对国家大事有些关心的人，都会知道一些与它相关的事情。

罗布泊位于新疆塔克拉玛干沙漠的腹地。这个世界上的第二大流动沙漠，又被称为进得去出不来的"死亡之海"。

其实，这死亡之海，也曾有过水草丰茂、鱼翔浅底的美好岁月，罗布泊也曾经是一座充满了生命活力的湖。湖边有人在耕种放牧，有人在歌唱舞蹈，有人在烧火做饭。他们建立起了一个个村庄和城市。

只是大自然有着巨大而可怕的魔力，以 3000 年左右的时间，用一场场的风沙把人与房屋一起埋葬。

直到有一天，探险家们来到了这里，把小河墓地还有楼兰古城从沙子里扒了出来，人们才知道这里有过的文明是如何的丰富灿烂。

而罗布泊那曾经一望无际的湖面，也在不断地蒸发与掩埋中缩小，到了 20 世纪 70 年代末，终于那最后一滴水也消失在了阳光下。

没有了水，也就没有了植物，没有了动物。当然，也让人类断了在这里重建家园的希望。

不能居住，无法进行劳动生产，那就用来干点别的事吧。比如试验核武器，便是个不错的地方。

一朵蘑菇云，在 1964 年升上了天空，让罗布泊有了名气，也让大家对它更加避而远之了。

于是，很长时间，除了探险家、考古学者以及核武器试验者外，没有什么人再对它产生兴趣。

直到有一天，出现了一群人，他们把盐湖研究当作理想，把盐湖开发当作奋斗目标，罗布泊才不再被冷落，不再被死一般的寂静统治。

一座湖，老被太阳晒着，很少有雨水落下，湖水一天比一天少，少到了某种程度，湖水就会由淡变咸。再晒下去，咸水就开出了盐花，水就成了卤水，湖就成了盐湖。

罗布泊的演化过程，正是一座盐湖诞生的活标本。

凡是盐湖，必会含有各种无机矿物质。否则不会咸，不会有盐花结晶。

青海的察尔汗盐湖，有 5000 多平方公里，已经建成了一座大型的钾肥厂。而罗布泊有 10000 多平方公里，会有怎样的开发前景呢？

只是想一想，就足以让盐湖科技工作者们兴奋不已。

中国缺钾，钾肥关系到国家的粮食安全。钾肥的生产与核工业、航天工业相比，一样重要。

中国的钾肥生产从无到有还不行，还要从弱到强。中国每年需要钾肥 1000 万吨以上，至少要自己生产三分之二的数量，才能摆脱被外国控制的局面，自己掌握主动权。

所以，从 20 世纪 60 年代初起，盐湖科技人就把目光投向了罗布泊。

同样一个罗布泊，20世纪去罗布泊，与现在去罗布泊，目的与方向一样，但过程却完全不一样。

近几年，笔者曾两次去罗布泊。不管是去楼兰古城，看残破的街墙和保存完好的佛塔、洞穴中色彩鲜明的壁画和长眠不醒的美女，还是去小河墓地，看太阳形状伸向天空的一片胡杨树木桩、船形棺中的男女干尸、大耳朵形状的干涸湖床，都已经不用太费气力就可以做到。早上从库尔勒出发，当天黄昏时就能到达，只要乘坐的车子不会半途抛锚就行。

可在几十年前，要进入罗布泊就完全是另一种情况。

1996年，有一个叫余纯顺的35岁上海男人，在徒步4万多公里后，不顾别人的劝阻，决意要创造一个奇迹，在一年中最热的6月份，穿越罗布泊107公里的湖心。此事声势很大，电视台还有车队与专家前来助阵，确定了线路，并在沿途埋下了矿泉水与方便面。余纯顺当时信心满满，告诉大家三天后，一定会在前进桥头相聚。谁都没有想到，三天后没有在说好的地方等到他，一个星期以后，在直升飞机的帮助下，人们找到了他的蓝色帐篷，还有已经面目全非失去了生命的他。他只在罗布泊湖心行进了25公里，就因为没有地标物参照，失去了方向，没有找到预埋在50米外的水与食物，无法抵挡炎热与干渴，最终全身脱水而亡。

说到这，不能不说到另一个男人，他叫彭加木，也是在6

月，也是在罗布泊。只不过在时间上要早16年，是在1980年。他比余纯顺年纪大，这一年他55岁。6月17日早上，他给同事留了一张纸条，说他要去找水，就走出了帐篷。这一走，就再也没有回来。大家想尽了办法找他，也没有找到他。他的失踪，至今也是个谜，无法破解。不过，余纯顺的遇难，让人们自然而然地联想到彭加木，都在罗布泊，都是6月。而这个月份，罗布泊的最高温度可达75摄氏度。不同的是，余纯顺被找到了，而彭加木一直没有被找到。罗布泊没有水了，可罗布泊有水一样的流沙，一旦陷入流沙，和掉进大海里没有什么区别。

彭加木失踪与余纯顺之死，还有个不同，那就是余纯顺之死是因为探险，而彭加木闯入罗布泊，却是为了科学研究，为了国家的经济发展。彭加木是中国科学院新疆分院的副院长，是一位从事生物化学研究的科学家，他来罗布泊的目的只有一个，那就是看看这个神秘的地方到底藏着什么宝贝。

这次考察，自1980年5月初开始，科研人员连同司机和无线电发报员，一共有10人。他们不但进入了罗布泊，由东向西纵贯了450公里长的罗布泊，把科研人员的第一行脚印留在了干涸的湖床上，还采集了很多生物和土壤标本及矿物化石，获取了大量的研究罗布泊需要的科学数据。6月11日完成了大半任务的考察队，在米兰农场休整了两天后再次上路，沿古丝绸之路南线从另一个方向穿越罗布泊，继续进行深入的考察。6月16日下午2点，考察队来到了库木库都克以西8公里处，车上的水所剩无几了，接下来还有 400 多公里的路程，没有水将寸步难行。可身为队长的彭加木这时不想求援，因为求援除了要花费时间，还要多支出近万元的经费，于是他留下了一张字条自己去找水了。

这并不是彭加木第一次来到罗布泊。早在 1964 年，彭加木就来过罗布泊，那时的湖里还有水。他环绕罗布泊一周，采集了水样和矿物标本，对当时流入罗布泊的三条河流（塔里木河、孔雀河、车尔臣河）河水中的钾含量做了初步研究，得出了罗布泊含钾的判断。

1979 年，彭加木作为科学顾问，参加了中日两国组成的《丝绸之路》摄制组。利用这个难得的机会，他再次对罗布泊进行了科学考察，又有了许多新的重大发现，找到了一条从兴都山进入楼兰的道路。

也就是说，作为科学家，彭加木实际上是进入罗布泊并发现湖中有钾的第一人。

在他之后，又有多位科学家来到了罗布泊。

尽管彭加木和余纯顺的故事让人唏嘘，让人知道了罗布泊的凶险，却没有把科学家们吓住。如今已经 80 多岁高龄的郑绵平院士，也曾多次进入罗布泊考察。还有一位叫王弭力的地质化学界的女科学家，就是在余纯顺出事三个月后，进入了罗布泊。她不但成为了进入罗布泊的第一位女性，也正是她，在罗布泊的北边钻探出了喷涌的地下卤水，为罗布泊钾盐的勘探翻开了新的一页。

郑绵平、王弭力和其他科学家进入罗布泊会遇到什么样的困难，通过余纯顺和彭加木的遭遇，也就不难想象了。

如果真的想对这些科学家们的罗布泊考察之难有所了解与感受，不妨去看一部电影《生死罗布泊》。8 个人的科考队进入罗布泊，在经历了沙尘暴、流沙和干渴以后，最终只有 3 个人还活着。可最后关头，他们又在茫茫沙海中迷失了方向，谁也不知道朝哪边走才能活下来。他们把找到的卤水分别装入 3 个水壶中，一人背着一个水壶朝不同的方向走，为的是确保其中一壶卤水能带出罗布泊。

也许实际的科学考察中并没有发生过这样一个故事，但电影让我们所有人都相信，包括彭加木在内的所有盐湖科技人，都是这样为了祖国、为了理想奋斗着、奉献着。正是有了他们青春与生命的奉献，才有了中国盐湖事业的空前繁荣，有了中国钾肥产业今日之辉煌。

1995 年，关于罗布泊的考察结论，经过 30 多年两代科学家的努力，终于变成了写在白纸上的黑字，醒目地出现在了世人的面前。

罗布泊属于大型钾盐卤水矿床，已探明储量有 2.5 亿吨。盐湖卤水属于硫酸镁亚型，其潜在价值在 5000 亿元以上。

探明了储量，接下来就是开发了。

开发，不是勘探。勘探，一支十几个人的考察队就可以完成。

而开发，那就意味着必须建立一个生产基地，建立一座现代化的化学工厂。

要在罗布泊建工厂，不知有多少人听了以后，会一个劲地摇头。谁都知道，那里的自然条件有多么严酷。连飞禽走兽都无法落脚的地方，成千上万的人怎么可能活下去？

但是，中国人却有着不肯向任何困难低头的性格，只要是祖国需要，没有什么困难可以挡得住盐湖科技人前行的脚步。

在罗布泊找到了大量卤水的王弭力团队，与多家科研单位合作，在国家"305"项目的支持下，根据罗布泊的实际情况，开展了室内蒸发与提钾实验及野外盐田蒸发试验，取得了大量实验数据和盐田生产经验，并把这些资料与数据无偿地提供给了开发罗布泊的生产企业。

1999年，新疆三维罗布泊钾盐有限责任公司成立，聘请了国内有盐湖开发经验的专家加盟，组成了专家管理型团队。至此，罗布泊钾肥资源开发拉开了帷幕。

2000年，新疆罗布泊钾盐科技开发有限责任公司成立，享受新疆高新技术开发区的优惠政策，推动盐湖资源开发利用的科技创新工作。当年，2万吨试验厂建成投产。

他们完成了罗北洼地晶间卤水的冬季冷冻－蒸发试验和罗北洼地晶间卤水夏季动态蒸发浓缩结晶析盐规律实验，为大规模盐田工艺试验提供了依据，使矿物化学加工制取硫酸钾及综合利用取得了令人满意的效果。

2002 年，在完成了小试验、中间试验，历经千辛万苦，获得了"罗布泊硫酸镁亚型卤水制取硫酸钾"工艺研究成果后，新疆罗布泊钾盐科技开发有限责任公司邀请了郑绵平院士任主任，还请青海盐湖所的研究员陈敬清、陈大福、刘铸唐等一共 7 人，对硫酸钾制取报告进行了鉴定，并听取了专家们的建议。

2004 年，国家投资公司加入本项目，公司改名为"国投新疆罗布泊钾盐有限责任公司"，初步建成了我国最大的硫酸钾肥生产基地，当年生产量就达到了 120 万吨。

2018 年，年产量已经达到了 300 万吨。

至此，罗布泊的钾肥厂继察尔汗的钾肥厂之后，成为了我国钾肥生产的第二艘航母，也彻底改变了我国钾肥依靠国外进口的局面。

2000 年之后，随着罗布泊的钾肥厂产量的增加，进口钾肥的价格被逼得不断下降，最高降价幅度达 50%。

价格低了，质量却提高了。罗布泊的钾肥厂采用的是优质的天然卤水，生产的钾肥不含游离酸，各项指标达到了国家优质品的要求，是世界上不可多得的无氯钾肥，是种植烟草、茶叶和高档水果的首选钾肥。

许多农民在购买复合肥时，也许并不知道，复合肥里最重要的成分就是硫酸钾，更不会想到这些硫酸钾来自"死亡之海"罗布泊。

罗布泊改变了中国钾肥的格局，同样中国钾肥也改变了罗布泊的面貌。

为了保障钾盐的生产开采，罗布泊不能再是过去的那个模样。要把物资运进去，要把产品运出来，没有路可不行。不但要有公路，还要有铁路。有了铁路与公路，再去罗布泊，就没有了什么凶险。不管是从哈密还是库尔勒出发，都可以在当日走到为彭加木和余纯顺立的纪念碑前，向他们表达敬意。

成千上万的干部职工要吃要喝，包括机器运转，没有淡水可不行，一条淡水管道从 60 公里外的红柳井通了过来。还有小卖部、小饭馆和加油站等日常生活需要的配套设施都迅速地建立了起来。

钾肥厂所属的若羌县政府为了更好地为罗布泊的开发服务，成立了罗布泊镇。全镇有 500 左右的流动人口，全是被新成立的钾肥企业吸引来的。他们与镇政府的工作人员一起，承担起这个地方的全部社会服务职能。因为这片地方有 5.1 万平方公里，所以这个镇被称作世界上最大的镇，但也是最小的镇（人口最少）。

罗布泊的改变不光是有了人群、有了村镇，还有一个更大的改变，那就是这里又重现了一片浩渺的碧波。

地面上的湖水一部分蒸发，消失在了空气中，还有一部分渗到了地下，躲到了地层下面，变成了卤水。140 多个泵井把管道伸到了地下的盐层中，把卤水重新抽了出来。当它们汇集到一起，就形成了一条波浪滚滚的盐水河。在经过了三级泵站后，进入到一个面积达 153.67 平方公里、深达 5 米的大湖中。盐湖由氯化钠池、钾混盐池、光卤石池等 20 多个盐池组成。因为结晶点不同，不同盐池的颜色深浅与清浊也不同，在太阳的照射下，闪动着五彩缤纷的光斑。

而今，只要到了罗布泊，除了看古城、看古墓、看雅丹地貌外，就是看盐湖。这里的盐湖之美，是在别的地方看不到的，有着独特的魅力。

罗布泊的盐湖开发，让一片死亡之海重新复活，让一个荒无人烟的地方有了生机。随着更大力度的开发，谁都不敢说，在不远的将来，这里会不会变成一座闻名天下的盐湖城。因为，罗布泊，它的盐湖资源实在太丰富……

十八、足　印

世上的路

都是人走出来的

只是第一行足印

是谁留下来的

往往无人知晓

就算是这样

还是有人愿意

去一片处女地

勇敢探索

因为许多奇迹

会在这第一次闯入时出现

如同 20 世纪 50 年代，在盐湖研究界，大家只要说起来，必会说到柳大纲，说到袁见齐，说到戈福祥一样，进入 21 世纪，在盐湖研究界，大家说起来，必会说到张彭熹，说到高世扬，说到郑绵平。

张彭熹、高世扬、郑绵平三人都生于20世纪30年代，都是在50年代中期大学毕业，又都成为了盐湖研究的专家，并且都被评为了中国科学院院士或工程院院士。不过，三个人中，张彭熹与高世扬先后离世，只有郑绵平还健在。作为盐湖研究界的泰斗，已经85岁高龄的郑老，仍经常出现在各种重要的场合。

人生在世，一路走来，不管经历了什么事、做了什么事，都会留下一行属于自己的足印。这足印有的深，有的浅，有的大，有的小，但连接起来，就是一首长长的叙事诗，记载着青春与生命的整个旅程。

郑绵平能够成为中国工程院院士、中国地质科学院矿产资源研究所研究员、中国地质科学院盐湖与热水资源研究发展中心主任，成为我国盐湖学及其矿业的奠基人和开拓者之一，需要做出怎样的努力、付出怎样的代价，大约只有他自己说得清楚，而我们只能从他留在崎岖山路上的足印，对他有所了解。

1956年，郑绵平走出了南京地质学院，在毕业分配的第一志愿里，他写的是到边疆去，到祖国最需要的地方去。

做出这样的选择，不但是因为他在这一年的8月份成为了一名光荣的中共党员，有了自己的远大志向，还和他的成长经历有关。

1934年，郑绵平出生于福建漳州一户贫穷的人家。他在国家资助下才读完高中，考上大学。上大学时，他只带了一张草席和一床短短的盖住头就盖不住脚的薄棉被。南京的冬天寒风刺骨，学校知道情况后，马上为他买了一床新棉被；了解到他的经济实在太困难，还为他提供了大学期间的全部学习和生活费用。

穷人的孩子总是会早早懂事。学业有成后，他想的就是要报答祖国的培育之恩，做一个对国家有用的人。

不过，郑绵平并没有被分到边疆，而是被分配到了化学工业部矿山地质局，但这并不影响他报效国家的志向。

刚一放下行李，他就接到了任务，参加柴达木盆地盐湖普查组。在调查了大柴旦、马海湖和察尔汗盐湖后，他执笔撰写了《青海省柴达木盆地硼砂、钾矿调查报告》。

1957 年，中国科学院联合多部门进行盐湖调查。郑绵平作为地质部门的专家，加入了只有 12 个人的调查队，让他有机会与著名的化学家柳大纲相识，并得到他的指教。

那时，野外工作的装备比较简单，不管干什么，靠的就是手拉肩扛的体力。盐湖地区远离村镇，只能用压缩饼干充饥，用脱水菜补充营养。而缺氧的高原气候，不仅让人经常头晕脑胀、身体无力，而且温差大，白天热得受不了，夜里冷得直哆嗦，单帐篷难以抵挡严寒，冻得睡不安稳。

从进入地质系学习起，郑绵平就知道将来的工作不会轻松，但野外生活会如此艰苦，还是让他有些意外。只是面对这些意外，郑绵平表现得很平静，他说："还好，我的高原反应不是很强，只是指甲有些凹陷；有时说着话，大脑就像断了电一样，思维突然终止，不过，过一会儿就好了。"

参加工作后，郑绵平连着两年参加盐湖的科学考察，把青春的足印留在了盐渍地上。都说人这一辈子能有什么作为，往往是被最初的几步决定的。郑绵平能在 1995 年出任世界盐湖协会的副会长，不能不说和他 20 世纪 50 年代的这段经历有关。

许多年以后，郑绵平回忆起往事时，都能清楚地记得 1957 年 10 月 2 日的那个早晨，他在与调查队的其他队员一起散步时，意外发现了察尔汗盐湖光卤石的这一刻。正是光卤石的发现，让察尔汗盐湖的考察有了突破性的进展，决定了它能成为中国最大的盐湖钾肥生产基地。

而调查考察中由探索与发现带来的兴奋，也让郑绵平对盐湖产生了浓厚的兴趣。

由于他在盐湖调查队的出色表现，第一期考察结束后，调查队别的队员都回到了原单位，但郑绵平在柳大纲的要求下，被留了下来继续做盐湖调查。这也正合他意，因为他已经被盐湖的魅力深深吸引住了。

从此，中国盐湖研究的历史上，郑绵平的名字总是会出现在每一个关键的时期。

随着越来越多的探险考古队进入，神秘的罗布泊的面纱也渐渐被揭开。喜马拉雅山的隆起，同时形成了柴达木盆地和塔里木盆地，柴达木盆地的察尔汗盐湖已经被证明有着丰富的资源，塔里木盆地中的罗布泊不该什么都没有。

只是不管多么有道理的猜测，都必须有科学的论据证实才行。同样是盆地中的盐湖，进入柴达木的察尔汗盐湖虽然也不容易，但与进入罗布泊相比，难度不能相提并论。不知有多少有志者，被凶险的沙漠烈日挡住了前行的脚步。

不过，在科学家的词典里，没有惧怕困难、贪生怕死这些字眼，为了彻底改变中国钾肥的格局，郑绵平在1989年向着遥远的罗布泊迈开了双脚。

其实这并不是他第一次走向罗布泊。之前，他曾两次试图进入罗布泊。第一次历经重重险阻，已经到达罗布泊的边缘地带，但因车辆故障，只好返回。第二次，他们改从已经废弃的原子弹爆炸中心插入，绕走风蚀而成的"魔鬼城"。由于所持有的地面定位系统实在太落后了，他们只能凭借野外踏勘的经验摸索前进，但最后还是陷入绝境，无奈再次退出。

两次进罗布泊未果，不但没有让郑绵平放弃，反而激起他更强烈的征服欲。越是宝贵的东西，越不容易获得。每一项科学成果的取得，都不知经历过多少次失败，最后的胜利往往属于坚持走到最后一步的人。

这一次，郑绵平吸取了之前的教训，决定采用笨法子：水往低处流，最后一定会汇聚到一个湖里。因此，如果沿着干涸的孔雀河河床往里走，边走边探，肯定会抵达罗布泊的中心地带。

10月7日，新疆罗布泊孔雀河故道上，正午灼热的阳光毫不留情地射向地面，干涸的盐湖像着了火一般，时刻准备毁灭任何挑战它的生命。郑绵平和他的考察队员们乘着3辆车，沿着滚烫的河床向罗布泊中心地带挺进。

正确的判断，加上不畏险阻的勇气与毅力，5天之后，郑绵平带着他的团队，终于抵达了罗布泊的中心地带。

经过一个多月的科学考察，团队确定了罗布泊的盐卤中确实含有钾盐矿物，科学的预见得到了证实。

这次科考，是地质学家第一次沿着孔雀河故道进入罗布泊腹地，也为后来的地质工作者开创了一条探索罗布泊奥秘的新路。后来，人们把这条进入罗布泊的路命名为"郑绵平小道"。

在近半个世纪的盐湖地质勘探生涯中，郑绵平的足迹遍及青海、西藏、新疆、内蒙古等地。他曾3次带队挑战罗布泊，对青藏高原上100多个盐湖进行了深入考察。为了搞好盐湖科研事业，郑绵平与高原结下了不解之缘。从小伙子到古稀老人，郑绵平每年都要上几趟高原，一去就是一两个月。可以说，哪里有盐湖，哪里就留下了他的足印。郑绵平经常说，野外采样工作扎实认真地做好了，地质科研工作也就成功了一半。郑绵平对工作的投入，可以说到了痴迷的程度。"几十年来，郑绵平没有一天不加班的。""从高原回来，一下飞机先到办公室，工作到晚上才回家。"他是"为盐湖而生的"，是"拼命三郎"，是"特殊材料制成的人"，说起郑绵平的勤奋，同事们滔滔不绝。

艰苦的野外工作、长期的高原缺氧，使郑绵平的身体机能减退、记忆力下降，先后患上了前列腺炎、皮肤病、髌骨老化、腰肌劳损等多种疾病。谈到这些，郑绵平总是一笑置之。在他看来，无数革命先烈为了理想，把生命都献了出去，这些病痛又算得了什么。没有付出就没有收获，"科学发现没有捷径可走，唯有勤奋"，正是超乎常人的付出，使郑绵平取得了超乎常人的成就。

"我的智商并不高，如果有一点可取的，就是始终对认定的目标不动摇，常常意识到自己的学识距离要求还很远，不断地鞭策自己努力学习和工作。"1995 年，郑绵平在荣获何梁何利基金地球科学奖时曾经这样评价自己。

对于真理的不懈追求，塑造了郑绵平坚忍不拔、锲而不舍的性格，而艰苦的工作实践，更加坚定了这种执着的精神。

2006 年，中国地质部组织了一个郑绵平事迹报告团，在各省市的地质部门进行巡回演讲。中央领导还接见了郑绵平和报告团成员，对他几十年来在盐湖地质上做出的贡献给予了充分的肯定，号召广大科技工作者向他学习，让科技创新成为经济腾飞的强大内在推动力。

20 世纪 80 年代，郑绵平两度率队来到青藏高原扎布耶盐湖考察，在湖中发现了天然碳酸锂。"锂是 21 世纪的能源元素"，郑绵平认为，这是一个聚宝盆，而长期观测是开发扎布耶盐湖的基础。在郑绵平的带领下，科研人员建立了世界上最高的盐湖科学实验站，在海拔 4420 米的高原上坚持进行了长达 16 年的观测，终于摸清了扎布耶盐湖碳酸锂的分布情况，并摸索出一整套锂盐开发、提取的成熟工艺。

1999 年 8 月，第七届国际盐湖会议在美国举行，作为中国盐湖学的领头人，郑绵平在会上发表了特邀报告《论盐湖学》。

他在报告中第一次提出了"盐湖农业"的新理念："盐湖中还发育有大量具有重要经济价值与科学意义的嗜盐藻、盐卤虫、螺旋藻、轮虫等特异生物资源。人类能从中获取蛋白质、天然食物色素。这些特异生物还能为能源、科学材料和环境净化、变盐湖为良田开拓良好前景。"

1956 年，郑绵平参加工作仅 4 天就作为盐湖普查组成员奔赴青海柴达木盆地。经过对大柴旦、马海、察尔汗等盐湖近一年的考察，郑绵平惊喜地发现，那些环境恶劣的盐湖其实是一个个大宝库。从此，郑绵平一次又一次登上青藏高原，对该区域的 100 多个盐湖进行了深入考察。

20 世纪 80 年代，郑绵平和同事们在西藏扎布耶盐湖发现了大量富含 β-胡萝卜素的嗜盐藻。1996 年，他又在西藏拉果错发现了较大规模的卤虫品系，每克卤虫（干体）中含有 EPA（脑黄金）40 多毫克，比美国大盐湖卤虫品系高 10 多倍。

在掌握了大量第一手资料后，郑绵平大胆提出，盐湖不仅是无机盐产地，也是一种新型"农田"。以青藏高原盐湖中的盐藻、螺旋藻为原料，提取蛋白作饲料，可以用来养殖鱼虾，发展水产业。郑绵平的创意吸引了众多生物学家、化学家投身"盐湖农业"的研究，并引起著名科学家钱学森的兴趣，他在给郑绵平的信中写道："盐湖农业是 21 世纪的产业。"

"盐湖农业"理论的提出同样引起了国际学术界的广泛关注。在第七届国际盐湖会议上，《论盐湖学》得到与会同行的一致好评，其基本观点被列入改组后的国际盐湖学会章程。不久，国际著名学术刊物《水生生物学报》也在显著位置发表了该篇论文。

郑绵平常常说："在我们眼前有无数引人入胜的地学奥秘等待我们去探索，现在的认识还是非常粗浅的。"正是怀着对科研创新的巨大热情，郑绵平瞄准学科前沿，紧随现代科学发展的走向，勇于开拓研究新领域。

经过近 50 年的不懈积累，郑绵平通过对地质学、化学、生物学、工程学、环境学等多学科的联合，将地球盐湖研究中的基本过程与化学、生物学等学科的基本过程联系起来，建立了一门全新的综合性、交叉性学科——盐湖学。盐湖学的创立为推动盐湖的综合研究和产业化奠定了坚实的理论基础，实现了对盐湖研究的认识由平面的单维度认识向立体的多维度思考方向的转化。

每个人都会在世间留下自己的足印。郑绵平留下的足印，也许会比我们许多人留下的足印更能唤起人们的敬意。它们是诗，是歌，充满了人类对科学精神的赞颂。

十九、情　缘

都说是命中注定

只要顺其自然

就能找到归宿

却不知有些时候

不去全力争取

就会错失幸福

不是每一条道

都能通向未来

想去那座山顶看日出

就要走对脚下的路

不管前面有多少荆棘

也不要停下勇敢的脚步

据说，20世纪70年代，美国国务卿基辛格访华，对周总理说，你们罗布泊没有水了，并以卫星照片为证。现在，同样还是卫星照片，罗布泊里，一片蓝绿色，如宝石一样闪动着光亮。说它是宝石，不是比喻，它真的是块宝石，不过，这块宝石是液体的。一块块的盐田，一片片的卤水，正在日夜不歇的机器轰鸣中，变成高品质的钾肥，被送往全国各地。罗布泊发生如此巨变，不是自然的作用，而是许多人奋斗的结果。他们的名字，不但应该被记住，还应该刻在石碑上，立在罗布泊。这些人中，每个人的故事，都是一部传奇。不过，笔者以为，尤其值得一说的，是一位叫王弭力的人。因为她不但是个女科学家，是第一个踏进罗布泊腹地的女人，更重要的是，她为罗布泊盐湖的开发，做出了了不起的贡献。

1996 年 10 月，知道王弭力要去新疆，女儿拉着她的手说：“妈，我求您，千万别进去……”话没说完，女儿的眼泪直往下掉。因为就在这一年的 6 月，探险家余纯顺在罗布泊遇难的消息见诸媒体，引起了大家的关注，王弭力也一样。这几年，不管什么消息，只要有罗布泊三个字，她都会认真去看。她已经铁了心，要闯一下罗布泊。余纯顺的事，让她愣了一下，有过片刻的犹豫，但没有让她的决心有半点动摇。

报告批下来了，经费也落实了，王弭力跟家里人只说去库尔勒，没说去罗布泊。可即使她不说，家人又怎么会不知道？罗布泊在若羌县境，属于库尔勒。一个学地质化学的，搞盐湖科研的，怎么可能只是到库尔勒看看沙漠胡杨，品尝一下红柳烤肉呢？

家人送她去机场，挥手说再见时，王弭力不由得眼睛湿润，一种走向战场的悲壮，在她心底油然而生。要去的地方，实在有太多凶险，多少男人都不能取胜。她一个女性，又能有几分把握凯旋？她不能不做最坏的打算。出发前两天，她安顿好年迈的母亲，又到公墓祭拜了父亲。

王弭力 1941 年出生在四川綦江，父亲王竹亭是中国著名铁路专家，曾任中长铁路局局长。在她年少的记忆里，铁路修到哪里，她就跟随父亲走到哪里。父亲把建设好的铁路留下来，再到荒无人烟的地方重新开拓。"天行健，君子以自强不息"，这是父亲在她懂事以后常对她说的话。

王弭力长得漂亮，气质高雅。从上中学起，就引人注目。那时，她每天骑车过一个十字路口，警察亭里管红绿灯的警察看到她过来了，就会让红灯多亮一会，为的是多看她几眼。次数多了，王弭力察觉到了，就推车要闯红灯，年轻警察便趁机上前拦阻，找机会与她多说几句话。

1959 年中学毕业，王弭力本想考高分子专业，正巧北京大学新开设了地球化学专业，去各个中学挑新生。王弭力听了动员报告，说国家建设急需这方面的专业人才，就改变了想法，报名参加了。就这样，王弭力的命运被改变了。她成了北京大学地质系地球化学专业的一名大学生，这意味着，她的一生无法再有安逸舒适的工作环境了。

那时，这个专业的本科学制是 6 年，一个班里，只有几个女生。受家教的影响，王弭力从来没因为自己是女性，就放弃远大志向。毕业分配时，她主动要求下基层，不是想着要做一名普通劳动者，而是认为做学问要打好基础，到艰苦的地方去，可以积累工作经验和阅历，只有这样，才可能在事业上有所建树。她穿越过大庆油田纷飞的大雪，又沐浴过湖北江汉油田的绵绵细雨，还去了河北一家研究院担任过项目负责人。直到 1983 年，她才进入北京中国地质科学院，先后担任了中国地质科学院副院长、中国地质学会秘书长、国务院经济技术社会发展中心客座研究员，还被推荐为第八届全国政协委员。

此时的王弭力可以说已经功成名就，也有了一个幸福美满的家，年纪也 50 多岁了。作为一个女人，奔波辛劳了一辈子，有了那么多成就和荣誉，在很多人眼里，实在没有必要再去冒什么风险了。

但王弭力从小到大，都有着与众不同的行事风格，一旦她认定值得做的事情，没有谁可以让她改变主意。

她是一个"老地质"了，很清楚罗布泊是一个什么地方。1980 年，著名科学家彭加木在罗布泊地区考察失踪。1996 年，著名探险家余纯顺也在这里倒下。众多神秘而蹊跷的事件相继发生，罗布泊成为真正的"魔鬼之地"。但王弭力心里也很清楚，从 20 世纪 50 年代开始，我国地质工作者便开始寻找钾盐，直到 1958 年在青海柴达木盆地发现钾盐并建起了我国当时唯一的钾盐生产基地。之后，地质人力图再创奇迹，在全国 13 个省的 18 个地区寻找钾盐矿，但效果并不显著，这让许多地质人十分苦恼。

关于罗布泊，王弭力一直认为，第四纪青藏高原隆升，才将塔里木盆地和柴达木盆地分开，它们都是盐湖沉积凹陷，从理论上讲，柴达木有钾，罗布泊也应该有钾。根据多年找钾的经验，王弭力发现盆地沉积中心随新构造运动而不断迁移，钾盐则富集在迁移后的深盆中，她将此称作"矿随盆移"，进而又概括为"高山深盆迁移成钾论"。

罗布泊有钾，应该还很多。但从彭加木开始，许多科研人员一次次奔赴罗布泊，虽然每一次都有重要的收获，但令人遗憾的是，一直都未能找到具有工业开采价值的钾盐矿床。

这让王弭力夜不能寐，一股不信这个邪的科学家特有的倔强，让她的身体里不由得升腾起了亲自去闯罗布泊的力量。科学探索的路上，怕的不是失败，怕的是失败以后停下脚步，不敢继续前行了。在罗布泊找钾，重要的是不能停下来。坚持就是胜利，被无数次证明是一个颠扑不破的真理。

尽管已经有了一套成熟的理论依据，但能不能在罗布泊找到有工业价值的钾，王弭力并没有绝对把握。但她知道，只有进入罗布泊，才可能找到钾盐矿，就冲这个可能，她也要全力以赴。

王弭力开始了并不顺利的项目申请工作。大约是不相信那么多男科学家都没有做到的事，她一个弱女子可以做到，对她的要求，大家总是好言相劝，让她三思而后行。那些日子，王弭力骑着自行车，天天往地矿部跑，终于把部领导给打动了。

申请被批准了，但王弭力只拿到了10万元经费。这笔钱对罗布泊勘查来说实在是太少了，不仅要用于交通、打钻，还要用于勘探队员的给养。不过，王弭力想好了，钱少就省着花，车到山前必有路。困难再多，也要起程。王弭力一天都不想再等了，她的心已经飞到了遥远的塔里木。

为了省钱，王弭力从石油部门以每辆5000元的价格买来几辆已淘汰的解放牌大卡车，车况很不好。

1996年9月30日，王弭力带着14个男性地质勘探队员首次从北部进入罗布泊。茫茫的旷野，起伏的沙丘，没有任何参照物，坚硬的盐壳就像一条条刀背挺在那里。老式卡车用尽了力气就是爬不上沙丘，大家只得用木杠垫在车轮下一点点往前挪。王弭力花低价买的二手车在沙漠中走走修修，修修走走。

10月2日那天，上午10点出发，一路奔波，待到晚上8点准备宿营时，王弭力根据GPS定位坐标在地图上标注的位置，竟发现一整天的行程仅前行了3公里，可以说是在原地兜了一个大圈子。原本计划3天就能到达目的地，可现在连罗布泊的影子也看不见，最可怕的是汽油及给养也不足了。大家把眼光转向了现场唯一的女性，也是他们的"指挥官"。此时的王弭力尽管心里也有些紧张，但她经过冷静思考，对安全到达罗布泊工作区充满信心，她和队员们商量后决定朝着西南方向走，并用人当坐标，向工作区前行。

第二天，大家在王弭力的指挥下，每 100 米站一个人，引着车向前行走。这天走了 12 个小时，队伍终于到达罗布泊东北部地区。当一望无际的罗布泊大盐壳呈现在他们面前时，大家忘却了疲劳，忘却了艰险，满脸洋溢着胜利者的自豪。

王弭力和她的团队找到了超过 2.5 亿吨的特大型液体钾矿床，这一成果被认为是继柴达木盆地钾矿床发现之后，我国找钾工作的第二次重大突破。

王弭力将这个地方命名为"罗北凹地"。她忘不了抽卤试验成功的那一天。当钻机将罗布泊泥土层一层层钻开后，蕴藏万年的卤水奔涌而出。大家兴奋地冲上去捧起卤水用舌尖尝。明明无比的咸涩苦辣，却让王弭力团队十分欢喜。因为卤水越咸辣，代表钾的品质就越好。王弭力笑了，那激动的样子，就像是苦苦等候的女子遇到了久别的情人。也许对一个女科学家来说，她人生最幸福的时刻，就是在想法被证明的时刻。

在接下来的 10 年里，王弭力和她的团队又 8 次深入罗布泊，发现了 4 个中型钾盐矿床。王弭力对当地政府领导说，按百万吨的年产量计算，罗布泊查明的资源量，一个世纪也用不完。罗布泊这个不毛之地，会成为造福当地百姓的金矿。

在罗布泊，望着月光和卤水湖面连成一片以及繁星满天的夜色，王弭力在她的帐篷里，亲手写下了一首歌词《永恒的事业》："我们相会在大漠荒原，迎着风沙手拉手；我们相会在高山之巅，俯瞰白云肩并肩；我们相会在古老河川，开发资源献爱心；我们相会在极地天险，冰雪造就高贵与纯洁。让历史记住今天，也告诉我们的孩子，保护绿色的地球是人类永恒的事业。"

王弭力是全国政协委员。每次开会时，总有记者认为她属于文艺界。每当这时，王弭力就会很骄傲地告诉对方自己是科技界的，而且是搞地质的。生活中的王弭力非常爱美，她穿着入时，体态年轻。她说爱美的人一定很热爱生活；热爱生活的人，一定会热爱祖国；热爱祖国的人，一定会热爱工作。在罗布泊勘探时，头上戴的那顶普通草帽，总是被她用漂亮的丝巾扎一朵花来装饰，远远看去，仿佛是沙漠中盛开的鲜花。

几进几出罗布泊的王弭力在当年也是近 60 岁的人了。她患有高血压、腰痛病和慢性阑尾炎，发病后如果不能及时送出罗布泊治疗，就会有生命危险。因此，只要王弭力一进罗布泊，家人便每一天都在担心中度过，直到她的手机终于被打通（当时罗布泊里没有信号），知道她出来了，才能放心。

在烈日下测量、打钻、取样、化验，王弭力说，罗布泊高温的熏蒸仿佛从心脏往上升，要彻底把整个人蒸发掉，让人头晕目眩、四肢无力。她有时实在受不了了，就坐在地上低着头假装看地图，稍事休息，不想让同事们为自己担心。

一次，王弭力的阑尾炎犯了，剧烈的疼痛使她浑身都被汗水湿透了，她觉得自己这下肯定不行了，但她没告诉任何人，自己掐穴位掐了两个小时终于止住了痛。王弭力说自己命好，每次遇到灾难都能逢凶化吉，老天总是眷顾她。有一次，她在法国南希下矿井考察，不小心掉进废弃矿坑中，矿水淹没到胸部，她用尽全力一个翻身爬了上来。其实，不是她运气好，是她真的很坚强又勇敢，让她在与各种困难搏斗时，总是能够取胜。

在罗布泊，淡水极为珍贵，淡水就是生命。彭加木与余纯顺最终遇难，都是因为没有了淡水。有时拉淡水的车坏在路上，好几天都进不来。为了节约淡水，少用淡水洗头，队员们都剃了光头。非常爱美的王弭力原是一头披肩长发，进了罗布泊，不得不将头发挽起来。几天下来，头发里落满沙尘，形如枯草，她却不肯用淡水去洗。到 11 月底时，淡水结成了冰，只能到水箱里凿取冰块，烧化了再用。无比艰苦，报酬却极少，每天的补贴只有 10 元。一星期里，只能吃到一次肉，为的就是把钱省下来，用在勘探上。

当然苦中也有乐。有一年中秋节的晚上，他们在罗布泊腹地组织了别开生面的中秋晚会。罗布泊的夜晚很美，天空就像深蓝色的丝绒幕布垂向大地，上面缀满了闪亮的星星。万籁俱寂中，一轮圆月高悬夜空。勘探队员一人半块月饼，三人一瓶啤酒。王弭力提议每人唱一支歌，并第一个带头唱。歌声飘荡在寒冷的夜空，星星、月亮成了听众。

"站在罗布泊，你会清楚地看见地平线是弧形的，感觉到地球是圆的；你可以天天看到常人难以看到的海市蜃楼中的美丽村庄、清澈河流、繁华都市……生活多么美好，罗布泊——让你站在生死交界处流连忘返，它神秘而温柔、深邃而壮美，透出一股迷人的气息。"从罗布泊归来后，王弭力不管在什么场合，不管面对什么人，总会说起罗布泊，只要说到罗布泊，王弭力就会眼睛发亮，一往情深。

理论研究与实地找矿取得重大突破后，王弭力并不满足，又在开发利用上做起了文章，以便尽快让罗布泊的钾变成钾盐，改变中国钾肥落后的局面。她组织研制出一系列探测地下卤水动力学特征、盐田法制取高质量钾盐的新技术，科学评价矿床可采性、资源保证程度及盐田建设和首采区选择的合理性，有效解决了钾盐开发的关键技术。他们将全部成果无偿地提供给地方政府，促进并加速了其产业化。

2004 年 5 月，罗布泊所在的中共巴音郭楞蒙古自治州委、州政府为王弭力隆重颁奖，表彰她为罗布泊钾盐资源的勘查开发做出的突出贡献。王弭力说她一生多次获奖，但这个由州政府颁的奖最让她感动和珍惜。

2006 年 11 月，王弭力再次回罗布泊，不用再担心迷路，不用再担心车抛锚，沿着建成的柏油路，往昔数日的路程，几个小时就到了。在她命名的"罗北凹地"里，一座现代化的化工企业拔地而起，一个世界上最奇特的小镇正在建设中。看到一袋袋钾肥被装上汽车和火车，她的心里不由满怀感慨，想起

10年前的那次冒险。这一辈子，她有过不知多少次的选择，但这一次的选择，是她最骄傲和自豪的。正是有了这次选择，她这一辈子可以说是没有遗憾了。

　　作为一个女性，王弭力无疑是个情感丰富的人。只是她的情缘，更多的结于美丽的盐湖，结于神秘的罗布泊，结于她爱了一生的祖国和科学事业。

二十、盐　桥

清晨我站在青青的牧场

看到神鹰披着那霞光

像一片祥云飞过蓝天

为藏家儿女带来吉祥

黄昏我站在高高的山岗

盼望铁路修到我家乡

一条条巨龙翻山越岭

为雪域高原送来安康

那是一条神奇的天路

把人间的温暖送到边疆

从此山不再高

路不再漫长

各族儿女欢聚一堂

一首歌，名字叫《天路》，传遍天下，唱的是一条铁路建到了世界屋脊，创造的奇迹让世界惊叹。

20世纪初，美国旅行家保罗·泰鲁在到过西藏后，断言"有昆仑山脉在，铁路就永远到不了拉萨"。《纽约先驱报》记者、澳大利亚人威廉·享瑞在采访时，听到孙中山先生说他计划要修10万里铁路，其中有条铁路要从兰州和成都通到拉萨后，他在给挚友的信中说："那个地方连牦牛都上不去，怎么可能架设铁路呢？我确信孙不仅是个疯子，而且比疯子还要疯。"

100年以前，没有人会相信，谁能有这样的本事，把铁路修到青藏高原上去。

直到2006年7月1日，雪域高原迎来它激动人心的时刻，青藏铁路全线建成通车。2014年8月16日，青藏铁路首条延伸线拉日铁路正式通车运营。拉萨到珠峰之间实现一日到达。这时，世界才相信坐着火车去看布达拉宫、去看洁白的珠穆朗玛峰，不再是痴人说梦。

相信有许多人喜欢《天路》这首歌，也会唱上几句。但也许并没有几个人会知道修这条铁路，用了多少年的时间，更不会知道，其中有一段铁路要经过中国最大的盐湖，一群科学家为此付出了多大的努力。

从青海去西藏，不管是坐火车，还是坐汽车，都会经过一个叫察尔汗的地方。道路两边，能看到的醒目标志，就是道路两边高大的厂房和纵横交错的管线，以及大大小小的炼塔。往远处看，能看到一片片绿宝石般在太阳下闪动光泽的盐田和卤水池。而这个时候，如果你不能注意到一块悬挂在公路上方的牌子，看到上面写的四个字——万丈盐桥，你就很有可能不知不觉间错过了一个中国道路史上的奇观。因为接下来的这一段路面，一眼看上去和之前之后的路没有什么区别。但如果能停下来，走下车去，细细打量，就会发现这段路已经不再是路，而是桥，一段没有桥梁、没有桥墩、没有桥栏、没有桥涵的公路桥和铁路桥。能让汽车与火车安全顺利通过的这座桥，实际上是用盐块、盐石、盐土建成的。没有用钢铁，也没有用石头和混凝土，却不用怀疑它的承受力。湖面下，5.7 万根总长 13.5 万米的挤密砂桩支撑着湖面上的钢轨和路基，让它每平方米可以经得起 60 吨庞然大物的碾压。它全长 32 公里，折算下来合一万多丈，因此又被称为“万丈盐桥”，并成了世界上独有之景。多少年来，它被人们关注着、津津乐道着，甚至令人不辞辛苦跑来观其真容。

驶过万丈盐桥的汽车和火车，相距不过百米。两车上的人在错车时，相互可以望得见彼此。但同样是穿越这片盐沼，同样修建一座万丈盐桥，新旧两座桥却有着完全不同的经历。透过这不同的经历，我们看到科技在改变人类生存环境时，是如何地艰难，又是如何地富有力量。

万丈盐桥得名于 1954 年。1951 年，由慕生忠将军率领的筑路大军，开始修建从敦煌到格尔木的公路，就在修到离格尔木还有 60 多公里的地方，他们遇到了前所未有的挑战。一片白茫茫的盐泽与湖泊，拦住了前进的方向。从红军士兵成为将军的慕生忠不知打胜过多少次硬仗，还没有什么困难让他退缩过。他否定了绕道修筑的建议，提出打通盐湖的方案，边干边试验，找出最好的办法。很快，他们就发现把结晶的盐石、盐块、盐壳，从苦涩的咸水和沼泽里捞出来、挖出来，铺筑成路基，经风吹日晒后，其结实牢固程度并不亚于土石路基。而且修复起来也更便利。出现了坑洼，只要从路边的卤水坑里取出一些盐泥垫于路面，就可以迅速恢复平整。原来，盐不但能食用，还能修路。以盐建桥，自古未有。万丈盐桥，成了一个传奇。由于慕生忠将军在修建青藏公路上的巨大贡献，他被称为"青藏公路之父"。在他离世后，人们在格尔木市修建了一座他的纪念馆，供后人缅怀瞻仰。

在有了万丈盐桥的三年后，也就是 1957 年，中央政府做出了修建青藏铁路的决定。同样是修路，修一条铁路与修一条公路完全不同。诞生于工业革命的铁路，是现代科学发展的产物。从它的修建到运行，每一个环节都需要科学论据与技术来支撑。当专家们经过论证，认为让列车穿过察尔汗盐湖是最佳的路线后，就提出了一个问题：火车通过万丈盐桥，能不能做到安全顺利？推测和想象没有说服力，汽车的通行也只能是个参考。火车是一头钢铁巨兽，它的速度和重量，要求托起铁轨的路基不能有一点隐患。由于常年干旱，盐湖水分蒸发量大，湖面凝结成一层厚厚的盐盖。受雨水和季节性河流的溶蚀，盐盖下是大小各异的溶洞，不要说跑火车，就是人在上面走都很危险。铁路还要经过一段 5 公里的粉细砂震动液化地带，这种结构受到震动就会立刻变成一片沼泽。

铁路到底能不能从察尔汗盐湖上通过？这个问题只能由从事盐湖研究的科学家说了算。自 20 世纪 50 年代末到 60 年代初，科学家就开始了对在盐湖上修筑铁路这个问题的研究，但由于种种不可抗的原因，青藏铁路的修建被一再耽搁。直到 70 年代初，停止的工作才得以恢复。于是，中国科学院青海盐湖研究所的科研人员被委以重任，要求尽快得出结论，以保证青藏铁路工程的顺利实施。

这个研究所是一支国家队。对于国家下达的任务，所有的科研人员都怀有一个共同的信念——克服一切困难去完成。虽然还处在以阶级斗争为纲的年代，但由科研人员和干部工人组成的 200 人左右的队伍，在张长美、黄应璜、王方强、王绳组等人的带领下，先后浩浩荡荡开进了察尔汗盐湖。

这是个艰苦漫长的过程，从 1973 年到 1977 年，通过无数次的实地调查考察和现场试验，他们终于在几个关键性的问题上，找到了正确结论和解决办法。

一是要搞清盐湖的发展趋势。如果盐湖朝淡化方向发展，路就应绕避；如果朝浓缩方向发展，就可以通过。经研究证明，该湖盐类开始沉积，至全新世早期，又发生了次新构造运动，四周地势再次抬高，使本区域气候越发干燥，湖水水面下降，面积日渐缩小，整个盐湖向浓缩方向发展的趋势非常明显，并难以改变。

二是要证明盐岩是否有足够的物理力学强度，在外力作用下能否保证路基稳定。团队通过对盐岩进行大量的化学成分分析和物理力学试验、承载力试验、降水试验及平衡试验、盐岩溶解性试验，以及盐岩固结度对力学性质的影响、含泥量对盐岩强度的影响、温度对盐岩高压强度的影响等试验。此外，还调查研究了 1955 年建成的敦格公路盐湖路段的路基和曾建在盐湖上的飞机场，飞机场上曾经安全地起降过 50 吨重的飞机。另外还修建了两段铁路，进行了路堤的模拟试验。经分析认为，盐湖的盐岩是有足够强度的，在外力的作用下，完全可以保证路基的稳定性。

三是要搞明白盐湖会不会被地表通流水溶化。据气象资料统计，盐湖地区年降水量在 67 毫米以下，而年蒸发量却达 3000 毫米以上。外围有 140 平方公里的广阔冲积、湖积平原，靠近盐湖周围为盐渍土，湖内有高浓度卤水。盆地内较大河流经上述冲积、湖积平原后，河水的含盐量基本达到饱和程度，对盐湖已经失掉了溶解作用，而间歇性河流出山口，消失于冲积扇中，不存在现有盐湖被水溶化的可能性。

四是要知道湖底承压水会不会对盐湖形成溶蚀。通过地表溶洞形态调查、测绘和勘探试验、声波检查等手段发现，如果把铁路位置选择在溶洞区最窄地段通过，承压水向上渗透产生的影响是局部的、缓慢的、微小的，加之蒸发的强烈作用，承压水的渗入对盐岩的溶蚀作用基本趋于平衡状态。从观测中还得知，现有的地面能见到的溶洞一般趋于减灭或处于平衡状态，说明盐湖不会被湖底承压水溶化。如果再配以自流排水系统，将地下水引排至远离路堤的蒸发坑里，基本上可以排除来自湖底承压水的威胁。

五是要清楚已经投产的钾镁开采会不会对路基产生影响。科研人员通过大量的试验发现大规模的卤水开采，会让盐湖水位发生明显下降，随着降落漏斗的扩大，对铁路路基的稳定性会产生一定的影响。但由于盐湖面积宽大，盐岩厚度大，只要开采地点与铁路保持一定距离，盐岩基底就可以保持路基的稳定性。只要盐湖北端的盐溶区分别采用换填和承压水自流排放低承压水头等措施，就可以保证铁路的安全。

六是要搞清超氯的盐渍到底能不能做填料，地基盐壳能不能不铲除而继续利用。对此，科学家们进行了室内外的试验研究工作。研究结果认为，地表盐壳比较坚固，对强烈毛细水有着良好的隔断作用，可不用铲除。在当地降水量极小的条件下，路堤表面受影响的厚度小于 0.1 米，用当地超氯渍土填筑路堤，是完全可行的。

可以说，解决了以上六个方面的问题，铁路通过盐湖段的困扰基本就没有了。

只是这样一个试验研究的结果，实在耗费了太多人的心血。可以说其中每一个数据的产生，都经过了成千上万次的试验。据统计，仅在这最后三年的施工试验中，就钻孔 120 个，钻深处达 1000 米，爆破法挖掘、安装管道 4605 米，抽取卤水量 25 万立方米，常年观测和重复观测上万次，进行抽水和承载模拟试验 20 多次，终于取得了 50000 个原始数据。取得了盐湖北缘特定水文地质条件下，不同水位降落、不同水质变化、地面岩盐强度等资料，并从水文地质、渗流力学、岩盐力学和物理化学等方面进行了综合研究。对盐湖北部盐岩溶洞区，通过电子计算机计算了盐岩路基基底的稳定性，提出了要确定最大允许洞高和洞顶安全盐厚，算出洞顶安全盐厚值。从理论与实践结合的角度，预测了今后大规模地开采盐湖卤水情况下，以盐岩为基底的路基仍能够保持稳定，并预报了不同地段的安全年限，以保证火车安全运行。

这一研究成果属世界首创，随后就获得了全国科学大会奖、青海省科技大会奖和中国科学院重大成果奖。1978 年春天，青海盐湖所的张长美、王绳组、刘德江等三人到北京人民大会堂参加了全国科学大会。颁奖时，张长美代表研究所上台领取奖状。

正是青海盐湖所出具的报告，让决策者最终下定了决心，让铁路穿过察尔汗盐湖，保证了青藏铁路的第一期工程，从西宁到格尔木的铁路，在 1984 年如期通车。

通车仪式现场并没有出现那些为了让火车安全通过盐湖段

而辛苦工作过的科研人员的身影。他们早已回到了研究所，进行着新的课题项目的攻关。他们总是这样，找出了问题，找到了解决办法，就像是他们让一粒种子发了芽、开了花，到了该摘果子的时候，他们就离开了。而人们往往只会在意那个手里拿着果子的人，很少会想起那个想办法让果子从土里长出来的人。可以说这是一种社会分工，也可以说，我们还没有给予科学研究者足够的地位和尊重。

不过，当时参加了青藏铁路盐湖段项目研究的科研人员，在回忆起当年的往事时，还会念念不忘、万分感慨。当年的亲历者刘德江说，在盐湖现场搞试验，披星戴月，风吹日晒，跟筑路工人一样，汗水没少流，苦头没少吃。但看到铁路从盐湖上驶过时，心里还是非常欣慰和幸福的。他说，那天早上，当他走进办公室，看到新送来的报纸上刊登着火车开通仪式的大幅照片，不由得流下了眼泪。

1989 年，柴达木盆地的察尔汗盐湖遭遇了三百年不遇的特大洪水。电站、厂房及生活设施被淹，漫溢的湖水流向了公路和铁路，其中一段 14 公里长的铁路路基遭到侵蚀，部分路基被溶蚀，造成了路基下沉，火车不得不暂时停止运营。

青海盐湖所派出张世贵、山发寿、高东林赶赴洪灾现场，对洪水灾害及盐湖段铁路路基侵蚀情况进行了调查。之后，陈大福、李权、董亚萍、戈桦又进行了不同盐度洪水对盐湖路基溶蚀影响的研究，对不同盐度洪水与铁路路基盐岩的相互作用进行了相图分析，通过静态、动态侵蚀盐岩进行条件试验，获得了不同浓度卤水浸泡不同组成盐岩过程的溶蚀速度及盐岩高压强度变化的规律，液固相转化和盐岩变性试验结果，为盐湖路基防蚀及维护提供了基础依据。

通过调查研究及试验证明，1989 年的这场洪水，虽然让铁路的路基受到了一定程度的损害，但没有造成致命的破坏。可以说，它经受住了考验，再次有力地证明盐岩路基的稳定可靠。而他们新的研究结果，又给铁路的维护和安全运行提供了全面充分的保障。

32 公里，在 2000 多公里长的铁路中，只是微不足道的短短一段。因此，为这段铁路做过贡献的人，他们的名字很难写进青藏铁路修建的史料中。在这个举世闻名的宏大工程中，他们的作用也许不是决定性的，但不能否认，正是他们的研究成果，让整条铁路不需要因为绕避盐湖而增加巨大的成本和站点设置的不便利。还有一点也十分重要，火车直接穿越盐湖，使得盐湖化工厂生产的钾肥和相关产品，可以直接装上火车，运往全国各地，不但节约了运输上的成本，更为中国最大盐湖的开发利用起到了强有力的推动作用，也保证了二期通往拉萨的铁路工程如期顺利通车。

笔者写到这里时，是多么希望大家在唱起或听到《天路》这首歌时，能够想起盐湖上的那座万丈盐桥，想起为建起这样一座桥而奋斗的慕生忠将军和众多的盐湖科技工作者。

二十一、跋　涉

没有人知道

再往前走一步

是生还是死

前进的队伍中

不会有人停下来

面对凶险

没有半点犹豫

和平年代

一样需要战士的勇气

不经过激烈的较量

让大自然认输

它决不会交出自己的秘密

大家都知道，盐湖的成因，决定了盐湖地处的偏远。要么在崇山峻岭间，要么在大漠戈壁里，要么在缺氧的高原上。

盐湖的咸涩，又决定了生物无法依它栖息。飞鸟经过不敢落，种子撒下不发芽。大风吹来无遮拦，沙起尘扬天昏地暗。

多少年来，就算有人偶然与它相遇，也会被它的一片死寂吓住，避而远之，去那更适合生存之地过日子。

这种状况，直到 20 世纪 50 年代才发生改变。一群人从城市出发，去寻找盐湖。不管盐湖藏在什么地方，都挡不住他们的脚步。远远看见了盐湖，就像是淘金者看到了金子一样双眼发亮，不顾一切地扑过去，把盐湖紧紧地拥抱在怀中。

这群人站在盐湖边上歌之蹈之，像过节一样欢喜，似乎盐湖给了他们无限的欣喜。他们称自己是盐湖人，摆出了要与盐湖相伴终生的姿态。

不是一种姿态，而是一种生活方式。盐湖人可不是一群平常的人，他们几乎都上过大学，都经过系统的专业学习。虽然他们性格不同，年纪不同，出生的地域不同，但他们都有一个志向，那就是让盐湖醒来，用科学报国。

盐湖看起来是一片水，其实是一个矿，一个液体的矿，里面存储着丰富的矿物质。

这群人其实是一群探矿人，是一群为国家寻找宝藏的人。只是他们要找的宝藏，是在湖水里，在湖水中的盐里。

为了找到更多的盐湖矿，这群人走到了一起，成立了一个名为研究所的单位。团结就是力量，单位的作用，就是可以把一群志同道合的人汇聚在一起。

有了领导与组织，有了计划与目标，一群人的行动就能发挥出更大的能量，就能取得更多的成果。

自 20 世纪 60 年代青海盐湖所成立后，在中国科学院和原国家计委综合考察委员会的指导下，以科学工作者为主体的盐湖考察队，数十次奔赴全国各地的山野高原，完成了对西藏、青海、新疆、内蒙古等地区的盐湖调查。

无论是在柴达木，还是在塔里木，无论是在珠峰脚下，还是在罗布泊深处，无论是在可可西里，还是在阿尔金山，都曾留下过他们的身影、他们的足印。

这些地方，他们之前不是没人来过，只是来过的人，不是探险者，就是偷猎者和淘金者。他们遗留的尸骨，证明了这些地方的凶险。

作为科学家，作为替国家寻找资源的人，他们是第一批。

万事开头难，拓荒者遇到的困难，不但多而且常常是无法预料的。意外随时都会出现，这一点，让他们的工作确实如同探险。只是他们探险的结果，是一批科学论著的完成。

《柴达木盆地盐湖》《西藏盐湖》《内蒙古盐湖》《新疆盐湖》《中国盐湖志》《中国盐湖》等专著的陆续问世，意味着中国盐湖的神秘面纱已经被揭开。

这个群体中最早的一批盐湖工作者已经有多人离我们远去。

但他们的名字，我们永远都不该忘记。

他们是陈克造、张彭熹、唐渊、杨海川、王中山、刁树萱、曾义、徐永旺、陈继元、孙海云、白立、金世襄等。

每一次科考，都是一次探险。每一次野外调查，都有惊心动魄的经历，都值得讲述。只是篇幅所限，不能一一道来。下面说到的一些事，只是这些盐湖人在科学考察中再平常不过的经历。

1999 年，为执行和完成国家自然科学基金课题"青藏高原北缘盐湖成盐研究"，青海盐湖所成立了一支科考队，主要成员有郑喜玉、张明刚、梁青生、山发寿、高东林、杨波、程维民、李天义、宋太宁、盛传利、尚鲁军、李金元等。

6 月 28 日，科考队从西宁出发，大小汽车数辆，走了 6 天，到了阿尔金山。

阿尔金山属昆仑山脉，为国家自然保护区，是藏羚羊、野驴、野牦牛和众多其他野生动物的栖息地。这里自然景色绝美，是摄影家的天堂，也是偷猎者和淘金者出没之地。

山中有两座盐湖，一座叫阿牙克库木，一座叫阿其克库勒。

阿牙克库木盐湖，面积有 600 平方公里，以湖表卤水分布为主，西起若羌和且末两县分界线，东至新疆与青海两地交界处，北到阿尔金山南部的祁温塔格山，南为新藏两区分界的东昆仑山脉。

阿其克库勒盐湖，面积约为 360 平方公里，湖水深达 30 米，是青藏高原最北端,阿尔金山和昆仑山之间的一个大型咸水湖,有发源于南面和西面昆仑山的几条小河和无数间歇河流入。

两座湖都在海拔近 4000 米的高山上,空气稀薄。不过,缺氧这个事,对于长期生活在青海的盐湖人来说,已经不算个事了。他们要面对的困难,比起缺氧来大得多了。

阿牙克库木湖北岸到南岸的鸭子泉之间横着一座大山。考察路线要翻越塔什大坂,虽有简易的盘山公路可走,但路段经常会被洪水冲毁。有些地方,难行到人要下车步行才能通过。站在大坂顶上,北望可以看到塔里木盆地边缘的绿洲,南望可以看到阿尔金山平缓起伏的谷地。

科考队先到了阿牙克库木湖,扎下营地后,立即开始工作。因为要在大雪封山前离开阿尔金山,所以必须抓紧时间工作。

10 天之内,要完成 4 条地质剖面路线的考察和不同深度湖水化学样品的采集。

这次科考,可以说准备得十分充分,随车带了钻探机和橡皮艇。负责这次科考的领队郑喜玉和梁青生都是经验丰富的老盐湖人,所以最初十天的考察进展比较顺利,如期完成了所有的任务。

这让大家不由得轻松了起来。因为按照这个速度工作下去,这次野外考察,顶多一个月就可以结束了。时间对于科学工作者来说,是极其宝贵的。一个任务能提前完成,也就意味着下一个任务可以从容面对了。

只是大自然这个对手，从来都不会被人轻易征服，给你一点面子，让你少遇到一点麻烦，就是最大的恩赐了，要想一点困难都没有，就得到那深藏于湖水中的奥秘，是绝不可能的。

当科考队离开阿牙克库木湖，朝阿其克库勒湖转移时，问题就一个接一个出现了。

通往阿其克库勒湖的道路，竟然是仅能通过一头野兽的小径，大型车队根本无法通过。科考队只能找一条山洪冲刷出来的废弃河床，由牵引车在前面开道。而沙石下的泥沼就像陷阱，不时制造出险情，让队员们多次不得不用绳索给车子助一臂之力。

车队行进速度缓慢，原计划一天的路程，结果用了三天才走完。

到了阿其克库勒湖畔后，大家顾不上休息，马上就在湖东岸建立了科考营地，立起了钻探井架。

下湖采卤水样品的工作，由山发寿、杨波、程维民和宋太宁四人开着橡皮艇去完成。

下湖时，天气晴朗。明媚的阳光，晒在身上热烘烘的。为了工作起来方便，他们把厚外套放在了工作车上。橡皮艇按照预定的线路，到湖中心取样。取好了样，往回开时，橡皮艇的马达却发动不起来了。四个人的专业不是地质就是化学，没有一个是学机械的，找不出发动不起来的原因，就想着干脆用手臂当桨，把皮艇划回到岸边。不料就在这个时候，天气突变，刮起了大风，原本平如镜子的湖面，顿时波浪翻滚。皮艇瞬时犹如一片树叶，不受一点控制地随着波浪摇荡起来。四个人不由得紧张起来。这个盐湖可不是柴达木的盐湖，被蒸发得只剩一点点水了，这个湖里的水深达 30 米。而这四个西北男人，水性都不太好。山发寿让大家不要乱动，抓紧皮艇的缆绳，等风停了再想办法自救。这个时候，对他们来说，要做的只能是尽量让自己不要被大风吹落到湖中，别的什么都顾不上了。四个人无可奈何，只能任橡皮艇被波浪推向湖的西北方向，离营地越来越远。这场大风刮得有点长，等到风完全停下来，天已经完全黑透了。皮艇靠在了大舰岛的岸边，没有落入湖中，已经是他们的幸运，想很快返回营地，断无可能。此处与营地，有30 公里宽的湖面相隔。马达不能重新发动，就不可能乘皮艇返回，只能先爬到岛上，再做打算。湖边无高树密林，但有低矮青草生长，找出往年枯草，凑成一小堆，点着了，火光闪动，想让营地的人看见，派出营救小组。只是火光太弱，无法越过宽阔的湖面，传出求救的信息。山地气候，不管白天有多暖和，到了晚上，也会是寒气刺骨。一天没有吃饭，又没有厚衣服御寒，只有一壶水，可以一人喝上几口。四个人靠在一起，不敢睡，也不能睡，山上缺氧，饥寒交迫，睡着了就可能再也醒不过来。山上的棕熊和狼，也有可能会偷袭他们。有些事不能想，一想，就会越加怕。年纪最小的小伙子可能是想多了，吓得带了哭腔说："我们会不会死呀，我可是还没有结婚呢。"山发寿骂了他一句：

"没有出息，这么点困难就想到了死，搞地质的，没有点这样的经历，多没意思。"话是这样说，接下来会怎么样，谁也不知道，万一……不能说万一，大家还是轮着讲故事、说笑话吧。等到太阳出来，希望就会升起。

天亮了，他们没有等到救援，只能自救。看地图，找到一条路，顺着湖边往南走。大约走50公里，可走到湖对面。一开始，他们拉着橡皮艇走，拉了十几公里，又饿又渴，实在拉不动了，只能把橡皮艇拖到岸上。空着手往前走，走到一处，看到一个坑洼里，有野鸭子在喝水，断定里面是淡水。四个人跑过去，赶走了野鸭子，趴在地上，凑近水坑喝了起来。大家没有那么渴了，可感觉更饿了。只能找一些草根，嚼碎了，往肚子里咽，实在是太饿了，不往肚子塞点东西，似乎会马上栽倒在地。终于走到了一条河流的入湖口，有2公里宽。不过，水最深处，只到胸口。但站在河边，四个人你看我，我看你，因为他们都极度疲惫，没有一个人有把握可以蹚水过河。好在这个时候，他们看到了远处顺着河岸开过来的卡车，看到了来寻找他们的车子，大家不由得全瘫软在了地上。

他们在大舰岛上一夜没睡，住在营地帐篷里的同志们也一夜没睡。一大早，他们兵分两路，顺着湖边向不同的方向寻找过去。人找回来了，大家都很高兴，可拖回来的橡皮艇却带来了新的困难：发动不着的原因找到了，是发动机的汽缸坏了。没有配件，山上修不好，只能拉到200多公里外的县城去修。

在橡皮艇修好回来的路上，遇到了洪水，路冲断了。等洪水退去时，大家没有了吃的。山发寿就去旁边一个石油勘探队住过的地方找食物，也许勘探队离开时，会把没有吃完的罐头扔下。果然，他找到了一些罐头，这样就不用再返回县城购买食物了，可以节省一点时间早些完成考察任务。

山发寿当时 36 岁，他毕业于兰州大学地质系。大学一毕业，就到了青海盐湖所。每年大部分时间，都在野外跑。虽然此事过去近 20 年了，说起来时，他还是有些激动。他说也是运气好，如果大风吹翻橡皮艇，或者是遇到棕熊或狼的袭击，他的人生大概就是另一种结局了。

就在钻探取样结束，进入湖水剖面样品采集时，一场突如其来的洪水席卷科考营地。个人的衣物被冲走不算什么，贵重的钻机和采集的岩芯样品被淹，让大家心急如焚。他们划着橡皮艇并潜入水中找到了全部岩芯样品，但庞大的钻井车人力却无法拖出，只能等牵引车来救援。可是牵引车在赶来时，遇到了特大的泥石流，幸亏人员及时逃离，才避免了伤害。但牵引车被困，只能等修筑公路的推土机来把道路打通。后来虽然道路打通了，但由于山前地带整个被巨石流沙覆盖，牵引车受损严重，已经无法开回营地。没有办法，杨波和李育田只能打电话向所里求助。营地里的人，不知发生了什么，不见有牵引车，十分焦急。决定不再坐等，自己想办法摆脱困境。于是，大家商量后做出决定，大部分人继续坚持湖面勘探，另派出郑喜玉、宋太宁、张明刚、程维民四个人，带着仅剩的一桶汽油，驾着吉普车出山寻找牵引车。到了鸭子泉检查站，却不见人影，原来为躲洪水，工作人员已撤出。吉普车只能继续往前走，山谷里，水流奔腾，贴着山壁小心向前行，稍有不慎，就会落入激流中。走到了天黑，不敢再走，只能停下车子，人就坐在车里，缩成一团，熬过寒夜。天一亮，继续前进。不料，又遇到洪水。吉普车没有选择，只能在洪水中往前闯，但最终还是没能闯出去，在一片深水处熄火。怕再发动，会毁掉发动机，只能留下郑喜玉和宋太宁守着车子，张明刚和程维民继续寻找救援。步行途中，时而烈日暴晒，时而风雨交加。天黑之时，终于到了若羌的黄金检查站。检查站的工作人员热情款待了他们，做了羊肉泡馍给他们吃，又腾出床位，让他们休息。只是说到派车去救援，他们也没有办法，因为检查站没有车。想到郑喜玉和宋太宁没有食物，不能坚持太久，两人就带了手抓肉和馕饼往回走。四个人再次会合，在车子里又住了一夜后，见洪水退去，就自己动手，又挖又填，又推又拉，终于把吉普车弄出了泥泽。走到离检查站还有5公里时，吉普车又被陷住。幸亏一支淘金车队经过，出手相助，把车子拖出泥泽。到了检查站，得到食物与油料补给。又走了一天，到了花土沟，还不见牵引车的影子，四个人忧心忡忡，不知出了什么事。直到快到县城时，才看到了牵引车和所里的救援人员及车辆。相逢后，顾不上寒暄，赶紧往山里赶。要知道，已经差不多10天了，营地上的粮食与蔬菜已经没有了，再不把食物送上去，天知道会发生什么。此时已经是下午了，可没有一个人说明天再走。出发的车队不停地行进，渴了饿了，全在车上解决，只为能早一刻赶到。大家紧赶慢赶，走了两天两夜，才到达考察营地，都是一个单位抬头不见低头见的同事，平时见面只是打个招呼或者微微一笑，可这会儿，大家大呼小叫，抱到了一起，泪流满面。

钻探车从泥沼里被拖了出来。此时已经到了 8 月初，原定 20 天的考察时间，因为出现了意想不到的困难，被推迟了近 20 天。想躲过的大雪，终究没有能躲过去。8 月 4 日，考察队撤出途中，漫天的雪花，飞舞着前来送行，只是它们过于热情，送到最后，扯着不让走了，硬是把整支车队留在了一条狭长的山谷里。初雪化成水，水把路面变成了泥浆。好在牵引车恢复了元气，一次次把陷下的车子拖出来。大家行进的速度十分缓慢，不得不在野外露宿，渴了就抓把雪往嘴里塞。直到 8 月 10 日，考察队终于翻越了海拔 5000 米的祁漫塔格山口。

整支考察队在历经磨难后到达西宁，顺利归来。

2002 年秋天，青海盐湖所的韩凤清、谭红兵、张西营、李浩忠一行四人，用了 50 多天的时间，在新疆境内进行了一次寻找钾盐的考察。张西营在日记中这样写道：

根据计划，我们先到西昆仑北坡的南疆若羌—和田—喀什一带。于是，一大早就从西宁出发来到了花土沟，青海境内的老

305 国道路况还不错，大家有说有笑，还畅想着吃新疆的瓜果呢，因此并不觉得长途跋涉有多难熬。从花土沟到若羌，国道变成了搓板路，沟深谷险。经过一路颠簸，终于要出山口了，想着快要到若羌县了，大家又恢复了说笑。可是刚出山口，就碰到了一股强大的沙尘暴，漫天的黄沙，能见度不到 10 米，车只能缓慢前行。呼呼的大风把车都吹得有点摇晃了，但人只能待在车里忍受闷热，车窗是万万不敢开的，否则只有吃土的份。到了若羌，风小了不少，但整个县城仍然笼罩在一片灰黄之中，能见度也很差。大家辛苦了一天，第二天还得赶到民丰，于是随便吃了个晚饭就回宾馆睡觉了。

民丰县苦牙克盐矿点在昆仑山里面，路途遥远。我们一早就出发了，想着大不了还是搓板路，一路颠簸过去就行了。没想到，路并不是想象的那样，山里的风大，在不少地段，路都被流沙淹没了，车走在上面相当费劲，只能用"龟行"来形容。更糟糕的是，由于沙路太难走，水箱都沸腾了，没有办法，只能淋水来冷却。我们把买的矿泉水不停地往水箱上面浇淋，到接近水箱正常的温度了，才继续前行。当时，路上没见到一个人，估计这个地方几天都难碰上一个人或一辆车，如果水耗尽了，还真不敢保证能活着出来。这样反反复复给水箱降温，带的水也浪费了一多半。虽然李师傅经验丰富，但直到傍晚我们才赶到了最靠近盐点的那个村子。

村子里都是维吾尔族群众，虽然有些人懂得一点汉语甚至会写简单的汉字，但也得边比划边说才能互相听懂意思。交流的时候，碰到一个热情的维吾尔族大叔，大约 50 岁的样子，他说自己知道那个盐点，也经常过去挖盐，我们很高兴碰到一个向导，真是意外的惊喜。晚饭时，他为我们宰了只羊。饱饭之后，就住在这个大叔家里。静谧的山村比喧嚣的城市环境好多了，大家美美地睡了一觉。

第二天吃过早饭，我们一行五人带着工具和食物就出发了，大叔还带了一个蛇皮袋，说是要挖点盐。去盐点的路很难走，几乎都在山脊上或深沟里，只能步行到达，车根本派不上用场。大概走了 4 个多小时，下午 2 点左右的样子，我们到了盐点。盐点出露在河谷中，远远望去，山脚下与河道里白花花一片，这是发现盐点或盐泉最简单有效的方法。考察完毕，我们开始取样，我们四人每个都带了大概 10 千克的样品，放在地质包里，沉甸甸的。大叔装了大半蛇皮袋，估计有 25 千克。一开始，仗着年轻，没有感觉怎么样，但是走到一半的路程，脚步就明显慢了下来。快到村子时，脚步更为沉滞，休息的频率也明显增加。但向导大叔习以为常，远远地在前面带路，步伐丝毫不减，还不时停下来等我们。不得不佩服老爷子，年龄至少比我们大 10 岁，但身体素质堪称极棒。晚上继续住在大叔家里。

第二天，我们继续赶往下一个盐点。这次再没碰到村子，晚上只能住在牧民废弃的地窝子里，里面乱糟糟的，大家简单收拾了一下，架起炉灶烤面片，一顿饱餐之后，就蜷缩在睡袋里休息了。半夜疾风呼啸，脸上能感受到风的寒意，似乎还听到了几声狼嚎。我们觉得把门堵得很结实了，也没有过多担心，安心睡了。

我们来到了新疆也是中国最西面的乌恰县，在该县的乌鲁克恰提乡也有一个盐点。盐点位于克孜勒苏河河岸的半山腰，由于没有水的淋溶，盐点附近看不到白色的盐霜，在一片红红黄黄的泥层中很难发现。在当地村民的指引下，我们才找到了这个盐点。到盐点必须过河，河流宽窄不一，只能绕路或泅水过去，我嫌绕路麻烦，就拿着衣服和记录本泅水过去了。没想到河流还比较深，走到河中间，都没过我的脖子了，我只能昂着头继续在水里行走。河流下部水比较急，我几次被水流冲得失衡，差点倒在水里。对于只在北方小池塘里玩过水的我，还是感到有点惊心动魄。

我们一路工作，终于绕到了天山南坡，来到了拜城。拜城的盐层出露还是比较多的，是新疆找钾的重要地区之一。记得在去一个盐矿点的时候，我们在河谷走了半天，终于发现了红色的盐和泥混杂的大盐丘。盐丘陡峭，必须爬上去才能更好地进行观察和取样。盐丘上盐层在长期的风吹雨淋中形成了很多"盐刀子"，这些"刀子"坚硬无比，能轻易刺穿胶鞋底子。如果不慎滑倒，估计就是红孩儿坐到观音菩萨的莲花宝座上的感觉。有一次，我就差点成了红孩儿，虽然无大碍，但刺破手、划破衣服这样的小损伤绝对难免。

从拜城出来，一路上瓜果飘香，让人感觉心情舒畅。工作也临近尾声，我们决定从达坂城直接到乌鲁木齐。因为王洛宾，达坂城变得非常有名。但是，在达坂城，姑娘没有见到，倒是好好领略了大风的滋味。进入山口，强风扑面而来，在车里就能感觉到明显的震颤。到了收费站，我们下去透口气，结果人都站不稳，只能斜躺在风里，这种感觉真是奇妙。出了收费站，一路上慢慢行驶，沿途翻到沟里的大车小车有十多辆，这让我感觉到新奇中潜伏的危险。此后，风渐渐变小，我们也平安到达了乌鲁木齐，这个向往已久的边疆名城。

14年之后，张西营再次与考察队一起到新疆找钾，他又在日记里这样写道：

此时，整个新疆的情况已经发生了很大变化，路况比以前好得多，城市也很漂亮。快速的发展让我们的工作也变得方便和顺利，但不变的是那些静默的盐丘、红色的丹霞和随时出现的野外工作危险。能够保存至今而且露出地表的盐往往在远离城乡的荒山野岭中，这里没有路，河道就是天然的唯一可进入研究区的路。2016年6月的一天，山顶上阴云密布，看样子要下大雨了。我们本来打算到山沟的钻探现场去看看，但山顶上雾蒙蒙一片，显然那里的雨并不小。正在河道前行时，突然感觉前方有异常情况，隐隐听到轰隆隆的声音。我们两辆车同时停下，下车观察，发现远远的前方似乎有一条黄龙蜿蜒游过来。这时候，有经验的人马上高呼："泥石流来了！"大家赶忙调转车头，沿着原路仓皇返回。由于河道泥面湿滑，车速一快，车就不听使唤了。车辆踉踉跄跄地奔逃，身后泥石流铺天盖地冲了过来。我们好不容易跑到岸上，泥石流轰轰隆隆地擦身而过。河道中有一辆来不及逃离的越野车，泥石流过后，仅剩半截车身露在外面。如果晚一步，估计我们也难逃这样的命运。此后不久，听说在新疆另外一个地方进行野外考察的5名科研人员，因为泥石流而不幸遇难。在为同行悲悼的同时，我们也深刻体会到地质人的不易。

在资源全球化的今天，实施"走出去"战略，充分利用国内外"两种资源、两个市场"，到境外开发资源建立我国钾肥基地，是解决我国钾肥短缺的重要途径之一。老挝有丰富的钾资源，中国科学院青海盐湖研究所在老挝钾盐矿的勘探和研发方面走在了前列，翻开了国外钾盐勘探的新篇章，也为我国海外钾盐基地的建设提供了重要科技支撑。

青海盐湖所积极面向国家重大战略需求和国家经济社会发展需要，认真贯彻"两种资源、两个市场"的国家资源开发战略，深入开展技术创新和技术转化工作。一个与云南云天化集团开展战略性合作开发老挝钾资源的重要项目，是青海盐湖所在新的历史时期奋发作为的重要行动。另外，青海盐湖所还与中寮钾盐矿业有限公司紧密合作，建立了年产5万吨的氯化钾装置，2010年11月17日试车投产。

2006年开始，青海盐湖所与云南云天化集团合作，在老挝万象进行钾盐矿勘探开发，为 5 万吨氯化钾示范工程提供资源依据与工艺技术。在时任青海盐湖所常务副所长兼项目负责人马海州研究员的带领下，青海盐湖所盐湖地质与环境实验室的多名科研人员先后去老挝开展工作。

初入老挝，异国风情的新鲜感让人非常兴奋，大家在勤奋工作之余尚有闲情雅致欣赏湄公河畔的美景。可是，随着时间推移，物资贫乏、饮食和气候不适应的情况逐渐增加。众所周知，老挝地处热带，境内百分之八十为山地和高原，且多被森林覆盖，带刺植被密集。在野外勘查过程中，常常需要大家先拿刀进行"人工砍路"，才能将 50 千克的物探设备进行安置，"披荆斩棘"是他们日常工作的真实写照。为了节约时间，提高工作效率，新开辟的小道只能容大家蹲身挪步，甚至是匍匐前进，途中大家经常被密密麻麻的倒刺扎得伤痕累累，浑身疼痛。遇到过不了的河流，大家要么蹚水过河，要么绕道爬山，才能将物探仪器铺设好以满足施工要求。在热带森林中勘查，遇到蚊虫、毒蛇、毒蜈蚣、毒蜘蛛的袭击是家常便饭，有的队员被蚊虫叮咬后起脓包，十多天不能消肿；而被毒蜘蛛咬伤的队员如果不及时注射解毒血清，就会有生命危险。这样的施工环境对大家的身心健康造成了一定的伤害。勘查过程中，偶尔还遇到物探设备被盗的突发情况，由于老挝买不到这些物探设备，只能从国内重新购买，关键设备还需要从国外进口，这也严重影响了工作进度。但是，面对这些困境和难处，大家都咬牙坚持并努力克服。同时，还严格按照勘查施工规范，高质量、高标准完成了工作任务。艰苦甚至危险的野外工作不仅锻炼了年轻科研人员的实际操作能力和适应能力，更培养了大家吃苦耐劳和坚韧不拔的品质，强化了认真做事和勇于担当的责任感。

盐湖事业新生力量在挫折和磨难中不断成长，已经有足够的能力承担新的历史使命。

科研人员在生活条件极端不便和水土不服的情况下，顺利完成了勘探区全部地形测量工作和前期钻孔的钻探任务。春节之前，后续的轮换人员赴老挝继续工作，一直持续到泼水节过后的 6 月份。泼水节前，虽然滴雨不下，但有段时间天气似乎还凉爽，晚上吹着风扇还可入睡；随着天气越来越热，晚上入眠都成了问题，有时候被蚊虫骚扰，整夜辗转难眠，而白天还得顶着烈日继续工作。这段时间是最难熬的，只有多冲几次凉才能稍稍缓解。泼水节过后，雨季来临，这是一年中最舒服的时候，但是，这样的日子并不长。随着雨水日益增多，闷热潮湿的天气让人喘不过气来。更糟糕的事还在后面：雨越下越频繁，越下越大，有时连着几天都是瓢泼大雨，干旱的稻田变成了汪洋大海。最担心的事情终于发生了：雨太大，把钻机和岩芯都淹了……连着几天，焦灼的心情一直伴随着大家。没有人能再安心睡觉，深更半夜忙着到各个钻机上查看险情，连着几个晚上都没睡个囫囵觉，心里只想着怎么把岩芯保存好。炎热的气候、繁重的体力及脑力劳动，让大家体质迅速下降，不少钻探工人开始辞职，也有不少人因为生病而不得不返回国内。这些困难严重阻碍了工作的顺利开展。但工作必须完成，天大的困难也必须克服。怀着这个坚定的信念，大家最终在 6 月下旬圆满完成了所有的勘探任务。通过对钻孔钻探资料的认真分析，大家对该地区含盐地层的埋深情况、沉积特征、盐类矿物组成、矿层厚度、钾盐矿石类型等有了深刻认识，并且在该地区发现了厚达 80 多米的钾盐矿层。

前前后后，在老挝的钾盐勘探开发持续了 8 年时间，青海盐湖研究所的许多人都参加了这个工作。其中主要成员有马海州、谭红兵、孙志国、沙占江、李斌凯、白艳芬、孙亚联、姜松、王明祥、张西营、徐黎明、黄卫东、刘湘东、沙占军、马强、胡太流、宋太宁、山发寿、李海军、王相明、高东林、程怀德、唐启亮、李善平、冉广芬、王波、曾金波、张志宏、肖学英、乌志明、孟瑞英、诸葛琴、曾忠民、杜秀月、聂锋、李丽娟、董生发、马艳芳、马云峰、马东旭、朱建荣、李廷伟、李永寿、袁小龙、苗卫良、王明祥、李成宝、都永生、苗卫良、魏海成、秦占杰、韩耀宗、袁秦、张乐、万全博、山俊杰、盛淑荣等。

科学考察，就是建立档案。每一座盐湖，自进入了盐湖科技人员的视野后，就有了一份属于自己的档案。有了这份档案，盐湖的身份就不再神秘。而此后每一次的考察，都是对其属性的进一步确认，并会根据它的特点，安排它为人类做出应有的贡献。

这种档案资料的完善和确认，从来都不是通过一次科学考察就能完成的。所以关于盐湖勘探的故事，一直都在不断地发生着，而其间的意外与危险，不管是科技欠发达的20世纪，还是设备先进、经验丰富的21世纪，从来都没有减少过。

1941年出生于山东文登的于升松，1965年毕业于北京地质学院，被分配到了中国科学院青海盐湖研究所，从事盐湖地球化学研究工作。他说："六七十年代，我正年轻，身体好，胆子也大，只要说有盐湖，我就要去，从来没有想到过苦和怕。柴达木的31个盐湖，我每一个都走到了，还出版了专著《柴达木盐湖》。那一阵子，藏区常有土匪出没，去勘探考察，不仅要带上仪器，还要带上枪才行。和野狼、野牛、野猪遭遇，更是经常的事。说搞盐湖考察得把命豁上，并不过分。改革开放后，为了能与国际同行交流，46岁的我，开始学英语，不但学会了，还能与美国的盐湖科学家一起去南极，对那里的盐湖进行考察。"由于突出的科研成就，他被选为党代表，参加了党的全国代表大会。

以上讲述的历险，只是发生在盐湖工作者身上最平常的故事。在青海盐湖所采访，类似的故事，似乎每个人都能讲出几件来。笔者算是个从事文字工作的知识分子，对于别的专业的知识分子了解不是很多，不知道还有什么领域的工作会比从事野外勘探和盐湖研究的知识分子，遇到的困难更多，承担的风险更大。至少在笔者看来，他们身上不但有着对科学研究的执着，更有着一种革命的英雄主义精神。

二十二、抱　负

曾经唱着同一支歌

曾经怀着同一个梦想

只是走着走着

有的人受不了苦累

落到了后面

有的人被舒适引诱

跑到了一旁

但更多人牢记初心

遇到高山往上攀

遇到荒漠往前闯

日夜不停奔向太阳

让梦想成为了一首歌

在无限的天地之间

随风飘荡

完成了对中国盐湖资源的摸底调查，利用盐湖中的钾资源，使中国成为了钾肥生产大国，保证了农业生产的不断丰收；创造了高镁锂比盐湖提锂的新技术，实现了盐湖提锂的工业化生产，保证了国家对新能源的需求。这些成就，是中国盐湖人自新中国成立以来对社会主义建设的巨大奉献。但实际上，盐湖科技工作者的发明创新，对社会的贡献还远不止这些。

1940 年出生的肖应凯，自 1965 年来到青海盐湖所以后，专注于同位素化学的研究。经过多年不懈的努力工作，终于首次发现了石墨的非还原性热离子发射特征，利用此特性建立了高精度质谱测定硼氯溴同位素的新方法，达到了世界领先水平，并在国内外的地质实验室中得到了广泛应用，成为这些元素质谱法测定的主流。他还采用这些新方法在国内率先建立了盐湖固体稳定同位素地球化学实验室，开拓了同位素化学与地球化学研究的新领域，为盐湖演化及地球古气候环境研究提供了新的手段。

肖应凯还与北京大学张青莲教授合作进行了铟、铱、锂和铈原子量的测定。其中铟和铱原子量的测定结果被国际原子量和同位素丰度委员会采纳，作为铟和铱原子量国际新标准，这是中国科学家测定的原子量数据首次被国际社会所采用，在国内引起了强烈反响。肖应凯也因此获得了中国科学院科学技术进步奖二等奖，获得了国务院授予的"全国先进工作者"称号。尽管他是快 80 岁的人了，可他没有像别的老人一样安度晚年，而是继续带领着他的学生们进行科学研究。他的学生马云麒说起他，句句话里都充满了对老师的敬意。他说："当年从中国科学技术大学分到青海盐湖所一共有 6 个人，别的人都先后离开了青海，只有肖老师一直在青海盐湖所工作到了退休。肖老师能够取得如此巨大的科研成就，离不开他的执着和认真。搞试验时，设备 24 小时不停，肖老师总是会半夜起身去巡查。发现有些学生怕苦怕累，肖老师会用亲身经历告诉学生，现在搞研究的条件好多了。当年他经常会去盐湖采集样品，有一次在荒野中迷路了，走到半夜，遇到了狼群，差一点就喂了狼。"

说到同位素的分离，有一个人的名字不能不提到。他就是大名鼎鼎的朱清时院士。他 1946 年生于四川成都。1968 年毕业于中国科学技术大学，正赶上"文化大革命"，被分配到了西宁山川机床铸造厂当工人。不过他对政治运动没有一点兴趣，一个人躲在角落里看书。1974 年，他被调入青海盐湖所，从此开始了激光分离同位素的研究。他领导的课题组，完成了分离锂、硼同位素的研究，获得了中国科学院自然科学成果奖二等奖。1979 年，他成为了中国第一批走出国门去深造的科研人员。激光分离同位素的研究成果，让他名扬天下。1984 年 8 月，他调入大连化学物理研究所，1991 年当选中国科学院院士。他在激光光谱学方面和分子局模振动方面的研究取得了国际一流成果，这也使他成为了世界著名的科学家，并先后出任中国科学技术大学校长和南方科技大学创校校长。不过，就算是当了校长，他仍然没有离开科研事业。他大力倡导绿色化学研究，创建了生物质洁净能源实验室，出版了专著《生物质洁净能源》。他组织的"把快速生长的树林和农业废弃的麦秸稻草等生物转化为燃料酒精"的研究，为开发新一代可再生能源和人类可持续发展提供了科学依据。朱清时如此灿烂的人生，是从青海盐湖所开始的。从 27 岁到 38 岁，他在青海盐湖所度过了十多年。他的科学梦想追求的道路正是从这里起步，走向了辉煌。

　　1962 年出生的李丽娟，1984 年毕业于青海大学，是青海盐湖所为数不多的杰出女性科技工作者之一，长期从事盐湖盐矿、盐湖资源分离科学和技术的研究。她作为首席科学家承担了国家科技部、中国科学院、青海省科技厅及企业十余项研究课题。在云南钾盐矿开发利用研究中，她攻破了高黏土低品位钾石盐矿产业化开发的世界性技术难题，使多年来弃之不用的低品位固体钾盐矿实现了综合利用。在青海盐湖镁资源开发利用研究中，取得重大技术突破，对柴达木盆地盐湖镁资源开发和盐湖资源循环具有引领示范作用。"以高黏土低品位钾盐矿为原料制取 50kt/a 氯化钾综合利用的产业化开发"项目，采用了水力旋流器、沉降淘洗和加入药剂联合方式的工艺流程，既提高精矿质量，又提高了氯化钾的收率。水力旋流脱泥后制得的精矿中，含有母液带入的细泥，通过沉降淘洗进一步脱除细泥，使精矿质量进一步提高。水不溶物含量降至 16%，氯化钾收率达到 82%。脱泥效果满足了浮选工艺的要求。这种脱泥工艺在国内外钾盐矿加工技术中尚属首创。2011 年产量已达 29000 吨，销售收入 9000 万元，上缴税金 1938 万元，净利润 5027 万元。这个项目在 2013 年获得了第六届金桥奖。

同时，李丽娟还在新型填充型阻燃剂的开发生产中，做出了令人赞叹的贡献。长期以来，氢氧化镁阻燃剂属于高端产品，在我国基本上属于空白。我国每年进口约 3 万吨，多为在中国的外资企业使用，主要用于高端材料，如通信设备、高铁的绝缘材料、核电站的电线电缆等领域。但如今，这样的情况正在被打破。在青海盐湖所李丽娟团队的努力下，中国的科研人员成功研发出国产氢氧化镁阻燃剂。氢氧化镁受热分解生成的氧化镁是良好的耐火材料，能帮助提高合成材料的抗火性能，同时它分解时放出的水蒸气还有抑烟效果。因此，氢氧化镁是公认的橡塑行业中具有阻燃、抑烟、填充三重功能的优质阻燃剂。在火灾中，超过八成的遇难者不是被烧死的，而是因浓烟窒息而死的。如果加了氢氧化镁阻燃剂，能大大降低燃烧时的烟密度，降低人们被呛死的风险。添加氢氧化镁的高分子材料具备绝热的功能，一旦燃烧会形成一层氧化镁薄膜，该薄膜耐高温，可以阻止进一步燃烧，把空气和易燃物隔绝，提高人们在遇到火灾时的生存概率。

目前用于提取氢氧化镁的原料以水镁石矿为主。我国的水镁石矿主要分布在东北的丹东地区，而且原矿中的氢氧化镁纯度只有 95%，只能用作低端的阻燃剂，比如用于地铁座椅、车厢的材料中。在高端的绝缘材料中，氢氧化镁的纯度要达到99%以上，才能满足要求。以光纤为例，光纤芯与包层的直径均为微米极，与人的头发丝相当，对拉伸强度、加工性能有较高的要求，因此，必须要实现对氢氧化镁阻燃剂的形貌、粒径等参数的严格控制。什么样的产品才符合高端氢氧化镁阻燃剂产品的要求呢？简单来说，只有实现了对形貌、粒径、纯度、白度的精确控制，才能做出符合要求的高端产品。高端氢氧化镁阻燃剂的市场主要被来自美国、日本、以色列的几家厂商所垄断，每吨产品的价值，从 2.4 万元到 3.7 万元不等。

在一次偶然的商业会谈中，青海昆仑镁盐有限责任公司的负责人说，他们原来生产的是普通氢氧化镁，对高端氢氧化镁阻燃剂的研发始终进展不大，他随口问了李丽娟一句："你们青海盐湖所是否能研发这样的产品？"李丽娟马上回答说："要提高氢氧化镁的纯度，进行合成当然没问题，但能不能研发出合格的阻燃剂还是未知数。不过我们一直在从事锂的相关工作，镁和锂的化学性质非常接近，对研发出合格的高端氢氧化镁阻燃剂，我们团队还是有信心的。"双方经过反复交流，2006 年6 月，中科院青海盐湖所与昆仑镁盐有限责任公司签署了合作协议，该公司提供了 20 万元的经费，用于高端氢氧化镁阻燃剂制备工艺的研究。尽管这不是一个大项目，但李丽娟仍然全力以赴。她查阅大量外文文献，发现可以通过添加添加剂来控制氢氧化镁产品的形貌。她思索着，能不能把氢氧化铝加进去来控制氢氧化镁产品的形貌。功夫不负有心人，实验非常成功。2006 年，经过一系列研发工作，他们将样品寄到美国的相关公司进行检验。美国方面出具的报告显示，产品的纯度等参数都达标，但是白度不达标。除此之外，产品的粒径也太大。当时恰逢中科院理化所的研究人员来青海盐湖所交流，李丽娟知道理化所在感光材料领域很有优势，在合成纳米材料方面技术实力很强，于是，她和理化所进行了沟通。经过几次探讨，李丽娟团队借助中科院理化所研发的纳米智能反应器，最终成功研发出白度和产品粒径都达到国际标准的氢氧化镁阻燃剂产品。随后，李丽娟团队向青海省科技厅申请了"年产两千吨高端氢氧化镁阻燃剂的关键技术研发"项目，继续进行技术攻关。后来，该项目又得到了中科院"科技支青工程"的资助。

此后，李丽娟团队与昆仑镁盐有限责任公司进行合作，在车间进行小规模生产。2007 年 7 月，第一批产品成功走出车间，走向市场。在寄送给国外厂商进行试销的过程中，该公司生产的高端氢氧化镁阻燃剂产品在市场上大受好评，而青海昆仑镁盐有限责任公司也因为氢氧化镁阻燃剂产品，扭亏为盈，年利润超过千万元。中国人终于成功研发出了高端氢氧化镁阻燃剂，这无疑是一个令人兴奋的消息。

2008 年，在上海举办的阻燃剂会议上，一家国外公司看中了李丽娟他们的技术，先后跑了三四次，到青海盐湖所谈技术转让。当时几乎所有条件都谈好了，转让费为 300 万美元，然而，就在签约前夕，事情突然出现了转折。中科院院地合作局来所里检查工作，李丽娟就这项技术的转让情况进行了汇报。结果，相关部门不同意把这样先进的技术转让给国外，可见这项技术有多么重要。此后，科技部就氢氧化镁阻燃剂的相关研发布置了科技支撑计划。当时有三家单位同时进行相关科研工作，但最终只有中科院青海盐湖所的项目验收成功。来自国家科技部门的认可，让李丽娟对自己的技术充满了信心。技术没问题，接下来就要在国内寻找合作伙伴，开展产业化工作，争取早日将大批量的产品推向市场，打破外国公司的垄断。李丽娟一直认为，科研工作者的本职工作是搞科研，每一个科研成果都饱含科研工作者的心血，科研成果应该转化为生产力，为人类社会造福。

1972 年出生的周园，现任青海盐湖所的科研处处长。他在湖南上的大学，专业是无机非金属材料。本科毕业后，他到青海盐湖所继续深造，拿到了博士学位。学成之后，就留在了青海盐湖所。当时有多种选择，南方的大学和企业，他只要想去都很容易，并且生活舒适，挣钱更多。但他留在了青海，留在了青海盐湖所，只有一个原因，那就是他学的专业，与盐湖化工关系密切。在科研上要想有所作为，青海盐湖所是个很大的平台。自 1995 年来到青海盐湖所，周园已经在所里干了 20 多年了。当年意气风发满怀理想的小伙子，已经变成了肩负重任的中年人。说到了最初的选择，他不但不后悔，还为自己庆幸。他说："如果不是留在了青海盐湖所，我在科研上就不可能有现在的成就，自己的人生抱负也不可能实现。"

早在 2000 年，作为技术负责人，周园与西安荣华集团合作，顺利完成了"半固相法生产锂离子电池正极材料——钴酸锂"成果的产业化，使西安荣华新材料有限公司成为我国首家锂离子电池正极材料规模生产企业，成功实现替代进口产品，为我国锂离子电池关键材料生产和锂离子电池产业发展做出了贡献。

这次成果转化的经历深深触动了周园，能够通过自己的科学研究直接服务于国家，几乎是每一位科研工作者的追求。这也让他献身盐湖化工事业的追求更加坚定了。

2004 年，周园获得被称为"启明星"的"西部之光"项目的资助。他带着课题组，围绕青海盐湖特色资源与青海省的特色矿产资源和能源优势，开展了球形尖晶石正极锂离子电池材料的制备与性能研究，在锂基功能材料的应用基础和开发利用方面取得了新的成果。

2008 年，他成功制备出新型镁基储氢复合功能材料。

2009 年以后，他又开展了"利用盐湖镁资源制备高值化镁产品的关键技术研究"，为推动盐湖水氯镁石—镁化合物产业链的形成做出了贡献。

2010 年，在中科院知识创新工程资助下，周园开展了"盐湖卤水铀的分离与富集技术"研究，这项研究对我国非常规铀矿资源勘查、开发具有重要的现实意义。

近年来，周园还在国家"863"计划、"973"计划和中科院、青海省相关项目支持下，与西宁经济开发区有关公司合作开发了宽温锂离子电池正负极、电解质材料和基于盐湖锂盐的高电压三元正极材料，与有关院所、公司合作，研究开发了盐湖相变储能材料，在湟源县日月藏族乡、民和县杏儿乡日扎村等地开展了青海农牧区太阳能耦合建筑采暖示范应用工作。

他还加入了"西部之光"人才培养计划联合学者项目，开展了硼系低温锂离子电池电解液组分设计及性能的相关研究，组建起了一支锂离子电池研究的科研队伍，为有效开发盐湖资源、推动西部经济发展储备了人才。

科研工作上的踏实与刻苦让周园受到关注，他先后获得了陕西省科学技术奖三等奖、西安市科学技术进步奖二等奖、柳大纲优秀青年科技奖、青海省优秀自然学术论文二等奖，还被评为青海省工程技术与自然科学学科带头人、青海省优秀专家，当选中国科协第九届全国委员会委员。

处于鲜花与掌声中的周园，虽然有些激动，但没有陶醉。他深知，一个人获得荣誉的同时，也会获得更大的压力和责任，因为大家对他有了更多的信任与期待。让他负责所里的科研工作，对他来说就是一个新的挑战，他没有懈怠的理由，只能以更加饱满的精神状态在新的岗位再出发。

科技是第一生产力。研究成果只有转化到生产中，创造出财富，才可以实现它的价值。我国经济发展对钾和锂资源的需求日益增长，如何为我国钾锂资源保障体系提供技术支撑，保证我国钾锂资源开采的可持续性，成了周园思考的问题。"只有以科技成果产业化、运行机制企业化、发展方向市场化为核心，充分利用国内外'两种资源、两个市场'，才能解决问题"，周园在多种场合都发表了自己的这个看法。他多次组织相关问题的研讨，通过对世界与中国钾锂生产现状的分析，认为虽然中国盐湖的钾锂资源丰富，但切不可过度、过热开采，造成资源的浪费和开发的难以持续。他认为要满足国内钾肥的需求，必须利用好国外的资源和市场。

南美的盐湖多，世界上 50% 的锂资源都在那里。有中国企业想在那里搞开发，请青海盐湖所的专家去考察。周园带着专家组去了玻利维亚，去盐湖实地了解情况。司机是个印第安人，语言不通，不了解盐湖的特性，看到一马平川，就一个劲往前开，结果车子陷了进去。一车人只能下来又挖又拉。车子弄出来了，周园他们的西装也让盐泥弄得不像样子了。还有一次，在荒漠里，汽车爆胎了。没有备胎，司机滚着轮胎，找地方修去了，把周园一个人和车扔在了那里。看到远处有野兽走动，他躲进了车里，可车里闷热，不一会就喘不过气，感觉特别难受。盐湖人老在野外跑，经常会遇到各种危险。有一年，周园他们去西藏阿里搞盐湖普查。过一座山，拐弯处竟然是 45 度角，车子差一点飞了出去。好多盐湖海拔在 4000 米以上，高原反应有时真的会要人命。

走出去，与企业合作，去开发国外的盐湖，这个战略的实施，不断获得成功、见到成效，为大规模开发我国周边国家的钾盐资源奠定了坚实的技术基础，为实施"两种资源、两个市场"的国家战略起到了示范引领作用。

与此同时，在上级领导支持下，周园还积极探索"所地合作"组织管理模式创新，加强对"所地合作"项目的跟踪、寻访，并积极倡导通过产学研合作模式推进科技研究成果产业化。

迄今为止，在周园的策划与推动下，青海盐湖所成功实现了与冷湖滨地钾肥有限公司、青海晶鑫华隆钾肥有限公司、甘肃陇冠企业集团、西藏拉果资源公司、青海泰丰先行锂能科技有限公司、青海绿草地新能源科技有限公司等企业的技术对接，成果转化开展得风生水起。

对此，周园一点儿也不觉得自己有什么了不起。他说："科学赶上了好时代，我们这些搞科研的人，才有了实现抱负的机会。中国要成为世界上最富强的国家，光靠勤劳勇敢还不行，还要有强大的科学力量的推动。科技工作者任重道远，我们每一个人都要竭尽全力。"

今年才 47 岁的周园，科学研究的人生还有很长的路需要走，这也意味着，他还可以有更多更大的人生抱负去实现。

二十三、志　向

上路出发时

每个人心中

都会有一个目的地

同样顶着风

同样迎着雨

所有的路都是弯弯曲曲

不但需要体力

更需要思索和坚毅

不去贪恋富贵

不去计较得失

只为了能扬起理想的旗帜

不管身心有多疲惫

不管山水有多艰险

双脚踏出的

永远都是一首激动人心的进行曲

岁月是一条河，每个人都是河中的一朵浪花。只是这浪花，不能一直翻腾跳跃。无论是谁，不管曾经有多么重要、多么光鲜，都会有用尽力气的这一天。创建了青海盐湖所的前辈们，有的已经离开人世，有的正在安享晚年。但他们未竟的事业，已经由一群 20 世纪 60 年代和 70 年代出生的人继承。笔者在所里采访时，与他们相识，在一段并不长的接触中，发现他们也是一样的热爱祖国、德才兼备，用不断创造出的科技成果证明着他们的卓越，尤其是国家与中国科学院实施的人才工程，使得一批高端人才也加入了盐湖研究的队伍中，为中国盐湖的研究开发注入了新的有生力量。

下面要说的三个人，就是来自他们中的佼佼者。

生于 1963 年的马海州，是中国科学院实施"百人计划"后，进入青海盐湖所的第一个科学家。2000 年，人类开始了一个新世纪，马海州的人生也掀开了不同寻常的一页。他从青海大学地理系来到了青海盐湖所，由一位教书先生成为了一位科研工作者。他申报的"兰坪－思茅新生代残留盆地成钾条件、机理和后期演化"课题，被批准列为 2010 年国家重点基础研究发展计划（"973"计划）项目"中国陆块海相成钾规律及预测研究"的研究课题之一，资助课题总经费达 500 万元。该课题的立项实现了青海盐湖所乃至青海省在申报国家"973"基础研究课题上零的突破。我国钾盐资源严重缺乏，而且缺少大型固体钾盐矿床，这已成为制约我国国民经济发展的主要因素之一，影响到国家农业安全。国务院于 2006 年 1 月颁布的《关于加强地质工作的决定》中明确指出，要重点加强钾盐等矿产资源的勘查，并强调要"大力推进成矿理论、找矿方法和勘查开发关键技术的自主创新"。因此，开展我国钾盐成矿规律及找矿预测研究，创新钾盐成矿理论以及找矿技术与方法，为发现新的钾盐资源基地提供科学依据，是我国一项十分紧迫的任务。

兰坪 - 思茅盆地是我国迄今为止唯一发现的有工业开采价值的古代固体钾盐矿床盆地，其大地构造背景和明显的成钾作用构成了极具地域特色的成盐成钾系统，是开展大型成盐盆地钾盐矿床形成机制和保存条件研究、突破我国大型固体钾盐矿床找矿的首选区域。"兰坪 - 思茅新生代残留盆地成钾条件、机理和后期演化"课题以兰坪 - 思茅盆地新生代区域地质演化为主线，以兰坪 - 思茅盆地古新统的含盐系作为研究对象，在前人工作成果的基础上对兰坪 - 思茅盆地开展详细的地质调查，从构造学、矿物学、岩石学、地球化学等角度，阐述该盆地的构造控制机制、钾矿床分布和沉积特征、成钾物质来源、成因类型和机理等，从而确定该盆地的有利成钾场所和层位。通过以上研究，创新钾盐成矿理论以及找矿技术与方法，为发现新的钾盐资源基地提供科学依据。同时，将对处于同一成盐带上的青海南部含盐盆地以及羌塘含盐盆地找钾工作具有重要的指导意义。此项国家"973"计划课题的完成，不但提升了青海盐湖所科研人员的学术地位，也为青海盐湖所乃至青海省的应用基础研究向国际一流水平挺进迈出了坚实的一步。

在"百人计划"项目和该课题完成以后，马海州没有再离开青海盐湖所，而是由所长助理升为青海盐湖所主持工作的副所长，担起了青海盐湖所法人的重任。作为新任领导，他深知青海盐湖所负有的国家使命。盐湖科技工作者努力奋斗数十年，使我国成为了钾肥生产大国，但如何找到更多的钾盐资源以保证国家的粮食安全，仍然是盐湖人的奋斗目标。于是从2006年开始，马海州就带领全所的科研人员与企业携手踏出国门，在东南亚地区联合开展钾盐资源勘察与钾盐开发利用研究工作。青海盐湖所与云南云天化集团公司达成合作意向，共同开发老挝的钾盐资源。马海州不但作为青海盐湖所负责人在协议书上签了字，还作为科研人员全程参与了老挝钾镁盐矿综合开发利用项目的策划、组织申报，以及项目执行过程中的协调、管理和研究工作。老挝的气候与青海完全不同，这让大家非常不习惯。住在茅草屋里，蚊虫乱飞，咬得全身上下全是红疙瘩；蛇与壁虎在床上爬来爬去，吓得人不敢睡觉；还有饮食，更是难以接受，不管什么饭，都要放薄荷叶，实在吃不下去，他们就买几个香蕉对付。好在盐湖科研人，虽然都是知识分子，但不娇气，有吃苦耐劳的传统，条件再差也能坚持下来，不会打退堂鼓。

2008年12月，以青海盐湖所为技术依托的老挝中寮矿业钾盐有限公司年产5万吨的氯化钾装置动工，并于2010年11

月19日建成并投产试车。青海盐湖所以技术作价2911万元入股云南中寮矿业投资开发有限公司，占有股份比例为8.47%。老挝项目的建成，对我国成功实施"走出去"战略具有重要意义，为缓解我国钾肥紧张局面、满足我国农业对钾肥的需求和保证我国农业安全做出了重要贡献。

2012年，青海盐湖所申报的国家科技基础性工作专项课题"中国盐湖资源变化调查"获批，马海州为课题负责人。该项目所涉及的是工作条件最为艰苦、环境最为恶劣的"四大无人区"内的盐湖野外调查工作，主要针对我国面积大于1.0平方公里的盐湖资源（主要是青海、西藏、新疆、内蒙古四大盐湖区），以野外调查、定位观测和遥感监测为手段，进行盐湖数量、面积和分布现状的调查，并评价盐湖资源的储量规模、资源聚集度、资源配套程度，盐湖产业的开发建设和生产相关的其他资源的自给程度，矿床赋存条件，交通运输状况、资源消耗状况、资源保证程度，对生态环境影响、可持续发展利用能力等。在历时五年的时间里，考察队员克服海拔高、气温低、路况差、补给供应困难等多种不利因素，圆满完成此次专项考察任务，为以后开展盐湖地区气候、环境、盐类富集规律等各方面研究提供了基础资料，进一步推动了与盐湖科学相关的学科，如全球变化研究和区域构造演化研究的深入开展。

贾永忠，生于1969年，是中国科学研究"万人计划"入选者，中国科技创新的领军人才，现在担任盐湖资源综合利用工程技术中心主任。贾永忠 1990 年毕业于四川大学化学系。他在西宁出生长大，经常从新宁路上走过，对那个立在路边的大牌子印象很深，知道这是一家科学院的研究所。于是，他就拿着毕业证自己走了进来。

青海盐湖所进人，早先是统一分配来的，后来是公开招聘，自己进来要求留下来的，还真不多。一看他的学习成绩，所里领导很高兴，马上决定把他留了下来。他边工作边读硕士，后来又考了博士，师从著名盐湖科学家高士扬院士。从高老师身上，他不但学到了系统的盐湖研究必需的知识，还学到了许多宝贵的思想精神。

在读博士期间，贾永忠参加了多个科研项目，发表了有关盐湖研究的论文数篇。他在学术上的出色表现，引起了所领导的重视，为了让他能够更好更快地成长，2002 年所里派他去了法国深造。

在法国蒙比利埃第二大学无机材料和分子结构实验室，贾永忠师从克劳德·柏兰教授。这样一个学习机会，贾永忠自是格外珍惜，经常利用休息时间，待在实验室里搞研究。没想到他的这个举动，却受到了教授的批评，说："我们给你买的是工作时间的保险，还要给你支付加班费，这让我们很为难。"批评是批评，内心里，教授还是对这名中国留学生的工作态度和吃苦精神十分赞赏。

同意让贾永忠来做博士后，也是因为他已经有了不少的科研成果。为了验证他的真才实学，实验室将锂电池负极材料的合成、电化学性能测定、结构分析这些难题交给他去破解，还让他走上实验台，实际操作和运用他从来都没见过的先进仪器和设备。面对这些难题和仪器，贾永忠没有退缩，也没有提任何条件，反而把这些困难当成了自己学习新知识、掌握测试技能的好机会。他说服了导师，同意让他加班加点干，可以在节假日进出实验室。一年过后，他完成了交给他的所有科研任务，得到了教授的赞赏，评价他是自己带过的学生中最出色的一个。

科学研究拼的就是人才。只要是人才，就会受到重视，这在哪个国家都一样。克劳德·柏兰教授正式找贾永忠谈话，向他发出了加入法国科研机构的邀请，对他说，只要他愿意，所有的定居与工作手续，都可以很快给他办妥。

贾永忠不是一个人出国的，是带着妻子和孩子一块出去的。去了以后，孩子就进入了当地的学校，并且很快学会了法语。妻子是他的同班同学，也有着非常出色的专业素质，在了解到这个情况后，法国方面也给她联系了一所大学，让她去读博士。也就是说，这个时候，只要贾永忠轻轻地点一下头，他们一家人就可以从此生活在法国，永远地享受巴黎的蓝天白云和浪漫了。

实际上，自改革开放以后，走出国门去留学的中国人，不知有多少在拿到了学位以后就留在了异国他乡。

所以，当有一天，贾永忠带着妻子孩子又出现在了西宁的街头，又走进了青海盐湖所的实验室时，遇到他的人不由得问他："怎么回来了？法国不好吗？生活不习惯？"

法国当然好，就算现在问起贾永忠，他也会说法国的风景就像是一幅油画；他交的法国朋友，也一直保持着亲密的关系。

只是法国再好，不是祖国；巴黎再好，不是故乡。一个人只有一个祖国、一个故乡。法国有人挽留时，祖国和故乡也在热切地呼唤他。时任青海省副省长同时兼任青海盐湖所所长的马培华亲自打电话给贾永忠，希望他回来担任锂离子材料研究课题的负责人。所里评职称，他不在的情况下，还给他评了正高。尤其是在外读书期间，母亲去世他不能回国料理，所里的领导给他的亲属以极大的安慰，这让他无法不心生感激。

贾永忠有西北男人的血性，有着如他名字一样对祖国的永远忠诚。他执意回家，谢绝挽留的举动，让法国教授不解的同时也对他充满敬佩，表示希望以后能与他在科研上有密切的合作，同时把许多年来积累的科研资料和设备图纸无偿地送给了他。

回国以后，一些大学和科研机构慕名而来，悄悄找到他，以年薪百万为条件，邀请他过去。君子爱财，取之有道。贾永忠不会为了钱，改变自己的志向。在青海，在西宁，在青海盐湖所，他的心情愉快，干什么都有劲头，可以实现自己的人生抱负，这可是多少钱都买不来的。真正的科学工作者，都有一个大抱负，这个大抱负和金钱关系不大。

前前后后算起来，今年 49 岁的贾永忠已经在青海盐湖所干了 28 年，完成了许多科研项目。从国外回来，他就一头扎进了

"氮化锂基锂电池负极材料研究"和"利用碳酸锂制取锂离子二次电池正极材料与电解质材料开发研究"之中。现在，这些成果已经应用到了实际生产中。还有铅锌尾渣提炼的研究成果，也得到了推广。为什么现在加油站里闻不到汽油味？就是这个成果发挥了作用，把油气回收了，消除了油气爆炸的危险性。近几年，他负责的研究项目，获得了青海省一个二等奖、两个三等奖。

贾永忠深知自己担负的责任有多么大，目前他正全力研究锂的同位素。他认为，锂发现不过才 200 年，它的性能与用途还没有被完全发现。如果说锂电池是锂的第一个春天，那么，它的下一个春天就是锂的同位素。稳定的同位素是锂 6、锂 7，用在核聚变中，可以如氢核聚变一样产生巨大的能量，却不会产生核辐射。一千克锂核聚变相当于两万吨煤燃烧产生的能量，相当于铀核裂变的 8 倍，利用它制造出的"小太阳"，温度能达到 5000 万摄氏度，虽然只运行了一分多钟，却已经是重大突破，走在了世界前列。

科学技术就是在否定与颠覆中不断创新的，每一个今天的新发现和新发明，都有可能在明天被淘汰、被替代。科学的力量让任何人都无法确定生存的方式还会发生什么样的变化，只有科学家才是社会的先知先觉者。贾永忠决心带领他的团队面对正在苏醒的巨大盐湖群，创造出更多的科技成果，让盐湖这个聚宝盆为国强民富发挥更大的作用。

　　盐湖地质与环境试验室主任、研究员王建萍，1972 年出生在四季如春的云南。1988 年，她考上兰州大学，第一次来到了大西北，就读于资源环境学院。上完了本科又读了硕士，毕业后她回到云南当了老师，几乎年年都被评为优秀教师，还组建了家庭有了孩子。一般人在这样的情况下，多半会安定下来，做个好老师、好妻子、好母亲。可王建萍却不想这样过一辈子，她想挑战自己、挑战生活。于是，她在 2005 年到英国读了博士。博士毕业后，又在一个国际环保组织里工作。这个工作让她走遍了五大洲。世界之大，景色之美，文化之丰富，让她的视野愈加开阔。只是不知为什么，到了异国他乡，她反而思念起了家乡，甚至思念起了曾经读过书的大西北。这让她有了回国投身祖国发展建设的想法。正巧当时青海盐湖所的马海州所长，是王建萍的师兄，知道了她的心思，就介绍所里的一个盐湖环境资源数据调查与统计项目，可以申报中国科学院针对留学生回国的"百人计划"。了解到这个情况后，她不再犹豫，立刻动身坐上了飞往北京的航班。

　　青海盐湖所建所后的第一个使命就是调查盐湖，要摸清盐湖资源的家底。50 多年来，青海盐湖所积累了大量盐湖科学领域的数据，但都分散在各个机构档案室和科研人员各自的电脑里。过去老的盐湖基础数据没有管理和共享平台，这不仅限制了盐湖资源与环境的综合集成研究，也难以对盐湖资源的合理开发与利用起到科学数据的支撑作用。由于时间跨度大，以往技术手段简陋，调查的盐湖基础数据缺乏系统性、全面性、可靠性和准确性，有的盐湖基础数据还存在一定的误差和疏漏。特别是近些年来随着气候变化和人类资源开发活动的影响，中国的盐湖已经发生了很大变化，急需展开新一轮的调查，实现数据更新，把握盐湖的动态变化。这个艰巨的任务落到了王建萍的身上。

2010 年，王建萍走进了青海盐湖所的大院，成为中国盐湖科研队伍中的一员。

王建萍与她的团队对旧的数据进行梳理、校正、建立关联、系统整理，加上新的一手调查数据和遥感数据，同时结合数据挖掘，构成了数据库的主要数据源，最终使中国盐湖资源与环境信息数据库正式上线运行。从此以后，只要打开数据库的网站，盐湖百科、盐湖地图、相关视频图片等资料一应俱全。可有谁知道，这背后凝聚的是王建萍及相关科研人员整整 6 年的心血。

2017 年，王建萍领导团队建成的"中国盐湖资源与环境科学数据库"，正式通过了国家相关部门的验收，标志着我国数据量最大的盐湖资源与环境科学基础数据共享系统正式建成。用户可对库中的数据进行多种方式的查看与检索，系统根据用户访问级别和数据用途对部分数据提供下载功能。与此同时，系统实现了所有子库及属性数据库与空间数据库的互点链接，并可根据用户需求任意叠加要素图层和组合数据项，输出各类专题图件和图表。同时，还会把随时监测到的晶间卤水水位、矿化度、温度、卤水理化性质变化等一系列指标，作为新数据源加入到数据库当中去。目前，建成的中国盐湖资源与环境科学数据库共包含 6 个专题子库，即盐湖基础信息数据库、盐湖资源数据库、盐湖环境数据库、盐湖资源开发状况数据库、盐湖影像数据库和盐湖多媒体数据库。数据库的建成填补了我国盐湖资源及环境数据信息化的空白，主要为与盐湖研究相关的科研院所、高校、地方政府及盐湖资源开发企业用户服务，旨在为研究盐湖科学和促进当地经济的发展提供最新、最准确的盐湖资源环境数据。

距 1978 年对盐湖的第一次大规模调研，已经 40 年了。当时青海盐湖所的科研人员骑着马、带着干粮深入无人区，完成了中国盐湖第一次大规模调研。2012 年开始，马海州所长和王建萍组建了近 30 人的团队，开始了第二次中国盐湖大调研。

我国的盐湖主要分布在西北干旱区，在为期 4 年的野外科考中，所里 4 位科研人员李廷伟、李斌凯、凌智永和唐启亮分别承担了西藏、内蒙古、新疆和青海 4 个区域的野外科考任务。这是一项工程量很大的工作，具体为：采集盐湖图片和影像、测量盐湖的深度、采集盐湖及周边沉积物样品等。

2013 年 10 月，西藏小分队第一次进藏。在海拔 4500 多米的羌塘无人区，助理研究员陈亮出现了高原反应症状。凌晨三四点，无人区气压最低的寒夜里，他头疼欲裂，无法入睡，甚至想到了死亡。他不知道自己还能不能坚持到天亮，就在帐篷里给家人写了一封信，说了告别的话，还好，天亮时，年轻的陈亮走出了帐篷，看到了日出。

2015 年底，西藏小分队第二次进入西藏无人区。从地图上看，目标勒鞋武旦湖就在距离青藏公路不到 300 公里的区域，计划三五天完成采样任务，他们准备了 10 天的干粮。没想到无人区根本没有路，工作拖到了第 11 天。当时车上只剩下一瓶完全结冰的矿泉水。7 个人轮流抱着瓶子使劲儿搓，用身体的温度融化冰柱，再把瓶子抬高，滴几滴冰水在嘴里。好在有惊无险，在当地巡山向导的帮助下，科考队最终走出了无人区。在他们的努力下，完成了对 105 个西藏盐湖的现场调查及采样，共采集湖表卤水样品 238 件、湖滨固体盐类沉积物样品 70 余件；发现 43 个盐湖坐标错误，新发现盐湖 2 个。

资料缺少且未知的盐湖大部分集中在可可西里、羌塘、阿尔金山和罗布泊四大无人区内，这些地方科研人员难以到达。所以，除了整理野外科考的数据，科研团队还根据陆地资源卫星的周期和盐湖卤水变化规律，选取了 1977 年、1992 年、2002 年、2013 年盐湖丰水期 7 月至 9 月的遥感影像，对盐湖数据进行遥感分析和信息提取。在遥感技术的支持下，王建萍团队为中国盐湖变化及原因下了一个结论：青藏高原高海拔区域的羌塘高原、可可西里、阿尔金山等地区盐湖变化总体与同期气候趋势一致，湖水淡化程度主要受气候变化影响；蒙新高原、柴达木盆地等西北干旱区域盐湖变化相对复杂，与气候变化趋势不一致，在一定气候背景下，更多受控于流域内工农业生产活动。同时这些地方降雨量年际变化较大，加之盐湖水深一般很浅，因此任何两年水域面积的变化很难代表盐湖变化的大趋势。

王建萍告诉笔者，搜集整理和补测各类盐湖基础数据，尤其是盐湖的水相化学数据，在此基础上提出不同类型盐湖资源合理利用和生态环境保护的对策和建议，是国家、地方政府及盐湖化工业界的迫切需求。团队在 6 年的工作中，共采集了 489 份湖表卤水、晶间卤水野外样品信息，对卤水矿化度、密度、八大离子和微量元素含量进行室内分析测试，分析项次总计达 6148 次。在此基础上，团队还建立了主要类型盐湖的水盐体系相图数据库（相图是用来描述由水和盐组成的平衡体系中相对存在关系的一种几何图形）。水盐体系相图数据库的 186 个附图内，包括了二元、三元、四元、五元、六元水盐体系不同温度的相图。

项目完成后，作为中国科学院"百人计划"成员，王建萍的能力有目共睹，许多大学和科研机构都对她伸出了橄榄枝，但她没有离开西宁，而是担任了青海盐湖所的中层领导和学术带头人。她把户口迁到了西宁，还在西宁买了房子，打算在这里定居下来。尽管她的孩子和父母都在云南，她还是毅然对自己的未来做出了这样的安排。如果说王建萍此前对于西北与盐湖，只是一种浮光掠影式的感受，那么这次盐湖环境资源大普查，让她对这片盐湖、对这片土地，包括人与文化，都有了深刻的了解。在她看来，这里有一种云南没有的大美和壮美，她已经爱上了这种美，并且愿意为它献出余生的光和热。只是这样的选择，实现了她的人生抱负，却也让她失去了许多。丈夫终因她的选择而放弃了相随；孩子也因为长期得不到她的呵护，对她时有抱怨；父母倒是能理解女儿的追求，可她自己因为不能在父母身边尽孝，时常心生内疚。用她的话说，这就是人生，有所得就会有所失，最重要的是这一辈子要去做自己想做的事，不管能做到什么份上，只要去做了，就不后悔。

笔者去王建萍办公室采访时，一进房间就看到一束鲜花开得正艳，满屋的芬芳、收拾得整洁的桌子书柜，无不透露出一个女性对美好生活的向往。她还说，她是一个运动狂人，每天都要去打球，去走路，去室外活动。在交谈时，她多次用到了"执念"一词。她也许就是那种不能把执念随便放下的人，一旦认准了，选择了，就会坚持做下去，不管后果是什么。正如好好的老师不当了，非要出国；出了国，别人想着她是贪图国外的自由舒适，却不曾料到她又回来了；回来了，不去大城市，不去如画的云南，却跑到了西北安家落户，和盐湖为伴。确实，王建萍一直就是这样书写着自己的人生篇章，并一步步走向生命的辉煌。

科学没有国界，科学家却有祖国。祖国是生养了我们每一个人的这片土地，对祖国之爱，是科学家最朴素也最深沉的爱。

不管是在 1904 年出生的柳大纲身上，还是在 1969 年出生的贾永忠和 1972 年出生的王建萍身上，都一样如金子般闪耀着光芒。这种爱会让他们在人生关键时刻，做出正确的选择，也会成为强大的动力，让他们在前进的道路上义无反顾。

一个真正的科技工作者，内心必然充满了大爱。他们的命运总是与祖国的命运水乳交融。科学强，国家才能强。给科学家以尊重、信任和自由，永远是国家发展之大道。改革开放以来，我们之所以能用 40 年时间，让中国立于世界强国之林，与激发出了科学家们自由创新的活力密不可分。

二十四、前　行

我们是光荣的盐湖工作者

战斗在浩瀚的盐湖之上

不怕烈日似火烧

不怕寒风刺骨冷

踏平盐湖千顷浪

揭穿盐湖万重衣

让沉睡千万年的盐湖宝藏

为社会主义建设事业贡献力量

这首在 20 世纪五六十年代，由盐湖科技工作者们自编自唱的歌，现在已经很少有人唱了。

这不是因为盐湖工作者这个群体不存在了。恰恰相反，随着对盐湖的深度开发，正有越来越多的人投身到盐湖事业中。

也不是因为盐湖的开发，没有那么多艰难困苦了。确实，随着现代化的进程，再去野外采集数据以及进行科学实验，无论是装备上、食宿上，还是工作方式上，都有了巨大的改善。但环境仍然是千古不变的恶劣，肆虐的狂风，粗暴的紫外线，仍然会伤害肌肤；荒无人烟带来的孤独和寂寞，仍然会折磨心灵。

据说，就在 20 世纪 90 年代，有一个大学毕业生分配到了青海盐湖所，下了火车正巧赶上沙尘暴。他一下子就吓坏了，火车站都没出，立刻买了张返程火车票回去了，过后他打电话来让青海盐湖所的老师帮他把托运的行李寄回去。

在这个生活变得越来越舒适、安逸的时代，盐湖工作者们却不能尽情地享受，他们要经常走出家门，离开城市，走向荒山野岭。因为没有一个盐湖研究的成果，可以在温暖的书斋里、在洁净的实验室里完成。

每个盐湖，不管大小，不管位于何方，对于盐湖工作者来说，既是朋友也是敌人。说是朋友，是因为你要伸出双臂，把它紧紧地抱在怀中，真诚对待它，让它愿意献出它的宝藏；说它是敌人，是因为它从来不肯轻易顺从，它会残忍地拒绝，会狡猾地躲藏，你只有更勇敢更智慧，才能打败它、征服它，让它听你的安排。

可以说，每一位盐湖科技工作者，要想有所作为，不仅需要掌握足够的专业知识，更需要在精神上，具有面对一切困难都不屈服的勇气。他们付出的不光是脑力，还有体力，甚至是健康。

"不怕烈日似火烧，不怕寒风刺骨冷"，这句歌词永远不会过时。没有高亢地唱出来，不等于不认同。往事远去，精神不灭。一代人与一代人对社会的贡献不同，但理想从来没有动摇过，追求从来没有改变过。

用科学的力量唤醒沉睡的盐湖，让它为了祖国的强盛、为了人民的富裕，献出它无尽的宝藏。

不管在这个唤醒过程中，遇到什么样的艰难困苦，盐湖工作者都不会停下前行的脚步，都会用一项项的科研成果，拓展中国的能源发展之路。

他们已经做出的贡献，令人心生敬意。但对这样一个群体，我们确实是了解甚少。英雄可以低调，可以默默无闻，但不该被遗忘。在这个被科技创新改变的社会中，他们对盐湖的研究开发也许并没有轰轰烈烈、惊天动地、家喻户晓，但在新中国70 年发展建设的交响乐中，却一直回荡着他们用汗水与智慧奏出的一段华彩旋律。

本书试图如实记录下这群人的奋斗历程，也是想让更多的人知道在我们身边，还有这样一群人，在这样地生活着、工作着、追求着……

1993 年 7 月 17 日，西宁市下了一场蒙蒙细雨。雨过初晴，气候分外宜人。下午 3 时 40 分，几辆中巴车徐徐驶入中国科学院青海盐湖所大门，全所职工夹道欢迎，在热烈的掌声中，时任中共中央总书记江泽民满面春风，笑着挥手向大家致意。老所长张彭熹先介绍了柴达木盆地盐湖概况及其资源分布，刘德江汇报了建所历史及工作情况。当看到立体水晶玻璃盐、宝塔状或珊瑚状的光卤石、燕尾状石膏以及多种自然结晶体时，江泽民同志感慨道："真美啊！没想到盐湖里有这么多宝贝。"在参观化工中试车间时，他还询问了硫酸钾、硼矿、碳酸锂等产品的用途。走出车间后又和欢迎的职工群众一起合影，还讲了一段话："我原来不知道这里有个盐湖研究所，而且盐湖里有这么多宝藏，资源那么丰富，这些都是老同志发现的。你们很不容易，放弃了优越的大城市，来到这里，你们是先锋，为了事业，不为名不为利，艰苦创业，我们需要这种精神。青年一代要向你们学习，学习你们不为名利的奉献精神。"

2016 年 8 月 22 日，习近平总书记来到察尔汗盐湖视察，在参观了盐湖开采生产的基地和车间，听取相关负责同志的汇报后，发表了重要的讲话。习总书记在讲话中强调，盐湖是青海最重要的资源。要制定正确的资源战略，加强顶层设计，搞好开发利用。循环利用是转变经济发展模式的要求，全国都应该走这样的路。青海要把这件事情办好，发挥示范作用。青海资源也是全国资源，要有全国一盘棋思想，在保护生态环境的前提下搞好开发利用。

柴达木盆地盐湖的开发利用，是中国盐湖工作者几代人努力的结果，察尔汗盐湖钾肥生产从无到有，从弱到强，中国一跃成了世界钾肥生产大国。高镁锂比提锂专利的产业化，满足了中国锂资源的部分需求，从此，在这一项上中国不再受制于外国。这也是中国盐湖科技工作者，用他们辛勤劳动的智慧和汗水，献给中华人民共和国成立70周年的厚礼。

2018年9月的一天，青海盐湖所副所长、副书记王永晏告诉笔者：习近平总书记在察尔汗盐湖的讲话传达到青海盐湖所后，在干部和科技人员中引起巨大的反响，大家欢欣鼓舞。这个讲话，为我们的盐湖研究指明了方向，也展示出了盐湖研究开发利用的美好前景。认真学习了习总书记的讲话后，大家的责任感和使命感也更加强烈了。青海盐湖所在过去几十年已经为中国经济发展做出了重要贡献，而随着国家能源战略的实施，必将会做出更大的贡献。

盐湖科技工作者是一个庞大的群体，一本20多万字的书，要想叙尽他们那些在科研过程中鲜为人知的故事是不可能的。而这些科技工作者又都有内向、低调、不愿意多说的特点，有些人干脆拒绝采访，闭门不见，笔者在采访过程中遇到了许多意想不到的困难。此外，纪实文学要求真实性，不能随意进行虚构和夸张，都使得这本书的写作难以尽如人意，难免会遗漏一些本该出现在这本书中的名字与故事。

好在这是个网络信息高度发达的社会，重要的人物与事件，都会在互联网上留下各种痕迹。文字、图片和视频，尽管是碎片化的，却可以让部分真相呈现、秘密揭晓。同时，电话、微信等现代化的通信方式让信息的获取更加便捷，也使笔者得以了解更多的信息。当然，青海盐湖所的老所长、老书记刘德江先生和办公室的白花女士提供的大量材料，对于本书的写作完成起到了很大的作用。还有办公室副主任赵昌林先生，为了让笔者与更多的当事人见面，也是绞尽脑汁、煞费苦心。还有中国科学院文献情报中心的胡卉女士及众多的朋友也给予了不同程度的帮助。笔者要在此感谢他们，感谢所有在本书写作中给予支持的人。

笔者还想说的是，如果本书还不够震撼魂魄，不够激动人心，不够意味深远，和书中写到的人物没有关系，而是笔者的能力局限所致。透过一滴水，可以看到太阳。一叶知秋，作为代表与缩影，如果书中主人公们的故事，能让人们对中国盐湖科学研究之路有所了解，对于盐湖科技工作者们的家国情怀有所感受，对于盐湖科研事业的未来有所期待，那么笔者也算是在惴惴不安中能有些许安慰了。

谨以此书献给所有已经逝去、退休以及正在辛苦工作的盐湖科技工作者们，献给中华人民共和国成立 70 周年。

2019 年 4 月三稿于威海荣成

1978年前后，在方毅同志的支持下，《哥德巴赫猜想》《小木屋》《胡杨泪》等一批反映科学家和科技创新的报告文学作品相继问世，引起了强烈的社会反响。这些被人们认为反映了"科学的春天"到来的激越文字，已经或依然在影响着很多人的人生选择。

2013年5月，中国科学院启动了新一轮机关管理体制改革，成立了科学传播局。在传播局的战略规划中，明确提出创作一批反映科技创新、歌颂科技工作者的高质量文化产品，争取可以传世。在中国作家协会副主席白庚胜同志、中国科学院文联主席（现任名誉主席）郭曰方同志、中国科学院科学传播局局长周德进同志的倡议下，这一想法明确为创作出版一套反映新中国科技成就的报告文学作品。由此，中国科学院、中国作家协会、中国科学技术协会三方达成联合创作一套大型报告文学作品的高度合作共识。2015年1月，中国科学院、中国作家协会、中国科学技术协会主要领导联合会签工作方案，正式将其定名为"'创新报国70年'大型报告文学丛书"。

知易行难。经选题遴选、作家推荐、研究所对接，到2015年11月13日，"创新报国70年"大型报告文学丛书项目举行第一批选题签约仪式，6项选题正式开始创作。其后，项目进入稳步有序的推进阶段，先后组织了4批选题的编创工作。

这是一个跨部门、大联合、大协作的项目，从工作设想到一字一句落墨定稿，数百人为之操劳奔走，为之辛苦不眠，为之拈断髭须。在选题、作家遴选阶段，中国科学院12个分院近60家院属单位提交了选题方向建议，多家研究所主动联系项目办公室，希望承担选题创作支撑任务；白春礼、侯建国、钱小芊、白庚胜、谭铁牛、王春法、袁亚湘、杨国桢、万立骏、陈润生、周忠和、林惠民、顾逸东、王扬宗、彭学明等20余位院士、专家直接参与统筹指导、选题遴选工作，为从根源上保障丛书水准出谋划策；中国作家协会、中国科学技术协会给予项目高度支持，细心考虑多方因素，源源不断地推荐最合适的优秀作家，提供强有力的支撑。

在调研创作阶段，30余位作家舟车劳顿，不辞辛劳深入科研一线调研采访，深挖一人一事。以"青藏高原科学考察项目""东亚飞蝗灾害综合治理""顺丁橡胶工业生产新技术""灾后心理援助十周年纪实""从人工全合成牛胰岛素研究到人工全合成核糖核酸研究""从'黄淮海战役'到'渤海粮仓'""包头、攀枝花、金川综合开发项目""中国植物分类学发展与植物志书编纂""中国科大'少年班'""李佩先生相关事迹"为代表的选题，因涉及年代较为久远，跨越了一代甚至几代人的时光，部分重大工程参与单位遍布全国，部分中国科学院外单位甚至已经取消或重组，探访困难。纪红建、陈应松、薛媛媛、秦岭、铁流、李鸣生、杨献平、彭程、李燕燕、冯秋子等作家，在选题依托单位的支持下，以科研成果为中心，不囿于门户，尽最大可能遍访相关单位和亲历者，尊重历史、尊重科学的初心始终如一。以"从'望洋兴叹'到'走向深海大洋'""从无缆水下机器人研究到'蛟龙'号载人深潜器""猕猴桃属植物资源保护、种质创新及新品种产业化""我国两栖动物资源'国情报告'""中国泥石流研究""文章写在大地上——植物学家蔡希陶""中国北方沙漠化过程及其防治""冻土与沙漠地区工程建设支持西部发展""唤醒盐湖'沉睡'锂资源""澄江生物群和寒武纪大爆发"为代表的选题，采访、调研的客观条件较为恶劣。许晨、徐剑、李青松、裘山山、葛水平、李朝全、毛眉、李春雷、马步升、董立勃等作家，出远海、访林间、探深山、翻石冈、巡雨林、穿沙漠、过盐湖，亲历一线采风，与科研人员同吃同住同工作，以自己的亲身见闻，撰写出最生动的文章。而以"北京正负电子对撞机及二期改造工程""核聚变领跑记：中国的'人造太阳'""从黄土到季风""载人航天工程空间科学与应用""大气灰霾的追因与控制""高福院士和他的病毒免疫学团队""强激光技术""'中国天眼'及南仁东先生事迹"为代表的选题，涉及大量晦涩难懂的基础科学研究及其前沿进展。叶梅、武歆、冯捷、周建新、哲夫、张子影、蒋巍、王宏甲等作家克服极大困难，"跨界"学习自己所不熟悉的科学知识，甚至成了相关领域的"半个专家"。与此同时，中国科学院下属30余家科研院所逾百位分管领导和工作人员任劳任怨、尽职尽责，为作家创作提供支撑保障。如西北生态环境资源研究院办公室副主任岳晓，曾十余次陪同作家前往一线采访，包括环境艰苦恶劣的青海格尔木站和北麓河站（海拔4800米）、宁夏中卫沙坡头站、新疆天山冰川站和阿勒泰站等。

在审读定稿阶段，科学界、文学界近150位专家参与审读工作，为高质量作品的诞生提供有力保障。"冯康先生及其家族对中国科学技术的贡献"选题作家宁肯在书稿初稿创作完成后，秉着精益求精的态度，充分尊重各方建议，先后进行了三次重大调整，所付出的精力与调研创作时不相上下。"周立三先生对我国国情研究的贡献"选题作家杜怀超对作品精雕细琢，根据审读意见不断修改完善，对笔误也一一审校订正，力争做到尽善尽美。

"创新报国70年"大型报告文学丛书的创作出版工作，已历时五年。这五年中，科学与文学相互激荡、科学家与文学家激情碰撞。这些"碰撞"，也成为开展工作的难点所在。例如，书稿标题的拟定，是应当更平实，还是更富文学性？一项科研工作，是应当尽可能全面展示，还是选取最具可读性的片段施以浓墨重彩？一个或多个工作团队中，应当展现什么人物？又该重点展示这些人物的哪些方面？凡此种种，在成稿之前，作家和科研人员都展开了无数轮"激烈"讨论，经过多方考虑才达成一致。这些或大或小的"碰撞"，在编写过程中，是大家的焦虑所在；在最终呈现给大家的这套书中，也许将是最精华之所在。处理或有不周，但作为一种"跨界"的磨合，相信读者会读出不一样的精彩。

"创新报国70年"大型报告文学丛书项目办公室设在中国科学院科学传播局，联合中国作家协会创联部、中国科学技术协会调宣部共同开展统筹协调工作。项目执行单位先后设在中国科学院计算机网络信息中心、中国科学院文献情报中心。前前后后，数十人为之操劳奔忙，他们是中国科学院的杨琳、胡卉、储姗姗、李爽、陈雪、崔珞、王峥、孙凌筱、张颖敏、岳洋，中国作家协会的高伟、范党辉、孟英杰，中国科学技术协会的孟令耘等。这个团队持续跟踪选题创作和审读进展，及时发现问题、解决问题，付出了大量的时间和精力，保障了丛书的顺利出版。

感谢中国作家协会、中国科学技术协会、中国科学院以及浙江教育出版社的精诚合作，感谢各位专家、作家和工作人员对此项工作的辛勤付出，相信"创新报国70年"大型报告文学丛书的出版能够有力地传承科学文化，推进科技与人文融合发展，弘扬社会主义核心价值观和新时代科学家精神，为实现中华民族伟大复兴的中国梦发挥出独特作用。

"创新报国 70 年"大型报告文学丛书项目组

2019 年 6 月

图书在版编目（CIP）数据

唤醒沉睡的盐湖 / 董立勃著. -- 杭州 : 浙江教育
出版社, 2019.11
（"创新报国70年"大型报告文学丛书）
ISBN 978-7-5536-9361-3

Ⅰ. ①唤… Ⅱ. ①董… Ⅲ. ①报告文学－中国－当代
Ⅳ. ①I25

中国版本图书馆CIP数据核字(2019)第162151号

"创新报国70年"大型报告文学丛书

唤醒沉睡的盐湖
HUANXING CHENSHUI DE YANHU

董立勃 著

策　　划：周　俊
责任编辑：何黎峰　李晓鹇
责任校对：孟珍真
责任印务：沈久凌
出版发行：浙江教育出版社（杭州市天目山路40号　邮编：310013）
图文制作：杭州林智广告有限公司
印刷装订：杭州海虹彩色印务有限公司
开　　本：635 mm×965 mm　1/16
印　　张：19.5
字　　数：202 000
版　　次：2019 年 11 月第 1 版
印　　次：2019 年 11 月第 1 次印刷
标准书号：ISBN 978-7-5536-9361-3
定　　价：58.00 元
联系电话：0571-85170300-80928
网　　址：www.zjeph.com